論創海外ミステリ
309

贖いの血

マシュー・ヘッド

板垣節子［訳］

論創社

The Smell of Money
1943
by Matthew Head

目次

主要登場人物

ジムソン夫人……………ハッピー・クロフトの女主人
ビル・エクレン……………ハッピー・クロフトの客。画家兼美術館管理人
アン・ベス・ジムソン……………ジムソン夫人の孫娘
アデル・ジムソン……………ジムソン夫人の義理の娘
バーバラ・メイソン……………ハッピー・クロフトの客。元服飾デザイナー
オジー・メイソン……………ハッピー・クロフトの客。バーバラの夫　詩人
ガス・バッバートソン……………ハッピー・クロフトの客。歴史家
リーバ・ゴールドファザー……………ジムソン夫人の友人
ロニー・ダイクフォード……………ジムソン夫人のお抱え建築家
フロイド・デニー……………ジムソン夫人の秘書
ヘンリー……………ジムソン夫人の執事
ハッティ……………ハッピー・クロフトの料理人。ヘンリーの妻
ホビー……………ジムソン夫人のメイド
ジョジョ……………エンド・コテージの雑用係
ムーア……………警官

贖いの血

ハッピー・クロフト ジムソン夫人の敷地
「贖いの血」事件現場周辺図
入江
エンド・コテージ
への旧道
サンフランシスコ
ピクニック場
美術館
車庫
ゲームハウス
ホビーの部屋
サンフランシスコへの道
アーデン
の森
母屋
クインス
の家
古井戸

第一章　ハッピー・クロフト

殺人事件などがなくても、すごい夏だったと思う。僕にはそれまで、本物の金持ちに接した経験はなかった。つまり、そういう人々とのかかわりはなかったという意味だ。テキサスで油田を掘り当てた人間なら知っている。しかし、僕としては、そういう人間を金持ちとは呼ばない。ただの偶然で裕福になった人だ。姉たちの婚約や結婚式のときには『フォートワース』の社交界ページに記事が載ったし、僕は僕でハーバードに通っていた二年間、小遣い稼ぎのためにコンサートの案内係やありとあらゆるつまらない仕事をしてきた。だから、金を持っている人間なら山ほど見てきたし、金持ちの知人もたくさんいる。でも、本物の大金持ちとかかわりを持ったのはそのときが初めてで、それはもうすごい経験だった。〝人々〟という言い方をした。でも、本当は複数形で言うべきではないのだろう。なぜなら、僕が出会った人々の大半は非常に貧しい労働者で、あとは億万長者の——ジムソン夫人一人だったのだから。

会った瞬間から彼女が好きになった。彼女の金のことを知らなくても好きになっていたと思う。金を持っている人間ならたくさん見てきた。しかし彼女は——少しばかりお世辞を言えば——知っている人間の中で唯一気取りのない人間だった。これ以上はないというほど誠実でナチュラルな女性。大金持ちを常に取り巻く異常な環境や、僕と出会ったときにはすでに抱えていて、今なお続いているだろう様々なトラブルの中で、どうしてあんなふうでいられたのか、僕には理解できない。とにかく、すばらしい老婦人だった。しかしまずは、僕自身のことを説明したほうがいいだろう。そして、今回の出来事が始まった経緯も。

すべていくらか前の出来事だ。もし、まだ記憶に残っていて、思い出すのが苦にならなければ、不景気と呼ばれる現象がいまだ進行中だったころの話。その前までは、僕も呑気にやっていた。夏は海外で過ごし、たいていはのらりくらりと日々を送っていた。しかし、不景気が襲いかかってきたとき、ハーバードで美術史を学んでいた僕は大変な窮地に陥ることになった。学業的な意味ではなく経済的な意味で。僕がハーバードの学生のように見えないとすれば、それは偶然の結果ではない。あえて見えないようにしていたのだ。必要なときにはそれらしく見せることはできる。大学の授業では多くのことを学んだが、ハーバード流というのが僕には気に入らなかった。さらに言えば、僕のやり方もハーバードの学生たちには受け容れられなかった。なんやかんやの理由で美術史の授業で教えられる名前や日付を覚えることに嫌気がさした僕は、すべてを投げ出しニューヨークに向かった。絵画について議論する代わりに、ささやかながらも実際の絵を描くために。

ひどい一年だった。一つには、姉たちのパーティやハーバードの男声合唱団のための仕事を引き受けたからだ。僕の担当はバリトンだった。どちらも燕尾服やタキシードという夜会服にきっちりと身を固めた仕事だ。プロのエスコートとして初めて雇われたときには本当に恥ずかしかった。しかし、その仕事がどれほどゆったりとした動作と誠実さを必要とするかを知れば、みな驚くだろう。老女たちをいかに騙すかで悩むことはなかった。自分の名誉にかけて、奮闘しなければならないことなど一度もなかったからだ。たいていは、街の外からやって来る独り身の友人を待つ独身女性たちの臨時のパートナー役だった。エスコートした女性たちは一人として金を持て余しているわけではなかったし、そんなふうにも見えなかった。でも、だいたいは十ドルか十五ドルのチップをくれた。一度などは五十ドルも。こういう生活は自分の自尊心のためには良くないのだろうと思っていた。それでも、純粋に額に汗して働くような労働や、前にも述べたようなもっと誠実な仕事でそれ以上の金を稼ぐことはなかった。たとえそれがどんなものであれ、商業芸術家のために時折引き受けるアルバイトや、フォートワースの家族がたまに送ってくれるわずかの金で、大学の男子学生たちとさほど変わらない生活ができたからだ。このころには、大学の仲間たちはすでに美術学生協会のメンバーになっていたが、彼らの生活水準だってケンブリッジの学生たちにはとても及ばなかったのだ。僕は結構いい身体つきに恵まれていた。骨がうっすらと見えるほど痩せていたが、然るべき部分にはちゃんと筋肉がついていた。つまり、彫刻のモデルにはもってこいというわけで――彫刻家というのは浮き出る骨を見るのが好きらしい――いつもより金のないときには協会でモデルを務めたりもした。でも、この仕事自体は嫌いだった。ひどく疲れたし、何よりも、自分がいつも受けていた午後からの絵画の授業に出られなくなってしまうから。

結果として、登録していた教師斡旋業者からカンサス州のウィチタで一年間の仕事があるという連絡を受けたとき、それを引き受けることにした。休暇でいなくなる教授の代わりに絵を教え、美術史の講義をするという仕事だ。任務を終えたあとで支払われる二千三百ドルという金で次の一年を過ごすつもりでいた。

それは、五月の終わり近くのことだった。次の年度から復職するために戻っていた正規の教授と一緒にいたこと以外この物語には何の関係もないのだが、そこでの日々もまたそれなりにすごかった。

ぴかぴかのフォードの新車と、燕尾服やタキシードにどっぷり浸かっていたカンサスシティから持ってきた何着かのスーツ以外、仕事も金もないときだった。思い出せる限り、この物語には二度と登場しないトム・シェーンから手紙を受け取ったのだ。時折起こる天からの恵みとも言えるような出来事だった。トムはハーバードの英語講師で、以前、彼の家に住んでいたことがある。部屋を借りる代わりに、暖炉の管理や冬には雪かきなんかをしていたのだ。トムについては詳しくは知らない。ただ、講師たちには多くいるが教授たちの中では少数派の純粋な白色人種。その彼から連絡を受けるなんて、本当に驚きだった。手紙にはこんなふうに書かれていた――。

『親愛なるビルへ

わたしの良き友人ジムソン夫人が、この夏、彼女の地所内での住み込み画家兼美術館の管理人を紹介してくれないかと言ってきたので、きみを推薦しておいた。夫人は小規模だがすばらしい絵画コレクションの持ち主で、週に三日、午後から一般に公開している。

給料がいくらなのかも含めて、仕事の詳細についてはわからない。でも、サンフランシスコから四十五分ほどの入江にある彼女の地所内に住み、彼女やその客たちと食事をすることになるのだと思う――あの家は常に客で溢れているからね。名目上、仕事の契約以外にはいかなる義務も発生しない。きみなら臨時雇いの人間としてもぴったりだろうから推薦したんだ。その点こそが重要なんだけどね。

ジムソン夫人はこの五年間、やはりわたしの推薦で、夏のあいだ同じ青年を雇っていた。ところが、その男が結婚してしまってね。自動的に彼女のリストから外れてしまった。彼としてはその仕事が気に入っていたようだし、優雅な生活をしていたのも確かなんだが。一両日中にジムソン夫人から連絡があると思うよ。

トム・シェーン』

ジムソン夫人からの連絡はなかった。代わりに、彼女の秘書だというフロイド・M・デニーなる人物からの連絡があった。彼の手紙には、トムからの手紙には書かれていなかった詳細が記されていた。

『ジムソン夫人は、前任の画家兼管理者とのあいだに成立していた取り決めをあなたにも適用したいと思っております。あなたには地所内にある二階建てのバンガロー、エンド・コテージをお使いいただき、ジムソン夫人や彼女のお客様たちと食事をともにしていただきます。月曜、水曜、金曜には、午後からあけている小さな美術館でのガイドとしての仕事、加えて警備員としての仕事もあります。訪問客はいつも少数ですが、ジムソン夫人はその方々に真心と親しみを感じてもらいたいと願っています。適切な美術鑑賞にはそうしたものが必要だと信じているからです。

少なくとも週のうち二日間の午前中は――あなたのお好きな曜日で構わないのですが――ご自身の絵の制作に当てていただくことになります。あなたのプランや集中の具合、あるいは創作活動における問題点を報告してもらいたいと夫人は望んでおられます。制作日の午前中は通常、あなたと一緒にスタジオで過ごし、あなたが絵を描くのを観察したり、仕事中のあなたとおしゃべりをしたりします。そうすることで、決して表現されることのなかった彼女の本質的な想像力が、代わりに満たされるのだそうです。もちろん、あなたの作品の所有権はすべてあなたに帰属します。

それ以外の時間は、すべてご自由に過ごしていただいて構いません。ジムソン夫人のコレクションの点検だとか絵の交換、そのほか必要と思われる作業があれば別ですが。報酬としては、美術館が開かれる午後の毎回に対して十五ドル、あなたの制作に当てる週二回の午前に対して毎回十五ドル――言い換えれば、定期的な収入として週七十五ドルになります。何かの同好会や学校主催の見学会の希望がある場合には、その都度二十五ドルが加算されます。

この取り決めの適用期間は六月、七月、八月の三カ月間です』

週七十五ドルに贅沢な暮らし、それにたっぷりとした自由時間。すべての人間が喜びの雄叫びをあげるほどではないかもしれないが、僕にとっては、当時も今も充分過ぎるくらいの条件だった。実際にはそれ以上の幸運にも恵まれることになる。ジムソン夫人が僕の絵を数点買ってくれたからだ。話をもう少し進めるために、ハッピー・クロフトについても説明しなければならない。ジムソン夫人が自分の地所のために選んだ甘ったるい名前だ。〝ハッピー〟という部分は単なる希望的表現。〝クロフト〟について辞書は、〝小さく囲まれた牧草地、あるいは、農耕用の所有地で特に家屋と隣接するもの〟と定義している（『グレート・ブリテン』より）。あの土地は決して〝クロフト〟と呼ばれるものではない。それでもジムソン夫人は、農場とは呼ばずにクロフトと呼んでいた。それがまるで、その土地に属するすべてのものの総称ででもあるかのように。彼女がその呼び方に固執したのは、ちょっと気の毒な感じもする。含まれる建築物としては母屋――三棟の古い建物から成るが、どれもコネチカットやマサチューセッツから移設したもので、優秀な建築家兼室内装飾家によって繋ぎ合わされたものだ。しかし、いかにその人物といえども、建物自体をカリフォルニアの風景に溶け込ませることはできなかったらしい。古い納屋が、ピンポンなどができるゲームハウスに改装されていた。それでも体育館ほどの広さがあり、二階には客用の部屋が二つ、地下にはメイド用の部屋があった。このゲームハウスに〝隣接〟して六つの客室と六つのバスルームがある建物。管理人用コテージ、秘書用コテージ、それにエンド・コテージと呼ばれる僕に割り当てられた建物。入江の半分ほどが見渡せる丘の上にあり、夜には海岸を走る車のライトが見える。何棟もの避暑客用の建物や道具小屋などで、一度数えてみたら二十三もの建物があった。まったく大したクロフトだ。

その中でも群を抜くのは美術館だろう。あとで詳しく説明するエンド・コテージ以外でカリフォルニアを彷彿させるのは、この建物だけだ。スペイン人の古い穀物庫の跡に建てられたもの――もともとは近くに伝道所があったのかもしれない。穀物庫の一部として残っているのは、ごつごつとした石とモルタルで作られた大きな三つのアーチだけだ。高さは十フィート、幅は二十フィートほどだろうか。その外に、どっしりとした石壁と趣のある扶壁が聳えていた。かなり大雑把な造りだが力強さと威厳に満ちている。ジムソン夫人はその残骸を美術館の壁の一翼として使っていた。内装については、アーチの一つを素晴らしい暖炉に改装している。そのため、工事を請け負った建築家は、通気管を隠すための偽の扶壁を外部にうまく作り上げなければならなかった。大きな部屋の残りの部分は、古めかしく見せかけた石積みだ。床は石張り、天井には各地から集めた古風な梁が何本も渡されている。その梁の裏側――下からは見えない部分――には電灯をはめ込むための溝がつけられている。そのため、スイッチ一つで夜明けの明るい光から夕陽の輝きまで、どんな照明効果でも得ることができた。スペイン人の古い穀物庫は、こうした劇場趣味にも耐えて何とか持ちこたえているようだが、僕個人としてはこの美術館が好きだった。単なる絵の保管場所というだけではなく、充分に人が住める設備を備えた場所。コレクションもその中で生き生きと存在を主張しているようだ。調律師以外には誰も触っているところを見たことのないグランドピアノもあった。その調律師から聞いたのだが、一カ月おきにそのピアノを調律する仕事を継続的にもらっているのだという。ある日、そのピアノでバッハのツー・パート・インヴェンションを弾いてみた。音楽の授業を取っているときに習った曲だ。しかし、ちっともうまく弾けず、スペイン風でもなかった。

スイミングプールはなかったがテニスコートがあった。アバークロンビー・アンド・フィッチ製の珍妙な設備がたっぷり揃ったピクニック場。ラサールのセダンやキャデラックのタウンカー、ぴかぴかのフォードのステーションワゴンが二台収まったガレージ。その上階《うえ》にはお抱え運転手の住まいがある。冗談を言っているわけではない。すべて本当のことだ。あの夏、一番興味深かったのは、この手のことがこの国にどれほど存在するのかということだった。世間知らずだったのだと思う。でも当時は、これほどの金持ちならアメリカには百人程度しかいないだろうと思っていたのだ。今では何千人も存在することがわかっている。

ああ、それに、使用人たちの中には祖先が奴隷だったような人たちもいた——執事、料理人、家政婦。みんな、お抱え運転手同様、有色人種だ。ジムソン夫人の祖先もそもそもは南部出身者だった。

通常、夫人は一人で暮らしていた。僕としても、そこにいたあいだ、四人くらいの客を相手にしているときなら、終始走り回らなければならないほど忙しくなることはなかった——普通は十人程度だったが。ジムソン夫人と服を着替えてばかりいる客たちを世話するためにいた人々は以下の通りだ。すでに紹介した使用人たちに加えて、ジムソン夫人が日頃ファーマーと呼んでいた土地管理人、庭師と二人の助手、夫人つきのメイド、エンド・コテージの面倒を見たり美術館の掃除をしている雑用係。管理人と秘書には妻や小さな子供たちがいた。

手紙をくれた秘書のフロイド・デニーのことは、常に気の毒に思っていた。あらゆる意味で本当に気持ちのいい人物だったし、夫人のほうも至極まともな女性だった。クロフトに流れ込んで来ては去っていく屑のような人間たちよりは数段上の人々。でも、あそこでの夫婦には社交的な交流というものがまったくなかったのだ。ちなみに僕は、クロフトにやって来る人がすべて、屑のような人間や懸命に働くしかない貧乏人ばかりだと言っているわけではない。自分がその両方に属する人々を利用したのはわかっている。ジムソン夫人は、そんな人々にだけ取り巻かれるにはもったいないほどいい人だ。しかし彼女は、自分の機嫌を取ろうとするどんな人間にもじっと耐え得る域に達していた。そしてカリフォルニア辺りには、もし金の匂いがするところに群がっていられるなら、日に三十六時間でも楽しんでやろうと渡り歩く人間が山ほどいたのだ。

クロフトで最初に出会ったのがガス・バッバートソンだった。自分より五歳ほど年上に見えた。ここでの事件が起きたとき、僕は二十五歳だった。どの道がどこにつながっているのかわからず、クロフトの門を見つけるのにずいぶん無駄に走り回ったり、乗るフェリーを間違ったりした。門を入ってから屋敷にたどり着くまでも、よくいる世間知らずのように、また田舎道で迷ってしまったのだと思ったりした。それほど門から距離があったのだ。屋敷前にたどり着き、フロント・ポーチ近くの駐車場のような場所に車を入れたのだが、そのポーチにガス・バッバートソンはいた。酒のグラスを手に、柳細工の椅子にだらりと座っている。細く醜い顔に、笑ったときでさえ消えることのない不機嫌そうな表情をうっすらと浮かべて。そのときには特定できなかったのだが、何か気持ちの悪い動物を彼は連想させた。最後に見たときにやっと思い当たったものの、そのときには思いつかなかった。初めて会ったときからガス・バッバートソンのことは好きになれなかったし、その気持ちが変わることもなかった。

車の音がしたとき、奴は首を巡らせたのだろうと思う。はっきりとはわからない。でも、こちらが奴の存在に気づいてからは、何度かグラスを上げて酒をすする以外、どんな動きも見せなかった。ポーチに上がって声をかける。「こんにちは。ここでいいはずだと思うんですが。ビル・エクレンです」奴は動かなかった。口をききもしない。あの醜い顔つきのまま座っているだけ。僕は途方に暮れてしまった。たぶん奴の思惑通り、最初は自分のことをバカみたいだと感じながら立ち尽くしていたのだが、だんだん腹が立ってきた。

「新しい住み込みの画家なんですけど」そう言ってみる。

耳が聞こえないか目が見えないのではないか。人はそう思うかもしれない。でも、こちらの存在に気づいていることは、その表情からわかるはずだ。どういうわけか、無視を決め込んでいるだけ。やがて、酒をまた一口すすると、首を巡らせるわけでも組んでいた脚をほどくわけでもなく、言葉を返してきた。「ああ、あんたのことなら聞いているよ」そしてまた黙り込んでしまった。

猛烈に腹が立った。「それでその態度かよ」そう言ってやりたいくらいだった。奴は自分の名を名乗りさえしなかったのだ。

近づいて行って座っている椅子を蹴り倒してやろうか。網戸があき、執事服に身を包んだ大柄の黒人が現れたときには、そんなことを考えていた。石炭のように黒光りしているが、まっとうな対応のできる人物だった。

「ヘンリー」振り返りもせずにガス・バッバートソンは言った。「エクレンさんだ」

「はい」ヘンリーは答える。「お車でいらっしゃるところを見ておりました」

それから彼は説明を始めた。「エンド・コテージまでお上りください、エクレン様。こちらにいらしてくだされば、道をお教えいたします。お運びする荷物はございますか？」

「いや、ありがとう、ヘンリー。道を教えてくれれば自分で運ぶよ」

執事は僕を私道に連れ戻し、丘を上っていく道を示した。突き当りまで上ればコテージがあるという。

「夕食前の五時半に、フロント・ポーチでミントジュレップでも飲みながら顔合わせをしましょうと、ジムソン夫人はおっしゃっています」ヘンリーは言った。

「ジュレップって誰が作るんだい、ヘンリー？」僕は尋ねた。「きみだろうか？」

「さようでございます」ヘンリーが答える。「ジムソン夫人にジュレップを作って差し上げられるのは、わたしだけですから」

「なかなかうまく作れるものじゃないだろう？　どこで習ったんだい？」

「わたしは生まれも育ちもサヴァンナ（ジョージア州の都市）なんですよ。チャールストンのシティ・クラブで十年間バーテンダーをしておりました」

「それで作り方を知っているんだ」

「さようでございます」

臆面もなく嬉しそうな顔をしていた。褒められるのは大好きなようだが、生粋の南部生まれの黒人だ。つまり、完全な肩書崇拝者ということで、簡単には僕を受け入れてくれそうにない。

「わかったよ、ヘンリー。どうもありがとう」僕はそう言って車のギアを入れた。しかし彼がなおも話しかけてきたので、しばしペダルに置いた足を止めた。「恐れ入りますがエクレン様、ジムソン夫人は時間にはひどくうるさい方でして」

「大丈夫だよ、ヘンリー。五時半きっかりだね」それからつけ加えた。「ところでヘンリー、ポーチにいた男は誰なんだろう?」

ヘンリーの眉を見分けるのは難しい。顔と違って光りはしないが土台と同じ色をしているからだ。でも、額に寄った皺からすると、彼はその眉を上げたらしい。

「はあ」それが答えだった。それ以上はっきりしたことは言えなかったのだろう。ガス・バッバートソンについての問いに答えられるほど、あなた様のことはまだわかりませんから、とは。ハッピー・クロフトでの最初の数分間、大歓迎を受けているようにはとても感じられなかった。

車を出し、すんなりとコテージを見つけた。雑用係がいて、どこに何があるのかを教えてくれる。便箋があるかと尋ねると、机の引き出しにあるのを見せてくれた。ちょっとしたことをひらめいたのだ。

すぐに座り込み、四行ほどの手紙を二通書いて封筒に納めた。一通はウィリアム・エクレン判事宛。本当は綿花の仲買人をしている父親宛だ。もう一通は、ワシントンで卸売業者をしているジム伯父さん宛だが、封筒にはジェイムズ・エイラース・エクレン上院議員宛と書いた。伯父はたぶん、観光客としてでも上院議院などに足を踏み入れたことはないだろう。それにもう一通。ニューヨークの老舗紳士服店ブルックス・ブラザーズ宛の封筒を書き、白紙を一枚中に入れた。それであの店に迷惑をかけることがないように祈りながら。そしてやっと、風呂に入ってリネンのスーツに着替え、五時半ちょうどに母屋に戻ってヘンリーを探した。ポーチには誰もいなかったが、食堂でテーブルの準備をしているヘンリーを見つけた。そのうち投函しておいてほしいと手紙を渡す。効果はてきめんだった。ハッピー・クロフトに滞在中、彼はずっと僕のことを上流社会の人間だと信じてくれた。彼のことは大好きだったので僕も嬉しかった。ガス・バッバートソンがろくでなしだと信じていたのと同じくらい、ヘンリーはまともだと思っていたから。

ポーチに戻るとガスが到着していた。さっきと同じ場所に陣取っていたが、ひどく不似合いなグレーのサージのスーツに着替えていた。ネイビーブルーの縫い取り飾りがついた真っ黄色のソックスに先がとがった白い靴。グラスは手にしていなかったが、いかにも酒を待ちわびている風情だ。

今回は挨拶などしなかった。黙って腰を下ろし、近くの雑誌を取り上げただけだ。すぐに奴のほうから声をかけてきた。「僕はガス・バッバートソンだ」

「知ってますよ」

「クロフトはどうだい?」鼻にかかった高い声で、やけにゆっくりと話す。

「良さそうですけどね。まだ、あまりよく見ていないんです」

「そりゃあ良かった。でも、すぐに死ぬほど退屈するよ」

嫌気のさした彼がすぐにでも出て行ってくれればいいのにと思った。でも、代わりにこう尋ねる。

「じゃあ、ここにはもう長いんですか?」

「ああ。夏は毎年ここにいる」センテンスごとに間を置く癖がこの男にはあるようだ。そして、話すときには相手から目を逸らす。「住み込みの歴史家と呼んでもらっていいんじゃないかな」奴はそこでまた間を置いた。「ジムソン夫人の一族の歴史を書いているんだ。最初の二巻はもう印刷されて装丁も終わっている」そこでまた一息。「この夏は三巻目を書いている」

「へえ」と僕は答えた。「何巻まで続く予定なんです？」

わざとらしい長々としたため息。まるで、真面目な話をする前には、そうするのが必要不可欠な条件でもあるかのように。そして、一言、ぼそりと答えた。

「十巻」

考え直したのか、奴はすぐにつけ加えた。「少なく見積もっても」

「なるほどね」僕はそう返した。同じことをしてやったのだ。この男には人の歴史を書くことをライフワークにできるのかもしれない。奴が僕の「なるほどね」を気に入ったとは思えない。さらに尋ねる。「残りの季節は何をしているんです？」

「歴史を教えている。グリーン・ユニオン・バプティスト大学で」

「聞いたことがないな」ガス・バッバートソンなど所詮たいした敵ではないのだと思い始めながら答えた。

「聞いたことがないって？」

「ないですね。一度もありません。どこにあるんです？」

ガスに逃げ道はなかった。仕方なくこう返してくる。「ジョージアのグリーン・ユニオンさ」

「きっと、いいところなんでしょうね。大学があるなんて、すごく刺激的で知的な生活ができるに違いない。僕もケンブリッジでそんな生活を楽しんだものですよ」

ガス・バッバートソンには、薄汚い嘘をひねり出そうとするときにはいつも黙り込んでしまう癖があった。そして今、奴は黙り込んでいる。僕のほうはしてやったりという気分で、もう一言、ぐさりと胸に突き刺さりそうなことを言ってやろうと思っていた。

「歴史はどこで学んだんです？」そう尋ねてやる。

「専攻は家系学だったんだ」奴はそう言い抜けた。

「そうですか。でも、それをどこで学んだんです？」

「グリーン・ユニオンで」

「ジョージアのグリーン・ユニオンにあるグリーン・ユニオン・バプティスト大学でですか？」奴は何も答えず、それで僕も納得した。気分はだいぶ良くなったが、こんな男のそばでひと夏を過ごすのかと思うとうんざりだった。どんな人間に囲まれることになるのか、急に不安になる。

　バーバラ・メイソンがドア口に現われたのは、そのときだった。これで状況は間違いなく好転するだろうと思った。バーバラについての詳細は徐々に知ることになるので、そのときの自分がどう感じたのかを思い出すのは難しい。その瞬間の彼女をどう表現すればいいのかも。まあ、おいおい説明していくことになるだろう。ただ、毅然とした女性という印象を受けたのは覚えている。着ていたドレスについても記憶は鮮明だ。もちろんディナー用のドレスで、色合いとしては鮮やかなライムグリーン。よくわからないが、シルクジャージーのような柔らかな素材だ。前と後ろに幅の広いベルトがついていて、一本は強烈な赤紫色——一番近い表現を探せばフクシア色とでも言えばいいだろうか。もう一本は目が覚めるようなレモン色だ。ずいぶん遊び心に富んでいるように聞こえるが、理論的には舞台美術家のミルジーナが使うような相容れない色の組み合わせだ。一枚のドレスでこれほどみごとに使われているのは見たことがない。まったくもって圧巻だ。彼女の顔も同じように塗りたくられていた。普段用には濃過ぎるほどの口紅に厚過ぎるマスカラ。しかし、カンサス州のウィチタから出て来たばかりの新参者に対する劇場向けの装いとしてなら、極めて効果的だろう。灰色の目に、黒味がかった暗い赤毛。栗色と言ってもいいのかもしれないが、もっと深い色合いだ。それは常に、磨き上げられた古いマホガニーの色を思い起こさせた。彼女はその髪をウェーブのかかった短めのボブにしていた。灰色の髪がいくらか混じっているが、隠そうともしていない。そんなに多いわけではなく、そこここにちらほらといった程度なのだが。身長は平均的か少し高いくらい。そして、ひどく痩せている。それ以外はすばらしい体形をしていた。ことに、あの斬新なドレスを引き立てるには最高の体形だった。三十歳くらいだろうか。しかし、その点では間違っていた。実際には四十一歳で、その事実を知ったのはもっとあとになってからのことだ。実際の年齢を知ってみれば、最初に会ったときの顔があれほど険しく見えたのも納得できる。それでも、半分くらいの年齢の女の子たちよりも、ずっといい体形をしていた。

二人のスタートは上々だった。

バーバラは両手を広げて近づいて来ると、艶やかな笑みを向けた。しかし、彼女が口を開く前に僕は尋ねた。「バレンシアガ（スペイン生まれのフランスの服飾デザイナー）ですか?」「いいえ、メイソンよ」と彼女は答えた。僕たちはそんな会話をある意味面白がっていた。二人とも、それがガスを苛立たせることを知っていたからだ。服飾デザイナーについてはあまり詳しくない。でも、バレンシアガやアリックスのドレスならいつも見分けることできた。今回は騙されたというわけだ。

「変だな。バレンシアガ風だと思ったんだけど。ところで、メイソンって誰なんです?」

「わたしよ」彼女はにやりと笑って答えた。「バーバラ・メイソン・ドレス専門店代表。それが、不況前のわたしっていうわけ。わたしの名前、聞いたことない？　マディソン・アヴェニューに店があったんだけど」

「すみません。バレンシアガやアリックスやランヴァンくらいしか知らなくて」

バーバラは腰を下ろして脚を組み、テーブルの上のすぐ近くにあった煙草入れを取り上げた。一本取り出したので火をつけてやる。彼女は大きくひとふかしした。

「いずれにしても当たりは当たりね。バレンシアガは大好きなの。このドレスもちょっと真似をしているのよ」そう言って、再度大きく煙草をふかすと、もう一人の人間にも声をかけた。「こんにちは、ガス。グリーン・ユニオン・バプティスト神学校卒業生の今夜のご機嫌はいかが？」

ガスはうなり声しか返せなかった。

「グリーン・ユニオン・バプティスト大学だったと思いますけど」吹き出しそうになりながら、僕は口を挟んだ。

「あら、もう聞いていいるのね？」

「バッバートソンさんはちょうど今、その話をしていたところだったんですよ。でも、グリーン・ユニオン・バプティスト大学だと言っていましたけど」

「まあ、ガス！」バーバラは素っ頓狂な声をあげた。「グリーン・ユニオン万歳ね！　いつ、大学に昇格したの？」

「もういいよ、まったく」ガスは答えた。「神学校だよ。何の違いがあるっていうんだ？」

「大違いじゃない」とバーバラ。

僕はすぐにバーバラ・メイソンが好きになった。彼女の人間性について何度か疑問を抱くことはあっても、常にそれは変わらなかった。今でも、彼女のことはよくわかっていない。

バーバラは両手首にぴったりとフィットする平たい金のブレスレットをしていた。幅はゆうに三インチほど。ビザンチン時代の写本カバーのように準貴石の石が無造作に散りばめられている。毅然としていて、きらびやか。彼女は本当にいかしていた。それに、いい香りもした。香水というものは注意して使わなければならない。でも、バーバラのような女性なら大丈夫だ。あんな色の取り合わせをうまく使いこなすように、香水の使い方も心得ているだろうから。

「どういう意味なんです？」僕は尋ねた。「不況前はバーバラ・メイソン・ドレス専門店の代表だったっていうのは？　うまくいかなかったんですか？　今は何をなさっているんです？」

ガスが口を挟んできた。「バーバラ・メイソン、うるさいだけのファッション・リポーター」奴は例のひねくれた笑みを浮かべてバーバラを見た。「彼女はウェスト・コーストの店についての記事を書いては、ニューヨークの出版社に送りつけているのさ。どういうわけか、ちっとも忙しそうではないけどね」

バーバラは一瞬口元を強張らせたが、僕に笑顔を向けて言った。「ビル、もうビルって呼んでも構わないでしょう？　あなたはガスに口を挟むチャンスを与えてはならないっていうことを学ばなければならないわ。口は遅いけど、ものすごく意地が悪いの。いつも人に嫌な思いをさせるためのとっかかりを探しているのよ。小賢しく愛想のいい顔をして、わたしが失業中だってあなたに教えようとしているわけ。わたしは毎週、自分の記事をニューヨークに送っているだけ。大してお金にはならないわ。単なる一時しのぎね」

「どうしてまた店を開かないんです？」

「あなたって本当にいい人なのね」バーバラは答えた。「でも、もうそろそろお金についても勉強しなきゃ。わたしは一文無しなのよ」

「バーバラはそういう方向で仕事をしようと思っている。それなのに――」ガスはわざと間を置いてほのめかした。「夏中、ここにいるつもりなんだ」

バーバラは何とか相手を引っぱたこうとする衝動を抑え込んだようだ。「わたしはここで仕事をするのが好きなのよ。男性たちのマナーがいいもの。あなたがどうしてそんなふうに嫌な突っかかり方をするのか、わからないわ、ガス」その瞬間、彼女は息を呑んでドア口を見た。「まあ、ごめんなさい、アン・ベス。ガスがわたしを怒らせているときに、ちょうど来てしまったみたいね」

かわいらしい娘がポーチに現われたところだった。彼女の年齢なら間違うことはないだろう。まさか十五歳には見えないが、二十歳にはまだ程遠いはずだ。子猫のようにふっくらとして柔らかそうだが、太り過ぎというわけではない。少し怯えているのか不安そうだ。おっと、アリックスのドレスを着ているじゃないか。間違いなくアリックス、それも、かなりの上等品だ。

「いいのよ、バーバラ」娘は答えた。「何も聞こえなかったから」

「そんなことはないと思うけど」バーバラは笑い声をあげた。「嫌な言葉を聞かせてしまって、ごめんなさいね、アン・ベス。もっとも、わたしとしては撤回するつもりもないけど」

一方ガスのほうは、僕たちのことなど目に入っていないようだ。おもねるような笑みを浮かべ、娘に挨拶しようと躍起になっている。飛び上がって自分が座っていた椅子をアン・ベスに勧めたが、彼女はそれを断った。まるで、僕たちと一緒になどいたくないと願っているかのように、その場に立ち尽くしている。誰も紹介してくれないので、いったい何者なのかと思いながら僕も立ち上がった。仕方なく、こう声をかける。「アリックスですか？」

アン・ベスは礼儀正しさを保ちながらも困惑しているようだ。バーバラが姿勢を正して紹介してくれた。「ああ、アン・ベス、こちらはビル・エクレンさん。この夏、お婆様の美術館を管理される方よ」

アン・ベスは僕に向かってうなずきかけた。しかし、浮かべている笑みは本当にうっすらで、それさえも貼りつけただけのように見えた。

ガスが割り込む。「アン・ベスはジムソン夫人のたった一人の孫娘なんだ」まるで、彼女が世にも奇妙な生き物のような言い方だった。

バーバラが言葉を続けた。「エクレンさんは自慢しようとしたのよ、アン・ベス。あなたの着ているドレスがアリックスだと気づいたって」

「誰のドレスかなんて、わたしにはわからないわ」アン・ベスが答える。「去年の夏、母と一緒にパリで買ったの。とてもかわいいとは思うけど、あんなに疲れたことはなかったわ。何度も着替えさせられるあいだ、ずっと立ちっぱなしだったんだから」

娘が腰を下ろした。煙草を勧めてみたがアン・ベスは受け取らなかった。バーバラのほうの煙草が今にも燃え尽きそうだったので、彼女にもう一本勧める。バーバラは吸殻をグラスに放り込み、差し出された煙草を受け取った。それに火をつけてやる。

「きれいなドレスですね」僕は声をかけた。そのドレスもまた美しかった。淡いグレーのクレープ地で、アリックス流の襞が寄せられている。従って、どんなパーティに着て行っても通用する代物だ。古代ギリシアのパーティだろうが古代ローマや中世フランスのパーティにだって。ニューヨークやロンドンやパリ、どんな時代でも大丈夫だろう。ただ、カンサス州のウィチタで着られるとは思えない。
「そう、その通りアリックスよ」バーバラが答えた。「あなたにとてもよく似合っているわ」アン・ベスは柔らかく光沢のある金髪とクリーム色の肌の持ち主だった。これまで出会った娘たちの中で一番の美人というわけではないが、彼女とそのドレスが見事に調和しているのは事実だった。ただ一つの難点は、どこかおどおどしているように見えること。そんな髪と肌の持ち主なら、みな一様におどおどしているように見えるとしてもだ。まるで、自分の仕業でもないことで鞭打たれるのを待っているかのようだった。彼女にはそうなる理由があったのだ。山ほどの問題を抱えていた。中でも一番厄介な――母親に関する問題を。その夏、僕はそのことについても少しずつ知っていくことになる。

彼女はポーチに座っていた。何を言うわけでもなく何をするわけでもなく。煙草さえ吸わなかった。ただ、周りの人間たちがおしゃべりをしているあいだ、ドレスの柔らかい布地をつまみ上げたり、指で捩じったりしていた。そんなことをしていると、布地が伸びてドレスの形が崩れてしまうと言いたくなる。心の片隅でずっとアン・ベスとバーバラを比べていたのだが、どちらのことも気に入った。たとえニューヨークで一番の舞台衣装家を呼んで二人のドレスを任せてみたとしても、これ以上の仕事はできないだろう。こんなにも対照的に互いを引き立て、それぞれのキャラクターを完璧に表現することは。ジムソン夫人が登場しても、舞台のような様相はまだ続いていた。彼女の衣装は、すっきりと涼しげに見えるが女主人としての威厳も備えたレース仕立てのドレスだった。薄いグレーで、形状としてはめりはりがない。と言うのも、その下のジムソン夫人の身体自体にめりはりと言えるものがないからなのだが。

バーバラやアン・ベスを含め全員が立ち上がっていた。王族が登場するときに響くファンファーレのように、紋章付きの小旗がついたトランペットの音が聞こえてきそうだ。

ジムソン夫人は、部屋に入って来た瞬間にそうと気づくほど小さな人だった。こんなに小柄だなんて、あの夜の僕にはとても信じられなかった。五フィート二インチにもならないだろう。六十歳くらいかと思っていたのに、七十歳にはなっていそうだ。ただ、彼女が数百フィートも続けては歩けず、階段の上り下りもまったくできないことを別にすれば、そんな年齢になっているとは思えないはずだ。

彼女は片手ばかりか両手を広げて僕に近づいて来た。それでもう陥落だ。

ジムソン夫人のことが本当に好きになってしまった。

彼女が何を話しかけてきたのか覚えていない。たぶん、人が普通、初対面の相手に話すようなことだったのだろう。でも、その瞬間に、この夏、彼女とはうまくやっていけそうだと感じていた。のちに、彼女が同じように人を虜にする場面を見ることになる。意のままに自分の魅力を垣間見せることができる人物――彼女はそういう人間の一人だった。そうやってすべての人間を自分のファンにさせるのが彼女のやり方だ。自分のそばに置きたい人間か、もといた場所に押し戻してしまいたい人間かを判断するのに、少しばかり近い位置から観察することができるように。その点、ジムソン夫人は驚くほど徹底していた。しかし、一度認めれば、相手を丸ごと受け入れる人だった。

ヘンリーが夫人の後ろにぴたりと控えていた。まるで、主人専用の列車《トレイン》でも抱え持つかのように、ミントジュレップを載せた大きなトレイを持って。

そのヘンリーがミントジュレップを手渡していく様子がまた見物《みもの》だった。どういう理屈なのかは知らないが、ジュレップを手渡す態度が相手によってわずかに異なるのだ。まるで、ヘンリーがその相手をどう見ているかの違いを示すかのように。最初に飲み物を受け取ったのはジムソン夫人だった。

ヘンリーの態度はこの上なく恭《うやうや》しいものだったが、アン・ベスに対してはわずかに緩和された。もっとも彼女はその酒を断ったのだが。次にバーバラ。わずかな違いに気づいたのはそのときだ。ヘンリーがバーバラをさほど重要視していないのは誰の目にも明らかだった。しかし、ガスの番になると、〝ほら、あんたの分だよ、白人野郎〟とでも言っているような態度になった。もちろん、人がそうと指摘できるようなことをしたわけではない。何一つとして、決して。それでもガスが腹を立てたのは明らかで、すでに奴が大嫌いになっていた僕としてはいい気分だった。そして、ヘンリーが僕に近づいて来たときの態度ときたら。僕のことを判事様とでも呼びそうなほどの態度だったのだ。夏のあいだ中、僕はちょっとした特別扱いを受け、そのことでガスは、夏を通して僕に対する憎しみを募らせていった。

ジュレップを一口すすった途端、僕は歓声をあげた。「これはすごいや。伝統を裏切らない味のミントジュレップなんて、これが初めてですよ。それに、この凍り具合ときたら」

ヘンリーは笑みを浮かべただけだ。ジムソン夫人が代わりに答える。「氷砂糖を使うからだってヘンリーは言うのよ。いつだって氷砂糖を買わせるんだから。でも、それってただの迷信なんじゃない、ヘンリー？」

「いいえ、奥様」ヘンリーは答えた。「氷砂糖はジュレップをほどよく凍らせてくれるんですよ。普通の砂糖では甘みが増すだけです」

ジムソン夫人は笑い声をあげて言った。「わかったわよ、ヘンリー。好きなだけ氷砂糖を買うといいわ。わたしには決して理解できないでしょうけど」そして彼女は僕に顔を向けた。「七十にもなってまったく理解できないことを発見するなんて、恐ろしいことだわ」

バーバラが割って入った。「ジムシーっていつもそんなふうに言うのよ。騙されないでね、ビル。彼女にわからないことなんてないんだから。黙って見ているといいわ。彼女はじっと座って、わたしたちみんなのことを観察しているの。まるでゲームの駒か何かのように。今夜のディナーが終わる前には、あなたのことだってすっかりお見通しのはずだわ」

「それは聞き捨てなりませんね」僕は答えた。「それじゃあ、あまりにも居心地が悪い」

「そうね。でも、彼女はこの世で一番寛容な人でもあるのよ」

「もし、わたしのことを話すつもりでいるなら」とジムソン夫人が口を挟んだ。「わたしのいないときにしておくれ。エクレンさんに真実を伝えることができるときに」そう言って彼女は僕に顔を向けた。「今からあなたのことはビルと呼ぶわ。たいていの人がわたしのことをジムシーと呼ぶの。もし、嫌じゃなければ、あなたもそうして」

「見た目に合っているようには思えませんね。当面はジムソンさんと呼びますよ。しばらくしてその呼び方が合っているように感じたら、変えていきます」

「ジムシーなんて変な名前よね。でも、みんな、そう呼びたがるから、そのままにしているの。人がやりたがることは、たいてい何でもさせているから」トレイには二つのジュレップが残っていた。

「あれは誰の分?」ジムソン夫人は尋ねた。「誰か遅れているの?」

「一つはアン・ベスの分よ」バーバラが答えた。「もう一つは、ごめんなさい、オジーの分だわ。あの人、何に手こずっているのかしら」

そのとき、屋敷の中の階段をぱたぱたと降りてくる、鳥のさえずりのような柔らかい足音が聞こえた。白髪頭のピンク色の顔がドアからぬっと突き出る。

「遅れました」そう言いながら姿を現したオジーは、ジムソン夫人に近寄り頰にキスをした。

オジーの第一印象はひどいものだった。標本のようにたくましい体つき。たぶん四十代後半なのだろうが、まだかなりいい体形を保っていた。若白髪というか、ほとんど白に近い髪をしている。若くしての白髪というのは、その持ち主に品格のようなものを与えることがある。しかし、どういうわけか、オジーにとっては何もかもがうまくいっていないようだ。黒髪なら血色のいい顔に見えるものが、白い髪のために赤ん坊のようなピンク色に見える。同年代の男たちに比べれば皺の少ない顔をしているのに、白い髪のせいでタートルクリームでも塗って皺を目立たなくしているような印象を与えた。それに、靴下と合わせたパステルカラーのネクタイを選ぶという間違いも犯している。くすんだ淡いピンクは色自体としては悪くないが、彼が身に着けるとなると話は別だ。しかも、薄いブルーの目をしているので、全体的な印象がかなりぼやけてしまう。それがあの夜、彼から受けた印象だった。加えて、愛想笑いばかりしているし足音も軽過ぎる。まるで、おかしな異議の表明のように見えてしまうのだ。それでいて、握手をする手の力だけは強い。男らしくないと思われるのを怖れてでもいるのだろうか。何かおかしいと感じることを正しく表現するのは難しいことだ。それでも何かが変だった。まあ、それはもういいとしよう。あの夏あとになって、彼が赤ん坊のような皮膚の下に結構な筋肉を蓄えていることを知った。それに、徐々に彼のことが好きになっていったのも事実だ。それでもあの晩、バーバラが彼を紹介したときには本当に仰天してしまった。

「こちらはオジー・メイソン。わたしの夫よ」彼女の言っていることが理解できなかった。二人を結びつけて考えることができなかったのだ。

第二章　オジー

それが、その週末のメンバーだった。ガス・〝糞ったれ〟・バッバートソン、バーバラ・メイソン、オジー・メイソン、アン・ベス・ジムソン、ジムソン夫人、そして僕の六人。自分としてはそんなに意地悪な人間ではないと思うが、テーブルの上座《かみざ》に座ったジムソン夫人が参加者全員を見渡したとき、アン・ベスは動物園で間違った檻に入れられた子羊のように見えた。僕自身も少しばかりそんなふうに感じていた。なぜなら、食事のあいだ中、一言も発せず食べ物をつついていたアン・ベスは別にしても、誰一人僕に話しかけようとしなかったからだ。少なくとも、最初のうちはそうだった。

　気の毒な連中ばかりだ。バーバラならいつでも好きなときに、新参者の僕に色目を使うことができただろうに。互いの脚が触れ合うのを大いに楽しんでいた僕は、テーブルの下で自分の脚を彼女の脚にもたせかけていた。でも、彼女は時々、その脚を優しく押し戻してくるだけだ。オジーは調子のいい話で皆を丸め込もうとしている。ただ注目されたいばかりに、食卓につくや否や人の関心を必死に掻き集めようとする始末だ。ろくでもない人間に限って、ノエル・カワード（英国の劇作家、俳優、作曲家）のアカデミックな警句などを真似て、学識に富んだ人間を気取ろうとする。しかし、そんな化けの皮は簡単に剥がれてしまう。以後、クロフトを初めて訪れる人々がこんな襲撃を受けるのを何度も見てきた。自分がけっこうな財産持ちであること、有名人たちの最新極秘ゴシップに通じていること、何がトレンドで何が時代遅れなのかを正確に把握していること、そんなことを見せびらかすことで自分を保っている人間たち。そんな情報をどこから仕入れてくるのか、僕には見当もつかない。新聞で読むわけではないだろうし、ラジオで聞くわけでもない。まして、他人《ひと》から直接聞く話でもないだろう。要は、どこからでも吸収できる抽出物のようなものだ。『ハーパーズバザー（米国の月刊ファッション誌）』や『ニューヨークタイムズ』、流行や新作映画や卑猥な小説、『ニューヨーカー（米国の週刊誌）』、雑誌に載っている特集記事やほかのどんなものからでも。他人《ひと》に教えてやれるものでもない。そんな空気の中にいれば、おのずと吸収できるもの。そして、そんな空気の中で生きているなら、それがその人間の人生になる。自分にわかっているのは、カンサス州のウィチタにいたころ、ニューヨークから帰ってきたあとの惰性的な生活が続いているように見えたころでさえ、そんな空気の中にいたことだけだ。そして、僕はそこから脱出した。ジムソン夫人には、こちらのことをあれこれと詮索する気はないようだ。ただ座って観察し、耳を傾けている。彼女は、これまでに出会った人々の中でも一番の観察者だ。もちろん、若いころの彼女については何も知らない。中年時代の彼女についても。経済的な打撃を受け、ハッピー・クロフトに引き籠もったあとの彼女を知っているに過ぎない。

　その晩の料理は質素だとも言えるし、そうではないとも言える。質素という言葉をどう捉えるかによるだろう。特別な料理というわけではなく、ごく普通の夕食だった。あの家の使用人はみな南部の黒人だと言ったが、料理人のハッティもそうでヘンリーの奥さんだった。彼女が作った料理はフライドチキンにさや豆の炒め物、山芋とチキンのグレービーソース。それにグリーン・サラダと温かいビスケット、ゼリーにイチゴのアイスクリーム——それがすべて、すばらしい大皿に盛られていた。ハッピー・クロフトでの料理の出し方はすべてこんな具合だった。これこそ農民の食べ方だとジムソン夫人は信じているのだろう。

食事が終わると、ジムソン夫人は早々に二階に上がって休むと言い、皆におやすみの挨拶をした。僕に対しては、すべて順調だと思わせてくれるような特別な言い方だった。彼女は一人で階段を上ることも下りることもできないと前に言った。そう、この家には、食堂とその真上にある彼女の自室を繋ぐエレベーターがあるのだ。エレベーターがあるにしては妙な場所だった。しかし、そもそもこの家は、ニューイングランドから移設した三つの古い家を繋げたものだ。そこにエレベーターをねじ込むのは大変な作業だったと思う。ここは小さいほうの食堂で、大きいほうの部屋はめったに使われない。いずれにしても、これまでに見てきたニューイングランドの家の一部にはとても見えなかった。温室のように窓ばかりで、窓と窓のあいだには格子細工が施されている。そこに蔦や八フィートもありそうな巨大なカリフォルニア・ゼラニウムが絡みついているのだ。エレベーターは本当に面白い代物だった。床面積は三フィート四方もなく、板ガラスが貼られたドアは例の蔦や巨大なゼラニウムに取り囲まれている。その様子はまるで、温室の中の巨大で美しい鳥かごのようだった。ジムソン夫人が中に入ると、オジーが「おやすみ、エヴァお嬢ちゃん」と声をかけた。もちろん、センチメンタルな調子をたっぷりと込めたつまらないジョークだ。しかし、ジムソン夫人がゆっくりと天国に昇っていく様子は、実に興味深いものだった。蔦やゼラニウムのあいだを上昇し、まずは頭が消えて徐々に姿が見えなくなる。本当にのろのろとしたエレベーターで、老婦人が温室の見世物仕掛けの中に溶けていくような様子が楽しい。どこかに流れ去っていくみたいで、姿が見えなくなると永遠に消えてしまったような気がした。

テーブルを離れる前に、もう一度バーバラの脚をそっと押した。こちらの意図を取り違えるはずもないだろうに、彼女は押し返してはこなかった。脚を引っ込めてしまうことはなかったにしても。テーブルの上の状況も同じように曖昧で、僕は彼女がガス・バッバートソンを連れ出すのにまかせた。オジーと二人でアン・ベスをエスコートし居間に移動する。そこでサプライズが待ち構えていた。ヘンリーがスコッチのボトルを手にしてついて来たのだ。一等品ではないかもしれないが、それは僕らだって同様だ。ソーダ水の瓶が数本に、大きな銀製の氷入れ。ジムソン夫人は時々こういうことをする。彼女が特別と判断した夜に。

アン・ベスは怯えたウサギのようにさっさと自分の部屋に引き上げてしまった。残りの四人で飲み物を作って座り、当たり障りのないおしゃべりをしながらスコッチが引き起こす状況を待つ。酔いはすぐに回ってきて、皆リラックスし始めた。僕も徐々に仲間として受け入れられてきたようだ。もっとも、ガス・バッバートソンが次に何を企んでいるかの用心はすっかり忘れていたのだが。奴は嫌らしい笑みを浮かべ、ハイピッチで飲み続けている。たぶん、それがいい酒だからというよりは、ただだからという理由で。奴がどんな酔っ払いになるかの想像ならすぐについた。ぶよぶよと肥えただけの不平不満の塊、汚い場所が大好きな豚のような酔っ払いだ。

大きな月が出ていて、僕たちは揃って外に出た。残念なのは、僕のコテージからの眺めが太平洋を発見したバルボラのような気分にさせてくれるのに対して、母屋が入江へと下る斜面の途中に建ち木々で囲まれていることだ。そのため、そこからの眺めは、内陸部の傾斜地ならどこでも見られる景色とさほど変わらなくなってしまう。ウェストチェスターやカンザスシティ、トレドなんかの郊外にある私有地とほぼ同じなのだ。

バッバートソンがぶつぶつ言いながらバーバラと歩き出した。オジーが反対方向へと僕を促す。月明りで青く染まり、いい香りがする花壇のあいだから始まる小道だ。その道を数フィートも進むと、母屋の全面を囲む森へと入る。その森は屋敷から地所の入り口まで続いていた。入口から続く道は高速道路ではないがこの土地の私道で、屋敷まで来ると建物の周りをあらゆる方向に曲がり、最終的にはフロント・ポーチがある母屋の別の側面に到達する。この大きなカーブの内側にある土地のすべてが森なのだ——母屋から敷地の入り口まででも四百フィートはあるだろう。森と呼んではみたが、その辺の森とはわけが違う。そもそもが自然の森ではないのだ。すべての細部が計画的に造られている。樹木の一本、草木の一本でさえ選んだ場所に植えられ、道の玉石も美しく見えるように配置されているのだ。言ってみれば、巨大な舞台装置のようなもの。それも、かなり上等な。ジムソン夫人はアーデンの森（シェイクスピア『お気に召すまま』の舞台。イングランド中部）と呼んでいた。これほどの森でも、さすがにカリフォルニアではバカげている。本物の古い井戸もあった。その横には田舎風の建物に似せた小さな小屋。本当にかわいらしい建物で、森を整備するための道具小屋として使われている。誰かがふざけて、古風なレタリング文字で〝クインス（シェイクスピア『真夏の世の夢』に登場する大工）の家〟と書いた屋根板をぶら下げていた。シェイクスピアの作品を混同した人物がいたことは別にしても、実にかわいらしい。クロフトの周りには、こんな小さな勘違いがたくさんある。ほとんど完璧とも言える場所にあるちょっとした間違い。それで人は常に、そんなことは忘れてしまおうとする。それでもこの場所は、アーデンの森とはさもありなんと思わせるような森なのだろう。どんな草花や低木も、選ばれた場所にただ植えられているわけではなく、より効果的に配置されている。それどころか、普通よりもずっと大きく成長しているようだ。アーデンの森は常に、庭師やその助手たちによって雑草を除かれ、土を掘り返されているからだ。肥料を与えられ剪定されている。本当に美しい森だ。できればオジーではなくバーバラと一緒にいたかった。もっともこの舞台装置なら、バーバラよりもアン・ベスのようなタイプをより引き立てそうだが。

いい気分で気持ちが大きくなり、美術館はまだ見ていないものの、上々な出だしにうきうきしていた。最初のうち、オジーと何を話していたのかは覚えていない。大したことではないだろう。そのうち、彼が何か話したがっていることに気がついた。口を閉じ、話し始めるチャンスを与えてやる。しかし、彼は単に自分のことを話したがっているだけだった。

初めに彼は、自分の本名はオズワルドだと言った。オジーはそこから来ている。それから、どこかで聞いたことがある名前だと僕が言うまで、〝オズワルド・メイソン〟と繰り返しながら何やら仄めかし始めた。もしかしたら、自分の詩を読んだことがあるんじゃないかとか何とか。やがて、どこで彼の詩を読んだのか思い出した。バカげた詩を集めたアンソロジーだ。自分の言葉をよく考える間《ま》もなく、僕は口に出してしまった。ああ、そうだ、男声合唱団のツアーで学生の一人が持っていたバカげた詩集の中で見たんですよ。恐らくは僕をほっとさせるためだろう、オジーはこの言葉に笑い声で答えた。しかし、表情は悲痛そのものだった。心底、傷つけてしまったらしい。でも、言い繕ったりはしなかった。今更どうしようもない。

ああ、そうだね、と彼は答えた。それはきっと『七人の新人たちによる詩集』という本で、詩のほうは『ロケット』じゃないかな。それで僕は思い出した。と言うのも、僕たちは大声でその詩を読み上げ、さんざんバカにしたからだ。それはこんなふうに始まっていた――。

ロッ

ロッ
ロケッ　　ツッツッツッツッツット
はぁぁぁぁぁぁぁぁぁぁっしゃぁ

合唱団のテノール役の期待通りに、僕はその詩を読み上げてやった。そして、シューシューという音が続くんだろうなどと言った覚えがある。

自慢話のウォーミングアップとしては実に情けない話題だった。オジーは自分の詩とピカソの絵の比較論を長々としゃべり続けた。いかにして普通の作家としてスタートし、数冊の本を出版するに至ったか。初めての本が世に出たのはわずか二十歳のときだったという。のちに聞いたところによると、古臭いものを絞り出すのをやめ頭文字も句読点も使わない七人の新人のうちの一人になるという作戦は——読者がもうオジーの本を買わないなら、出版社も発売をやめるという——読者と出版社の暗黙の了解の上、当然の展開を遂げたらしい。開拓者となるべき苦難のために輝かしいキャリアを捨てた。オジーは自分をごまかしてそう思い込もうとしているのではないか。時々、そんなふうに感じることがある。そして今、こうしてうかれている男の心の奥底に一貫して存在してきたのは、何らかの欠落感ではないのか。『七人の新人による詩集』は七人の新人による自費出版であるのは間違いない。この男が生活に困らないだけの金を持っていたのはラッキーだったのだろう。ふと、バーバラが食べるための生活手段について話していたのを思い出した。以前にも似たような話を聞いたことがある。ハーバードのバド・レイク。彼は自分のことを不況世代の申し子だと言っていた。バドのクラブの入会金を払うために、彼の母親はメイドの一人を解雇しなければならなかったのだから。

もう戻らなきゃと僕は言い、二人で母屋に戻った。ガスとバーバラの姿は見当たらない。ドア口でオジーは両手で僕の手を取って言った。「きみのことが気に入ったよ、ビリー。とても気に入った」言葉ほど気取った態度ではなかった。たぶん、名前を聞いて彼の詩の最初の数行を思い出したからだろう。でも、いまだかつて僕のことをビリーと呼び、最後までそれで通した人間はいない。

「おやすみ、ビリー」オジーは言った。

「おやすみ、オズワルド」悪ふざけのつもりで僕は返した。

彼はそれも気に入ったようだ。白髪頭の顔をピンク色に染めていたのだから。

第三章　バーバラ

母屋からはるばる丘の上のエンド・コテージまでは大体四分の一マイル、いや、ほぼ正確に四分の一マイルだ。まさにハッピー・クロフトの端、前にも言ったように最高の場所に建っている。その建物について説明するのをずっと先延ばしにしていた。なぜなら、あの日の午後、風呂に入って着替えるために最初に訪れたときにもびっくりしたのだが、夜、夕食のあとに戻って来て改めて目にしたときのほうがずっと感動的だったからだ。建物を出たときに明かりは消したはずなのに、坂道を半ば上ったところで照明が点いているのが見えた。しかし、それはすぐに消え、もう一度点くことはなかった。別に心配などしなかった。雑用係がそこにいて何かしているのだろう（その雑用係はジョーといった。愛嬌のある犬のような顔つきから、僕はいつもジョジョと呼んでいた。白人で二十歳くらい。どうしてこんなことを今ここで説明するかと言うと、〝雑用係〟というのは常に日本人かフィリピン人だったからだ）。いずれにしても心配などしていなかった。こんな時間になっても、ジョジョには何かすることがあってあの家にいるのだろう。それでも、暗い部屋にまっすぐ入る代わりに、ドア口から手を入れて照明のスイッチを探った。

エンド・コテージは本当に素晴らしい建物だった。地所全体の名前が〝クロフト〟なのに〝コテージ〟という呼び名はちょっとおかしいのだが。ただ広いというだけではない。一階はワンルームのリビングと簡単なキッチン、二階には二つの寝室とバスルーム、サンデッキがあった。それでも、コテージには全然見えない。建築版メリメランジェ（フランスの偽造宝飾店）の最後の輝きとでも言えばいいだろうか。ハッピー・クロフトのごちゃ混ぜ状態を意味するのに、僕がニューオリンズで思いついた言葉だ。極めて現代的でかなりのハイセンス。そのため、カリフォルニアで多くの仕事をしてきたノイトラ（リチャード・ノイトラ。一八九二～一九七〇。オーストリア生まれの米国の建築家）の作品に違いないと思ったものだ。もちろんノイトラの仕事ではなく、もっと後の時代に建てられたものだったが。しかし、バーバラのドレスとバレンシアガのように、この建物だってノイトラの先立つ仕事がなければ存在しなかったはずだ。

　超近代的建築について様々な議論がなされているのは知っている。それでもこの建物にはその技法が最適だったし、仕事自体も超一級だ。居間の入江に面している壁は全面が板ガラスで、両側の仕切りに折りたたんで収納できるようになっている。つまり、そうしたければポーチのようにもできるというわけだ。生糸で織られた半透明のすばらしいカーテン。どのくらいの長さがあるのか一枚ものだ。紐を引いてあけ閉めができ、閉じておけば外の光をある程度遮断することができる。さらにずっしりとしたカーテンがもう一枚。なめらかなブルーグレイのコーデュロイ地だ。暗い中でぼんやりしたいときには同じ方法で閉じ、残りの光を遮ることもできる。これは、ガラスの壁が閉められている場合を想定してつけられたものだろうが、僕は時々、窓はあけたまま生糸のカーテンだけを閉めておくことがあった。入江から吹き込んでくる風で、それが舞い上がるのを見たさに。それは、実に美しい光景だった。

　壁は白っぽい色調で、家具類は生糸のカーテンと似た薄茶色。ソファやクッションは質感のあるカーテンと同じブルーグレイだ。そこここに、灰皿などの小物で明るく柔らかな差し色が添えられている。小物類としてはほかに、博物館に展示されていてもよさそうなイベリアの銅像が一組。暖炉の上にある張り出し棚の白い色を背にくっきりと目立っている。それに対してカーペットは目を見張るようなブルーだ。フロア全体を覆うほどの大きさで、ところどころにサンゴ色や灰色がかったバラ色が混じる暖かで素敵な色合い。ドアから首だけ入れると、バーバラが煙草を吸いながらその敷物の真ん中に座っていた。ドレスのライムグリーンとレモンイエローとフクシア色がもの凄い迫力だと、思わず口にしそうになった。

「やあ。ソファにかけたら?」僕は声をかけた。

「ここでいいのよ」

「そこなら景色もよく見えるしね」

「わたしもそう思ったの」彼女は答えた。「明かりを消してちょうだい」

明かりを消す。暗闇の中で彼女がそこに座っていた理由がわかった。息を呑むという言葉を聞いたことがあると思う。それがまさに、その光景だった。神様が秘密の覗き穴から宇宙を覗いたら、こんなふうに見えるのだろうか。入江に沿って小さな黄色い明かりが瞬いている。海岸沿いには、青い空気と銀色の霞の中、何マイルもゆっくりと動く光の点が続いていた。輝く月明りで入江の向こうにある丘の稜線がはっきりと見える。部屋の中にも月の光は溢れ、バーバラのブレスレットで輝く石の一つ一つまでもが見えた。

そんな光景を前にしては言葉も出ない。ただ、バーバラの横に腰を下ろした。彼女に触れることもなかった。テーブルの下でやっていたのとは、まったく別次元の出来事だった。

「すごくきれいだ」そんな言葉しか出てこない。

なんでも安易に表現してしまう癖に陥ることがある。こんなパノラマを前にして「すごくきれいだ」など陳腐極まりない表現だが、このときにはそれしか言えなかった。

「あまりにも素敵過ぎて、目の前にあるのに何も考えられなくなるわ。カーテンを引いたらどう?」

カーテンの引き方がわからなかった。バーバラが立ち上がり、やり方を教えてくれた。それ以降、カーテンを引くたびに、彼女がその方法を教えてくれたときのことを思い出した。

バーバラがランプをつけると部屋全体の様子が一変した。本当にすばらしい部屋だった。自分の気分に合わせて雰囲気を変えることもできるし、中にいる人間の気分を変えることもできる。この五分間で、すでに三つの顔を見ているような気がする。その小さなランプは、部屋を小ぢんまりとした親しみやすいものに変えてくれた。〝居心地がいい〟というのがぴったりの言葉だろうが、それではあまりにかわいらし過ぎる。バーバラは間違っても〝居心地がいい〟タイプの女性ではなかったから。

僕たちは長椅子に移り腰を下ろした。だんだんと部屋になじみ深さを感じ始めていた僕は言った。

「立ち寄ってくれて嬉しいですよ。勝手がわかったんですから、ちょくちょく寄ってください」

それはちょっとした冗談にしても、星や入江の灯りが瞬き始めてから訪ねてくれるほどには、彼女も僕を信用してくれたのだろう。僕には常にバーバラとのあいだに保つべき距離感がわかっていたし、彼女も同じように感じていたはずだ。それが、彼女との関係での面白い点だった——〝言葉は要らない〟という間柄。でも、ただそれだけのことで、彼女がどういう人間なのかを知るのは難しかった。いつも、彼女を理解するのを難しくする何かが存在していた。あれこれ言葉を並べることはできるが、正確に感じ取ることはできないもの。つまり、理解し合うこととは相容れない何かがある、という意味だ。まるで、頑《かたく》なな態度を取り続けることに疲れ、少しガードを緩めたいと思っても、そうすることで自分を負け犬のように感じて躊躇《ためら》ってしまうというような。

「湿布がないかと思って寄ってみたの」バーバラは言った。「足に貼りたいのよ。ずっと左足の甲が痛くて」彼女は、ディナーテーブルの下で僕に触れていたほうの脚を突き出した。液体洗剤か何かでも充分に間に合いそうな様子だった。

「新しい靴を買ってあげたほうがよさそうですね」そう答える。

「気を遣わないで。まだ大丈夫よ。あなたの気が変わらないか、もう少し待ってみたほうがいいわ。新しい靴なんて無駄遣いはしないで」

「僕の気持ちは変わりませんよ」

「しばらくは、っていうこと?」

「ええ。しばらくのあいだは」

「たぶん、この夏のあいだはっていうことね」

「本当に夏中ここにいるつもりなんですか?」

バーバラは夏のあいだずっとここで過ごす予定だった。ファッション雑誌に自分の記事を持ち込むのに週に数回サンフランシスコに赴く必要があるとき以外は。もしかしたら、週末に何度かロサンゼルスにも行かなければならないのかもしれない。バーバラが黙り込んだとき、僕は頭の中で考え始めていた。ロサンゼルスには行ったことがないな。たぶん、美術館を一日人にまかせて週末の休みを取ることもできるかもしれない。フォードがあるし、これから入ってくる予定の金もたっぷりある。彼女が口を開いた。「そんな皮算用はやめたほうがいいわ。どんなふうに変わるかわからないんだから」

「僕としては、かなりの確率でそうなるだろうと思っているんですけどね」

彼女は、これからの成り行きを示すような大きな笑みを浮かべたが、それ以上は何も言わなかった。煙草をもうひとふかしして灰皿でもみ消す。ブレスレットの留め金を外したり留めたりしながら、まだ少しにやついていた。しかし突然、普段やめようとしていることをしている自分に気づいたかのように、その動きを止めた。そして、片手を差し出して言った。「もう一本ちょうだい」

バーバラに煙草を渡して火をつけてやり、自分の分も一本取り出す。しばらく座ったまま二人で煙草をふかしていた。わかってもらえると思うが、状況はすべて整っているのに、まだ時が満ちていないという感じだ。僕たちはただそこに座っていた。しかし、正面玄関のドアに近づいてくる足音が聞こえた。それが誰にしろ「ヤッホー！」と叫んでいる。呼びかけなどではなく「ヤッホー！」——ただ、「ヤッホー！」だ。オジー以外には考えられない。

飛び上がってバーバラを見た。彼女はまたもやにやりと笑っていたが、座ったまま煙草をふかしているだけだ。ほかの部屋に逃げ込もうとかソファの下に隠れようとか、そんな素振りはかけらも見せない。玄関に向かい、オジーのためにドアをあけてやる。

彼の様子ときたらちょっとした見物《みもの》だった。パジャマにバスローブを羽織って、足元はスリッパ姿。片手にスコッチのボトルと——僕たちが残してきたそのままの量が入っている——炭酸水の瓶。もう一方の手には銀色の氷入れを下げ、小脇に『七人の新人による詩集』の写しを挟み込んでいる。どうやら、残りの夜を一緒に過ごそうとやって来たようだ。時間はすでにかなり遅い。彼は、深夜の寄舎でバカげたパーティを繰り広げる女子学生のようにぺちゃくちゃとしゃべり始めた。居間のドア口に達しバーバラを見たときの顔ときたら、これまた見物だった。バーバラに逃げ出す理由はない。すっかりうろたえてしまったのはオジーのほうだ。

「えーと」舌がからまったような口調で話し始める。「ビリーに『ロケット』の話をしてやったんだ。それで、『七人の新人による詩集』の写しを持って来てやったんだよ」実際にはこんな調子の説明ではなく、めちゃくちゃな話し方だった。

「そう」バーバラが答える。「それで、スコッチを手土産にというわけね」しかし、彼女は意地悪で言ったわけではない。「朝になったらジムソン夫人がヘンリーに確認するはずよ。どのくらいの量が残っていたかって。わたしが今すぐ母屋に戻しにいくから、もう一度母屋に戻って、改めて持ち出したほうがいいわ」彼女は立ち上がると、再びにやりと笑った。「母屋にいる女性たちのところに戻るわ。おやすみなさい、ビル」

「ちょっと待って」オジーがもぐもぐと言う。「僕も一緒に行くよ」

彼は僕に本を渡すとバーバラのあとを追いかけていった。二人が連れ立って遠ざかる様子を見つめていたが、僕にはさっぱりわけがわからなかった。

詩集にはオジーが自筆でサインをしていた。〝ビリーへ――六月三日――この素晴らしき夜の記念として。オズワルド〟。昔の手法はどこへやら、頭文字が使われていた。

それがハッピー・クロフトでの初日の終わりだった。二階に上がる。ベッドが整えられ、枕の上には見たことのない白いシルクのパジャマが置かれていた。たぶん、僕の荷物を調べたジョジョが、空いているゲストルームから見つけてきたのだろう。着ていた服をはぎ取るように脱いでその場に落とし、頭まですっぽりとベッドに潜り込んだ。そのベッドもまた最高だった。

第四章　ジムソン夫人

翌朝、朝食のために母屋に向かっていると、私道を縁取る木々の間に滑り込むキャデラックの後ろ姿が見えた。アン・ベスをサンフランシスコに連れ帰る車で、その後二カ月というもの彼女の姿を見ることはなかった。バーバラの姿ならしょっちゅう目にしていたのだが。

バーバラについて説明するのは難しい。自分の感情を抑制しているせいではなく、彼女がただ本当におかしな女の子だからだ。僕は常にバーバラを女性というよりは女の子のように感じていた。たぶん、彼女の言動にいつも驚かされていたからだろう。たいていの場合、僕は彼女のことをかわいらしいと思っていたのだが、その彼女がまったく逆のことをしたり言ったりしたとする。そんなとき、僕としては彼女らしくないと思うのだが、周りの人々は「まったくもってバーバラらしいね」と言ったりするのだ。一度、彼女に言ったことがある。「きみって本当に、大都会で迷子になった純朴な田舎娘みたいだね」それに対して彼女は答えた。「これまでで最高の褒め言葉だわ」世の中に気難しく生まれてくる人間はいない。気難しい人間はみな、そうならざるを得なかったのだ。気難しいのではなく、そうさせられた。僕はいつも、バーバラについてそう思っていた。二人だけのときには、いつも優しく、かわいらしかったのだから。それこそが、二人だけでいるときに彼女が引き出してくるものなのだろう。自分の正体を漏らすことなく、少しだけ肩の力が抜ける時間。愛し合っていたとか、そんなことではない。少なくとも僕は違った。もし、バーバラがそう感じていたとしても、彼女は決して口に出さなかっただろう。一緒にいたいという感覚が常にあっただけで、二人でいるときにはすべてを理解したいと感じていた。

それで、クロフトでの僕の二日目だが、朝食に下りて来て、アン・ベスをサンフランシスコに連れ帰るキャデラックの後ろ姿を見た。小食堂に入ると、テーブルについていたのはバーバラ一人だった。クロフトでは、八時半までに朝食の席に着くか、食べないかのどちらかなのだ。この点はジムソン夫人がひどくこだわっていることの一つで、彼女の素晴らしい客たちが額を寄せ合っては文句を言っている点でもあった。客に対して不親切だと彼らは思っているのだ。結果的に、ここで朝食を摂る客はあまりいない。ただの朝食にありつくか、ただのベッドに潜り続けるかは、彼ら次第なのだから。たいていは昼近くまで、どうしようかとぐずぐずすることになる。そして、また同じ選択に迫られたときには、今回は朝食を摂りに行ってみようかということになるのだ。

「ぎりぎりセーフね」とバーバラは言った。八時半ちょうどだったからだ。テーブルの上に見えているのは、彼女が着ている趣味のいいブラウスだけ。首回りにたっぷりと刺繍がほどこされ、袖口が赤いリボンで結ばれているかなり上質のものだ。彼女の向かいに腰を下ろして一言二言言葉を交わし、すでに用意されていたオレンジジュースを飲む。

バーバラが言った。「ここで朝食を摂るのは一週間ぶりだわ」

ヘンリーがやって来て何がいいかと尋ねた。あるものでいいけど、たっぷりとした朝食をと答えると、彼は出て行った。

「どういうわけで？」バーバラにそう尋ねる。

「あなたが思っている通りの理由で」

「もっと詳しく」

バーバラは微笑んだ。本当に素敵な笑顔だった。「若いくせに自信たっぷりなのね。生意気っていうわけじゃないけど」

「自分が持っている力に気づいているだけですよ」とりあえずそう答えたものの、言ってしまってから嫌な言い方だと思った。

ヘンリーが戻って来て、目の前にコーヒーのポットと料理皿を置いた。皿の上には目玉焼きが二つに厚切りの焼いたハム、ベーコンが数枚に何かを焼いた生地の上に焼きリンゴを載せたものが並んでいた。ハッティは焼き料理が好きらしい。それはいつでも素晴らしくおいしかった。皿の脇にはトーストが三枚とバターの大きな塊。ジャムの皿までついていた。

「ヘンリーもあなたの力には気づいているみたいね」バーバラが言った。

「大したものじゃありませんよ」そう答える。「自分でも信用できませんから」実際には疑ったことなどなかったが。チャンスとばかりに彼女の顔を覗き込んで尋ねた。「オジーは朝食には何を食べるんです?」

わずかに紅潮した顔と凍りついた笑みを見て、言い過ぎたかと思った。しかし彼女は、自分の皿に目を落とすと料理のかけらをフォークの背に載せて答えた。「オレンジジュースだけよ」そして、料理を口に入れて呑み込んだ。

コーヒーを分けようかと尋ねると、彼女は自分のカップを差し出した。ポットからコーヒーを注ぎながら、彼女がいかにかわいらしい手をしているかに気がついた。とても薄いのだが、きれいな形をしている。刺繍と赤いリボンが人の目をその手に引きつけることに気づいたのもそのときだ。ふと、昨夜のブレスレットを思い出す。あれも、まったく同じ働きをしていたと言える。僕は何も言わなかったが、バーバラが口を開いた。「どういうわけで、わたしが赤いリボンの説明なんかしなきゃならないの?」

「すみません。じろじろ見るつもりはなかったんですが」

にやりと笑って彼女は答えた。「まあ、いいわ。でも、女の観察の仕方は心得ているのね。いくつなの?」

「二十九」

「本当かしら」

「二十五歳です」そう白状する。

「そんなところでしょうね」バーバラはそう言うと、こちらのことをあれこれと訊き始めた。僕の到着前に、ジムソン夫人やほかの人々との会話から知ることのできなかった事柄について。

それで僕も尋ね返した。「あなたについてはどうなんです?」

「質問タイムはもう終わり。少しずつ教えることにしましょう」

ヘンリーが入って来て、デニー氏が電話で話したがっていると告げた。バーバラに待っていてくれるよう言い、電話機に向かう。フロイド・デニーは敷地内にある自分のコテージから電話を寄こしていた。この午前中に会って、美術館やその運営方法について説明したいという。ジムソン夫人が何曜日の午前中に僕の創作活動に立ち会いたいと思っているかとか、田舎で生活する上でのあらゆる疑問点についても。「田舎での生活について、あなたが知りたいことは何でも」彼はまさにそう言ったのだが、笑ってしまう。フロイド・デニーときたら時々、大真面目な顔で秘書らしからぬことをやってのけるのだ。こちらがそれに気づいた顔をしても、決して反応することはない。彼の本心を理解できる者など一人もいないだろう。少なくとも僕にはできなかった。クロフトにいる人間の大方に至っては試してみようともしない。何故なら、連中は彼に対して社会的な優越感を楽しんでいるから。ヘンリーやハッティが鼻であしらうような人間に対しては特に。デニーによると、その日は午後から美術館をあける日に当たっていた。それは僕にとって大当たりだったと言えるだろう。ジムソン夫人もそこで一緒にランチを摂ることになっていたからだ。美術館にはスチームテーブルつきのキッチンがあり、僕たちはよくそこで絵を見に来た客にお茶やなんかを振舞うようになった。あとになってわかったことだが、ジムソン夫人と僕がそこでヘンリーが給仕してくれた昼食を摂っていたとき、ハッティは小食堂でオジーやガス・バッバートソン、バーバラに冷たいサンドイッチとアップルソース（リンゴを砂糖で煮てピューレ状にしたもの）を出していたらしい。三人は忘れることができないほど怒っていたが、それでも仕方なく出されたものを食べた。それなりのサンドイッチとアップルソースだったのだろうが、それを出すハッティの態度が、お付きの者たちに接するオリエントの女王のようだったことは想像に難くない。

フロイド・デニーに了解だと告げる。いつでも会えると言うと、これからすぐにではどうかという返事が返ってきた。朝食を終え数分のうちには美術館に向かうと告げた。

食堂に戻り、皿に残っていたものを片づけ、コーヒーをもう一杯飲んだ。座って煙草を一本吸いたかったが、バーバラが言った。「今はいいでしょう？　煙草なんてこの夏、朝食のあとでいつでも吸えるんだから」

「ねえ、バーバラ」僕は声をかけた。「夕食まで会えないと思うんだ。そのあとだって、みんなが

――」

彼女は僕に視線を向けると眉を寄せ、キッチンのほうを顎でしゃくった。誰が聞いているかわかったものじゃない。僕たちはフロント・ポーチへと移動した。

「ねえ、バーバラ」僕は続けた。「夕食のあとだって、みんなが周りにいて話なんかできないよ。だから、みんなが寝てしまったあとで、また僕のコテージに来てよ」

「ものすごく遅い時間になると思うわ」彼女はそう答えたが異を唱えたわけではなく、事実を告げたまでだ。

「何時でも構わない」

僕の言葉に、彼女はやっと「いいわ」と答えた。

驚いたわけではなかったが、そのときの僕は、誰もが抱くような感覚を味わっていた。説明できるとすれば、突然胸の中で何かが膨らみ始め、その感覚に満足しているという感じだ。思わず笑みが広がるのを抑えられなかった。純粋に嬉しさから広がる笑みだ。バーバラは僕の胸ポケットに手を伸ばし、きちんと畳まれていなかったハンカチーフを一、二度引っ張った。そして、低い声で言い足した。

「オジーのことは心配しなくていいわ。今夜は現れないから」

「どうしてわかるんです?」そう尋ねる。

「大丈夫、来ないから。わたしにはわかっているの。だから、心配しないで」

心配などしていなかった。それでも、彼女の言葉を不思議に思わずにはいられなかった。

そんなわけで、その日の午前中はフロイド・デニーと過ごすことになった。非常に礼儀正しい人物で、美術館の仕事についても熱心に説明してくれた。しかも、給料の百ドルを前払いしてくれて、その領収書を僕に書かせた。前払いなんて思ってもいなかったが、ジムソン夫人の考えで、僕に対する思慮深い待遇の一環だった。デニーと二人で所蔵絵画の保存状態を調べ、確認のサインをする。六十数点の絵画があり、そのうちの四十点が展示されていた。どの作品も展示したいと思うような絵ばかりだ。残りの二十点についても、コレクションの内容を知っている人々に見せるために、しょっちゅう引っ張り出さなければならなかった。しかし、それは楽しい仕事でもあった。それらもまた素晴らしい作品だったからだ。コレクションの中にはルノワール夫人が赤ん坊に乳を与えている絵の一枚もある。ルノワールは同じテーマで実に多くの作品を描いていた。そんな絵がすぐ手の届く場所にあるという悦びだけで、僕は何度もその絵を展示したものだ。十五インチほどの高さしかない小品《しょうひん》で、ルノワールが自分の手元に置くために描いたものだろう。作品の半数ほどがフランスの印象派画家によるもので、ほかにはゴーギャン、スーラ、ヴァン・ゴッホなどがあった。コレクションの中の最高作品とは言えないまでも、セザンヌの小品も含まれている。現代画が少しに、カナレット、ジョバンニ・ディ・パオロ、クラナッハ。アメリカの素朴な風景画が一点に、あとは、そういう言い方が許されるなら、取るに足りない作品が数点。バランスのとれたコレクションとは呼べないが、どの作品もジムソン夫人が気に入って購入したものだ。それぞれの絵が自然に調和し合っていて、展示するには楽なコレクションと言える。ただ、ゴーギャンのピンク色のドレスを着た夫人像だけは別格だが。

ジムソン夫人との昼食は素晴らしい時間になるだろうという予感がした。バーバラとのこともうまくいきそうだし最高の気分だ。それに、あの絵。良い絵というのは常に僕を幸せにしてくれる。そこから受ける刺激で頭がしゃきっとするような感じだ。

ジムソン夫人は時間通りに現われ、腰を下ろすと口を開いた。「お食事がお気に召すといいんだけど。ちょっとセンチメンタルな気分になってしまって、ヘンリーにアン・ベスの父親が好きだった料理を用意してくれるよう頼んでしまったの。ただのラムチョップにアイスクリームなんだけれど」

「量はたっぷりなんですよね?」僕は尋ねた。

「六切れもあれば充分かしら?」

「それだけあれば満腹になると思います」

「アン・ベスの父親もそれで満足していたわ」ヘンリーが一皿目のグリンピース添えラムチョップとサラダを手に入って来た。

「これはすごいや。今でも彼はこれで大満足なんでしょうね」

「三年前に亡くなったの」ジムソン夫人は答えた。

しまったと思った。「すみません。バカなことを言ってしまって」

「いいえ、いいのよ。でも、あなたがまだ知らなかったなんて、ちょっと驚きだわ。ここにいる人たちときたら、本当におしゃべりなんだから。もうとっくに知っていると思っていたのよ」

「ここに着いてから、まだ二十四時間も経っていないんですよ」そう言ってみる。

「そうね。でも、そうだとしても、昨日、わたしが引き上げたあと、みんなと何を話していたの?」

「そうですね。オジーとは彼の詩集について話しました。ガスとは特に何も。バーバラとはもっぱらドレスについて」

ジムソン夫人は笑い声をあげた。「面白い子ね。どうしてあなたがドレスのことなんかに詳しいのかしら? オジーとは詩についてですって、まったく」彼女は再び笑い声をあげ、先を続けた。「もし、ドレスや詩のことがなければ、バーバラやオジーとは知り合わなかったでしょうね。バーバラはまだ店を持っていたころ、わたしのドレスのデザインをしてくれていたのよ。その関係でオジーや彼の詩についても知った。彼の最初の詩集には、経済的な援助もしてあげたわ」

「『七人の新人による詩集』ですよね？」

「いいえ」と夫人は答えた。「もっと早い時期の詩集。もう少し理解のできる作品だったとしても、上等な詩とは言えなかったわね。どういうわけか『衣装をまとったリサイタル』なんていうタイトルがついていて、オジーが言うには、彼自身の性質を二十四もの異なった局面から描写したものらしいんだけど。残念ながら、内容としては貧弱だった。それに、こちらが恥ずかしくなるほど露出的で。でも、周りに置いておくには面白い人間だわ」

ヘンリーが再び現れ、ジムソン夫人がもういいと言ったラムチョップの二皿目を僕の前に置いた。

「すばらしいコレクションですね」僕は話題を変えた。「あなた自身も描くための感覚をお持ちだと思いますが」

「どういう意味？」

「つまり、画家が絵を描くときと同じ感じ方をするということです。絵の描き方を本から学んだ者のようにではなく。以前はご自分でも描いていらっしゃったんですか？」

「何年か前にやってみたことはあるのよ」彼女は答えた。「静物画を数点。でも、絵を描くためには手の訓練が必要で、諦めてしまったの。今から手を鍛えるには歳を取り過ぎているわ」

「そうですね。確かに」

「結構！　本当にそうなのよ。わたしは年寄り。そうじゃないふりをする人間なんて大嫌い。それから、もう一つ。もし、わたしたちがうまくやっていこうとするなら、あなたはわたしが持っているお金についても理解しなければならない。わたしはお金持ちよ。それも、かなりの。これまでずっとそうだった。わたしの親も夫の親も。その上、夫はお金を稼ぐのが上手だったし。その点は大目に見てもらわなきゃならないわ」

僕はいたたまれない気分になってきた。ジムソン夫人もそれに気づいたようでため息をつく。「残念ね。わたしが年寄りであるのと同じように、お金持ちであることも受け入れてくれると思っていたのに。わたしと話をするとき、たいていの人はお金の話題を避ける。まるでそれが汚らわしい話題でもあるかのように。それ以外のときには、お金の話しかしないくせにね」

「すみません」僕は答えた。「いたたまれなくなる理由なんて何もないはずなんですけど、どうしてもそんなふうに感じてしまって」

「じゃあ、この話はやめにしましょう」

僕たちにほかの話題を探す必要はなかった。むしろ、そんな時間さえなかったと言うべきだろうか。ヘンリーが入って来て、電報が届いていると告げたからだ。しかし彼女は、電話で話を聞いてみてほしいと頼んだ。

「お願いよ、ヘンリー。そうしてちょうだい」ヘンリーは出て行った。彼の声は聞こえるものの、何を言っているかまではわからない。ジムソン夫人は、たとえそれが悪い知らせではないにしても、電報に目を通す老人たちの大方がそうであるように少し不安げに見えた。数分もしないうちにヘンリーが戻って来て言った。「リーバ様とお話ししました」

ジムソン夫人は悪い知らせを受け取ったかのような顔をした。もうこれ以上は何も食べたくないというような面持ちでフォークを置く。

「まあ、ヘンリー。彼女、来られなくなったの？」

「はい、奥様。残念ですが、そのようでございます」

「結構。それなら、彼女の部屋をほかの人たちから離れた場所にしておいて。それから、〝来てくれたら嬉しい〟っていう電報を彼女に打つようデニーさんに頼んでもらえるかしら。迎えの車も一台手配させてちょうだい。彼女、いつなら来られるのかしら？」

「電報では、明日の朝一番にとなっていましたが」

「わかったわ、ヘンリー。どうもありがとう。ビルさんにラムチョップをもう一皿お持ちしたほうがいいんじゃないかしら？」

「いいえ、もう結構です」僕は答えた。「アン・ベスのお父さんほど大きな胃の持ち主ではありませんから。アイスクリームがあるとおっしゃっていましたよね？」

アイスクリームはたっぷり用意されていた。ジムソン夫人は目の前の小さな皿を突《つつ》いていたが、僕が恐縮しながら大盛りのおかわりを要求すると、こう答えてくれた。「いいのよ、ビル。あなたが食べているところを見るのは、とても楽しいから。知っている人たちはみなダイエット中なんですもの。人が食べているところを見るだけで、わたしは満足できるの。このクロフトでも、あなたほど食べっぷりのいい人は久々だわ」

「デニーさんが最初の手紙で書いていたことを覚えていますよ。あなたは、人が絵を描くのを眺めることで、自分が生まれ持った創造性を代償的に満足させているんだって」そう切り出してみる。

「それで、あなたはそのことについてどう思ったの？」

僕は笑いながら答えた。「あまり深くは考えませんでした。だから、そのときにどう思ったかについてしかお話しできないんですが、でたらめだと思いましたね」

ジムソン夫人も笑って返した。「あなたの言葉の使い方のほうから、代償的な満足を得られそうだわ。〝でたらめ〟っていうのは最高ね。それが〝ハーバード〟流なのかしら?」

「残念ながらフォートワース流です」

二皿目のアイスクリームをたいらげると、ジムソン夫人に与えられる代償的な満足も、今のところはそれで精一杯だと思った。ヘンリーがコーヒーを運んでくれる。食後、少しゆっくりしていると、明日の朝、僕が絵を描いているところを見に行ってもいいかとジムソン夫人が尋ねた。しかし、ため息をつきながらつけ加える。「リーバから逃げられたらの話ですけどね」ちょっと疲れて憂鬱そうだ。それでも、コーヒーを飲み終えると、僕に微笑みかけた。部屋を出る夫人に手を貸してやる。玄関先では、目と鼻の先の母屋まで彼女を送り届けるための車が待っていた。

着替えをしなければならなかった。持ってきた中でも一番保守的で仕立てのいいスーツを着込み、二時半に美術館をあける。その日の午後にはあまり多くの客は来なかった。それでもその夏、よく名の知れた著名人が絵を見に来ることが時々あった——書籍や映画のレヴュー、展示会などで、名前を見かけることがある人々だ。ジムソン夫人のお抱え建築士、ロニー・ダイクフォードに初めて会ったのも、その日の午後のことだった。彼は閉館時間ぎりぎりに滑り込んで来た。僕にはいつも好意的で、仕事の合間にちょっとした息抜きを与えてくれたものだ。初めて会ったときの僕が、きちんとした態度で仕立てのいいスーツを着ていたからだろう。ヘンリーよりもまだひどい正真正銘のスノッブ。成功者然とした保守的な外見が、彼にとっては何よりも重要なのだろう。独身で、サンフランシスコにたまの用向きのための部屋を持っているにもかかわらず、一年中クロフトで暮らしていた。母屋ではジムソン夫人の部屋のはす向かいの二部屋を使っていて、非公式の伴侶、あるいは屋敷の主人のようになっている。五十歳くらいだろうか。オジーは常に、彼がジムソン夫人との結婚を目論んでいるのだと言っていたが、僕としては見た目通り、夫人に対して純粋に忠実で献身的なだけなのだろうと思う。クロフト内におけるすべての建物の建築、改修、装飾に対して支払われる報酬がなかったとしても。ふさふさとした茶色の髪は、常にきちんと手入れされている。少しばかり腹は出ているが、何とか威厳を保っているようだ。こちらを気に入ってくれる相手にはいつもそうしているように、彼のことも好きでいようと思った。オジーに対してと同じように。

ディナーの前にミントジュレップ。そしてまた上等な食事。上辺はリラックスしているようでも、内心は興奮していた。何に対してもにやつきを抑えられない。ジムソン夫人が二階に引き上げてしまうと、大げさなあくびを装い、自分もまた席を外した。

コテージに戻ってカーテンを二枚とも閉める。外の景色を遮断してバーバラのランプを灯した。この部屋は、中にいる者の気分をどんなふうにでも変えてくれると以前に書いた。昨夜と同じようにカーテンが閉じられランプが灯っている今、昨日中断した場面がいつでも再現できそうな気がした。姿を現したときのバーバラも然り。すべてが順調だった。

第五章　ブレスレットと手首

ややしばらくしてから彼女は口を開いた。「今なら、昨日と同じ景色が見えると思うわ」僕も同じように感じていた。ランプを消しカーテンをあける。最初に厚いブルーグレイのカーテン、そして生糸のカーテンを。「窓もあける？」僕の問いに彼女は答えた。「ええ、窓も」

板ガラスを折りたたむ。部屋に流れ込んできたのは空気だけではなかった。たっぷりとした空気や煌々とした月光もあっただろうが、それに加えて何か新しい要素が含まれていた。もっと柔らかで、こちらを包み込んでくれるようなもの。月の光の中には、海で時々見かけるような青い煌めきが混じっていた。すべてが静かだった——部屋の中の家具、入江へと落ちる斜面を覆う木々や茂み、そして入江自体も。あまりにも遅い時間で、移動する車の黄色いランプはもう見えない。静止した光だけが輝いていた。何もかもが静まり返っている。しかし、息を止めてしまったわけではない。僕たちは長椅子に座り煙草をふかしていた。ぼんやりと、朝食後の煙草よりもおいしく感じるのはこの煙草くらいだろうと思っていた。

バーバラは中国風の白く厚みのある絹のローブに身を包んでいた。刺繍も何もないシンプルなもので、ジョジョが僕のベッドに用意してくれていたものだ。前の晩、僕がパジャマを着なかったものだから、今度はローブにしてみたのだろう。バーバラの髪がそのローブにとてもよく映えていた。

言葉など必要ないと感じながら、僕たちは煙草を吸い尽くした。吸殻を部屋の隅に放る。煙草は床の上で小さな火花を飛ばして消えた。ふと、パチンパチンというかすかな音に気づく。一瞬、虫がたてる音みたいだと思った。しかしそれは、バーバラがブレスレットの留め金をあけたり閉じたりしている音だった。彼女はぼんやりと入江を眺めながら、その動作を繰り返しているのだ。昨夜していたのと同じブレスレット。腕を伸ばして彼女の手を取ると、バーバラは一瞬身を縮めた。膝の上にその手を上向きに載せ、表面を飾る石を撫でる。石は月の光を受けて煌めいていた。あまりにもまぶしくて、石がはめ込まれている様子や留め金の大きさしかわからない。留め金を押してみると撥ねるように口をあけた。ブレスレットの大きなパーツが二つに割れ、バーバラのむき出しの手首が現れた。

彼女は一瞬息を詰め、手を引っ込めようとした。が、すぐに動きを止め、肩の力を抜いた。もう僕が見てしまったことを悟ったからだ。手首には血管を横切る大きな傷跡が走っていた。惨《むご》たらしく赤くひきつった大きな傷跡。月明りの中でも、醜い傷跡ははっきりと見えた。

泣き出しそうになった。バーバラはすぐにもう片方の手をあげ、そちらのブレスレットの留め金も外した。僕に見せるために両手を挙げる。ブレスレットは細いゴールドのチェーンで彼女の腕からぶら下がっていた。バーバラは手首からそれを抜き取ると床に落とした。そして、人が寒いときにするように自分の身体を抱きしめ、両手をローブの中に押し込んだ。

「面白い話じゃないのよ」彼女は呟いた。

呻くように僕は答えた。「無理に説明する必要はない」

「あなたっていい人なのね、ビル。若いくせに本当にいい人だわ」

「ああ、お願いだから」泣きたい気持ちが止まらず、そんな返事しかできない。

「もう一本、煙草に火をつけてくれる、ビル？」彼女は答えた。「窓も閉めて」

煙草に火をつけてバーバラに渡す。彼女のほうは手首を隠すこともなく腕を伸ばしたが、僕はまだ直視できないでいた。窓を閉めているあいだ、彼女が二、三度、煙草を深く吸い込み、ゆっくりと吐き出す音が聞こえた。肺の底まで吸い込んで、吐き出すときの何とも言えない癒し効果のある味わいを楽しんでいるのだろう。カーテンの引き紐に手をかけたまま振り返えると、バーバラはゆっくりと頭を振って大きな煙を吐き出した。彼女のもとに戻り、背中を長椅子に預けて床に座る。バーバラが首の下にクッションを差し込んでくれた。そして、僕も煙草が味わえるように、腕を伸ばして自分の煙草をくわえさせた。

「オジーがやったの」彼女はぽつりと言った。

何も言えなかった。理解することもできなかった。言葉は聞こえたが、何を意味しているのかわからない。その言葉はどんな理解にも結びつかなかった。

「オジーはわたしを殺そうとしたの」バーバラは続けた。「もう十五年も前の話よ」彼女は次の言葉を探すように言葉を止めたが、また話し始めた。「十五年前、わたしは今のあなたと同じ歳だった。オジーは三十五歳。結婚して八年が経っていた」

彼女の顔を見るために首を巡らせる。「ちょっと待って。全然意味がわからない。話が早過ぎて、まったくついていけない」

「わたしが覚えているのは、あの人がどんなふうに叫び出して、わたしの手首を押さえつけたかということだけ。気がついたら病院にいたわ。まだ記録が残っていると思う。自殺未遂になっているけど」

彼女を止めなければならなかった。「もうそれ以上話さないで」彼女の話を止めるために膝頭を強くつかんだ。バーバラは吸いさしを暖炉に投げ込むと、長椅子から僕の隣にへたり込んだ。半ば滑るように、半ば落ちるように。こちらの肩に腕を回し、しがみついてくる。そうすることで、何とか自分の命を繋ぎとめようとしているみたいに。彼女の身体はがたがたと震えていた。

「ああ、ビル」呻くように囁く。「わたしに優しくして！　怖くてたまらないの！」

第六章　ハゲワシの経歴

翌朝目が覚めても、すぐにはベッドから起き上がらなかった。上向けに転がり、手のひらを頭の下に当てて気持ち良く寝そべっていた。ただただいい気分で、これまでに起こったことを思い起こしていたのだ。何もかもが簡単で快適、面白くさえある。目覚めたときに時折感じることのある気分だ。そんな朝にはシャワーも爽快、着る服だって普段よりもさっぱりと感じる。スーツに至っては自分の身体にジャストフィットだ。体中の皮膚が指先のように敏感で、呼吸をすれば肺だけでなく全身に空気が行き渡っているように感じた。

仰向けに寝そべったまま思いを巡らせ、シャワーを浴びて朝食を摂ることや、午前中に絵を描いて過ごすことを心待ちにしていた。本当にいい気分だった。身体を覆うシーツはひんやりとしてさらさらで、息をするたびに胸にこすれる感触もいい。首を巡らせ、サイドテーブルの時計を見る。まだ七時を少し過ぎたばかりだ。自分の煙草が目に留まる。朝食前だが、一本だけ吸うことにした。頭の下から手を外し、煙草を取るために片肘を突く。火をつけると再び仰向けに寝転がり、天井に向かって煙を吐き出した。最高の気分だ。

ジムソン夫人がどれほど自分に良くしてくれているか。それに、美術館にある絵の数々。カナレット、ルソー、ルノワールの小品。どういうわけか、気分が違えば見え方も変わってくる。僕の印象としては、カナレットの絵は非常にクールで鋭さと透明感がある。ルソーは斬新で、一見子供っぽく見える絵の背後にあるのは夢の世界だ。ルノワールの絵は幸福感に満ちていて暖かい。三枚が三枚とも存在感に溢れる逸品だ。

バーバラのことを思う。なんて面白い女の子だろう。いつもあんなに強がった顔をしているのに、昨夜の彼女は何と違ったことか。過去の恐怖に対し、常に虚勢を張る必要はないのだと悟り、つかの間《ま》肩の力を抜いたようだ。手首に残っていた傷跡。長椅子から僕の横にずり落ちてきて、がたがたと震えていた。あまりにも強くしがみついてきたものだから、彼女の爪が食い込んだ肩が痛かった。やがて落ち着きを取り戻すと、すべてを話してくれた。彼女はどんなふうに帰って行ったのだったか。ほんの数時間前のことだ。バーバラは僕の顎の無精ひげから手を離し、もう行って少し寝なさいと言った。そして彼女自身もひっそりと出て行ったのだ。そして、僕は今、ここにいる自分の状況について考えている。最高の気分で目覚めたこと。そしてこの夏もずっと、こんな気分で過ごしていけるだろうと。

再び片肘をついて身を起こし、サイドテーブルの灰皿で煙草をもみ消す。また仰向けに寝転がって大きなあくびをした。両手を握って首のつけ根をマッサージ。その手を開いて、浮き出た肋骨を感じながら上下にさする。そして、蹴り上げた脚で毛布を跳ね飛ばした。ベッドから出てバスルームに向かう。

シャワーを浴びながら、また絵を描き始めることがどんなに楽しいだろうかと考えていた。数時間で一枚の絵を仕上げ、そこに自分の気持ちを表現できるかどうか試してみよう。再び寝室に戻り、引き出しから下着とシャツと靴下を引っ張り出して身支度を整え始める。身に着けるものすべてが気持ちょかった。まだ一度も試したことのないネクタイを選ぶ。結び終えたとき、初めてネクタイの両端がぴたりと揃った。階段を降りてドアを出る。外はひんやりと涼しく晴れていた。母屋へと下る長い坂道を朝食のことを考えながら下りていくのもまた楽しい。

そのときの僕が考えていたのはそんなことだった。食堂に着いたとき、ほかに誰もいなかったのも嬉しかった。もっとも、人がいるとも思っていなかったのだが。バーバラにさえ会いたくなかった。人と話すよりも、心に感じることをそのまま楽しみ、頭の中を巡る様々なことを考え続けていたかった。

リーバ・ゴールドファザーは、常に間の悪いときに現われる人間のようだ。しかしそれは、彼女がいつ現われようと、それが最悪のタイミングになってしまうせいでもある。彼女はその朝、僕がまだ朝食を摂っているときに現われた。彼女ほどそのときの気分に調和しない人間はいない。たぶん、あのガス以外には。リーバがガスと似ていると言っているわけではない。恐ろしく太っている女性だった。コルセットでぎゅうぎゅうに締めつけていて、胸元から太ももまでが一直線になっている。着ているものには常にごてごてとした飾りものがついていた――ギラギラと光るようなものが。クロフトに定住している人間ではない。時々やって来る野鳥のような存在。それにしても、どんな鳥だろう。ハゲワシだろうか――もし、コルセットをした太り過ぎのハゲワシがいるとするなら。時々、コルセットを外したリーバがどんなふうに見えるのか想像してしまうことがある。そしてすぐに、ほかのことに考えを切り替えるのだ。

私道からタイヤが砂利を踏む音が聞こえたとき、僕はほぼ朝食を終えようとしていた。数分もしないうちにリーバが中に入って来た。てらてらとした黒いサテンのドレスに小さなハイヒール。靴の履き口の周りに脂肪が層をなして盛り上がっていた。でっぷりとした体軀には小さすぎる帽子。それに、安っぽいポスター・ガールのように色を塗りたくった顔。実際、唇だって口紅がべっとりだ。単に赤いというだけではない。ぎとぎとと脂っぽいものが唇全体を覆っている。まるで、パリの女工みたいな様相で、グロテスク以外の何物でもない。滑稽でさえあった。

食堂に滑るように入って来ると、椅子をきしませて僕の向かい側に座った。そして、外見からもさもありなんと思うような金切り声で「ヘンリー！」と叫んだ。

部屋に入って来たヘンリーが挨拶をする。「おはようございます、リーバ様」しかし、僕を見つめるのに夢中な彼女はヘンリーに見向きさえしない。ただこう言っただけだ。「ハムエッグとビールを一本」ヘンリーは黙って出て行った。

リーバが口を開く。「わたしはリーバ・ゴールドファザー。たぶん、あなたが新しい絵描きなのね。なよなよした男じゃなくてよかったわ。名前は？」

ウィリアム・エクレンと答える。

「オーケー、ビル。まったく《マイゴット》、息が切れるわ」彼女はそう言って、片手で何回か自分を扇いだ。「ジムシーったら、わたしをサンフランシスコまで迎えに来るのにあんなステーションワゴンを寄こすんだから。おかげで、油まみれの豚みたいにシートの上で滑りどおしだったわ。何だってキャデラックを寄こさなかったのかしら？」あまりにも大きな声で、隣の部屋にいる人間にずっと叫び続けているように感じた。

僕は何も答えなかった。ただひたすら、それまでのいい気分にしがみつこうとしていた。

時々自らの手で自分に風を送るだけで、彼女も一、二分、何も言わなかった。しかし一度、小さな声で神様とつぶやいた。このリーバという女性は寝言でも神の名を呼ぶのだろう。そんなことを思わせるような口癖だった。貧血――たぶん、白血病と呼ばれる類の貧血――なのだろう。彼女の神様連呼は残りの会話を喰い尽くさんばかりだった。

ヘンリーがハムエッグとビールの大きなグラスを手に入って来た。リーバが言う。「ちょっとヘンリー、ダークビールはないの？」

「申し訳ありません、リーバ様。こちらにはライトビールしかございません。あなた様がお越しになるとは知りませんでしたので」

「用意しておくべきだったんじゃない？」とリーバ。「遅かれ早かれ、わたしが来るのはわかっていたんだから」彼女の正確な発言はこうだ。「遅かれ早かれ、わたしが来るのはわかっていたんだから、こん畜生」しかし、うんざりしてきた。彼女の発言は記録するだけに留めておこう。

「はい、リーバ様。わたしたちはみな、わかっていました」ヘンリーはそう言って、そそくさと出て行った。

「あのとんまが」リーバが罵る。

彼女が猛然とハムを突き刺し始めたので、しばしの休息。リーバは目玉焼きの黄身の一つを崩し、その中にハムの切れ端を突っ込んでいる。自分も以前はやっていたのだが、リーバのその姿を見てからは一度もしていない。

彼女は、口紅を落とさないようにしながら黄身だらけのハムを口の中に突っ込んだ。恐ろしく大きく口をあける必要のある芸当だ。それを大量のビールで流し込む。テーブルの上に下ろしたグラスの縁には、赤い口紅がべっとりとついていた。

僕は声をかけた。「もしよろしければゴールドファザーさん、僕はもうそろそろ失礼させていただきます。今朝はジムソン夫人のために絵を描くことになっているので、準備をしたいんです」

「何言っているの。許さないわよ」リーバは答えた。「座りなさい。それに、ゴールドファザーさんなんて呼ばないで。ジムシーが十時前に画家と会うことなんてないから。時間ならまだたっぷりとあるわ。嚙みついたりしないわよ」

「嚙みつかれそうだなんて思っていませんよ」

「あなたが食欲をそそる若い男じゃないっていうわけでもないけどね。身長はどのくらい?」そんなことを唐突に尋ねてくる。

「さあ、正確にはわかりません」

「体重は?」

「それもわかりませんね」

「わからないって?」リーバが言う。「そんなに用心しなくてもいいわよ。リーバおばさんは何も、あなたをものにしようと思っているわけじゃないんだから」

「何をおっしゃりたいのかわかりません。まったくもって意味不明です」

「子供なんだから」リーバはそう言うと残っていたビールのグラスを持ち上げた。頭をのけぞらせて喉に流し込む。グラスを置いたときには彼女の唇は斑模様になっていた。まだ赤いままの輪郭と漂白されたように色が落ちた部分。まるで臓器のようだ。

「本当にもう行かなければならないんです」僕は言った。

「ちょっと待ってよ」リーバが追いすがる。「ここには誰がいるの?」

現在クロフトにいるメンバーを教えてやる。

「アン・ベスは帰ったの？」

「ええ、昨日」

「彼女のことは気に入った？」

「もちろん」そう答える。「アン・ベスのことなら好きですよ。可愛らしい娘《こ》ですから」

「それ以上よ。あの娘なら四本脚でもまだ可愛いでしょうね。彼女がジムソン夫人のたった一人の孫娘だというのは知っている？」

「ええ。そう教えてもらいました」

「そう。なら、彼女に対して適切な振る舞いをしたでしょうね？」

どう答えればいいのかわからなかった。「どういう意味です？」リーバの言わんとしていることはわかっていたが、わざとそう返した。

「とぼけないで」彼女はコルセットが許す限り、テーブル越しに身を乗り出してきた。そして声をひそめる。「よくお聞きなさい。アン・ベスは正真正銘の独り者なのよ。その頭に脳味噌が入っているなら、あとを追いかけたでしょうに。ものにできたはずだわ」そして小首をかしげると、グロテスク極まりないはにかんだ笑みを浮かべた。「うまくいった暁には覚えておいてよね。道を示してやったのは、このリーバおばさんだったことを」

「何がお望みなんです？」低い声で彼女に尋ねた。「成果報酬ですか？」

直球の質問だとリーバも悟ったようだ。再び椅子に背を預けて答える。「まあ、嫌ね。わたしたち、ビジネスの話をしているわけじゃないのよ。いいチャンスを与えてあげようと思っただけ。煙草、ある?」

煙草とマッチを彼女に渡す。火をつけてやろうなどとは間違っても思わなかった。

リーバは数回煙草をふかしてから大声をあげた。「ヘンリー!」テーブルの上にはベルが用意されているのに、彼女は見向きもしない。ヘンリーが入って来ると、ビールをもう一本持ってくるように言う。頼んでいるのではない。命令だ。

ヘンリーはビールを持って来てすぐに出て行った。リーバが口を開く。「ねえ、ビル、すぐにも逃げ出したいっていう感じでそわそわするのはやめてちょうだい。バカじゃないなら、わたしの言うことをよく聞いておいたほうがいいわ。確かにアデルはわたしの友達の一人よ。でも、このゲームでは完全にやり方を間違えてしまった。あなたなら彼女の鼻先からアン・ベスを掠め取ることができるわ」

「アデルって誰です?」僕は尋ねた。

「アン・ベスの母親。ジムシーの義理の娘よ。ねえ、アン・ベスがジムシーのただ一人の遺産相続人だっていうことがわからないの? アデルはたぶん、今もらっている手当を受け取り続ける以外、何一つ相続できないんだと思う。アン・ベスから引き出せるものがあるとすれば、あの娘《こ》が手に入れる遺産からなのよ。もしアン・ベスが結婚して母親を排除することがなければ」

「アデルに対しては、ずいぶん酷い言い方なんですね」

「とんでもない女なんだよ、あのアデルっていうのは」リーバは答えた。「見たり聞いたりする分には、人当たりのいい普通の女だと思うかもしれない。まあ、ある意味、まともではあったんだけどね」

彼女は一瞬口をつぐんだが、また話し始めた。「よくわからないけど、頭がちょっとおかしいんじゃないかしら。ジムシーから年に二万ドルも受け取っているのに家政婦さえ雇っていないんだから。サンフランシスコにある彼女のアパートを見てみるといいよ。まるで豚小屋だから。アデルもアン・ベスも食事は缶詰。文字通り、缶から直接食べているんだ。アン・ベスは自分で洋服にアイロンをかけなければならない。それなのに、どこに出かけるにも、あの肺炎患者みたいな音をたてる車に乗って行く」

「何ですって？」

「雨の中、お抱え運転手がじっと待っているような車のことだよ」リーバが答える。「まったく、何《ゴッド》てことだろう。アデルは今、ジムシーに対して十件以上もの訴訟を起こしているんだ。食べるよりも訴訟のほうが大事なんだろうね。二万ドルの半分は訴訟費用に消えているんじゃないかな」

「訴訟ってどういう意味です？」僕は尋ねた。

「アデルは理由もなく人を訴えるのが好きな女なの。人が映画を見に行くのが好きなのと同じように。それで彼女は暇を潰せる」

「ジムソン夫人と直接話し合うほうが簡単そうですけどね」

「アデルはもう三年もジムシーと会っていない。旦那が亡くなってからずっと。そりゃあ確かにそのほうが簡単だろうさ。でも、それは彼女のやり方ではない。どういうわけか、そうした訴訟のほとんどは法廷以外の場所で解決するんだから。あの女にしてみれば、欲しいものは何でもジムシーにせびればいいだけなんだよ」

「アン・ベスにとっては、あまりいい状況ではないですね」

「恐らく。あの娘《こ》は悪意のないおとなしい娘だよ。ただ、その分、扱いやすい」リーバは急いで言い足した。「あんたにものを考える頭があることを祈っているよ。簡単に手に入るアン・ベスのような娘にいつでも巡り合えるっていうわけじゃないんだから」

そのとき、エレベーターのモーターが動き出す音が聞こえた。ジムソン夫人が自分の部屋で朝食を終え、一階に下りて来るということだ。しばらく二人でエレベーターのシャフトを見ていると、ケージの底が見えてきた。とてもゆっくりとした動きだ。最初にジムソン夫人の脚が見え、徐々に身体のほうも見えてくる。夫人の顔が見えてからもエレベーターが床に達するまでかなりの時間がかかった。知人が半ブロック先から近づいて来るのが見えても、実際に話ができるくらいの距離になるまで、自分の顔や手をどうしたらいいか困っているような感じだ。ジムソン夫人は僕たちに手を振り微笑みかけてきた。リーバはエレベーターのガラス戸に向かって投げキッスをした。まるでそれまで、ジムソン夫人の金をどうやって手に入れるかを僕にレクチャーしていたのではなく、月明りとバラの話でもしていたみたいに。やっとエレベーターが床に着く。僕は夫人のためにドアをあけてやった。リーバはキスをしたり大好きなジムシーと呼びかけたり、夫人にべたべたとまとわりついている。

ジムソン夫人は礼を言い朝の挨拶をした。そして、僕とリーバがすでに自己紹介を済ませているかを確認した。もちろんだと答えると、「じゃあ、座ってコーヒーでも飲みましょう」と言う。その誘いに、「残念ですが、もうそろそろ絵の準備をしに行ったほうがよさそうなので」と僕は答えた。夫人は、僕の本心などお見通しだという表情でこちらを見つめた。夫人にはまたあとでと声をかけ、リーバには何も言わず部屋を出た。ドアを通り抜けるときに、ジムソン夫人が言っているのが聞こえた。「おはよう、ヘンリー。わたしにコーヒーをいただけるかしら？　リーバさんにはビールをお願い」

その日の午前中、絵を描く僕を見ていたジムソン夫人が突然尋ねた。「リーバのことをどう思う？」

「率直にお訊きになっているなら、同じ答えしかお返しできませんね。彼女のことはどうしても好きになれません」

「わかっていたわ」ジムソン夫人は答えた。「顔に出ていたもの」

「面《おもて》に出すつもりはなかったんですが。お客様に失礼だったのなら謝ります」

「そういう意味じゃないのよ。文句を言っているわけではないの。わたしのほうこそ謝りたい気分なのよ。リーバが粗野でけばけばしくて無礼なのは、わたしにもわかっているから。一緒にいても楽しくないしね。でも、二十年ものつき合いなのよ」

「きっと、そのあいだに彼女のほうが大きく変わってしまったんでしょうね」

「ええ。それも一方向にだけ。二十年前、彼女はいっときニューヨークのコメディ・ミュージカルで大当たりをしていたの。美人だったし、ウィットで通るようなあつかましさや生意気さも備えていた。体形も見事だったしね。ほかの人たちと同じように、どこにでも顔を出していた彼女に夫とわたしは出会った。五年後、夫が亡くなり、わたしはニューヨークを離れてここカリフォルニアに移ってきた。そこへ、サンフランシスコで株をやっていたリーバがひょっこりと現れたのよ。そのときにはもう太り始めていて、ニューヨークではすっかり忘れ去られていた。彼女はわたしの居場所を探し出して現われ、それ以降ずっとわたしのあとを追い続けているの」

「だいぶ状況がわかってきました」

「彼女に来てくれと頼んでいるわけではないのよ。ただ、ひょっこりと現れるの。ここにおかしな人たちがたくさん紛れ込んでいるのはわかっているわ、ビル。でも、わたしも歳だし退屈だし、ほとんど一人きりだしね。ちょっとした才能や独特なカラーの持ち主なら、たいていの人は受け入れようと思っているの。時々思い返してみると、学ぶべきことがたくさんあった若かりしころでも、人を迎え入れて親しくなること以外何も学ばなかったように思う。今では、ただ見つめている以外何もできないほど歳を取ってしまった。今、ここにいる自分はどうかと言えば、向き合った椅子に座ってあなたが絵を描いているのを見つめている。これまでに得たどれだけのお金を費やしても、物を見るためのチケットを買う以外、何もできないんじゃないかと思うことがあるわ」

「僕はどうです？」そう尋ねてみた。「見ていて面白いですか？」

「ええ。画家としてだけではなく面白い若者だわ。冷淡なくせに繊細。一つにはまだ若いからでしょうね。給料日のハンサムな自動車整備工みたいに粋がっているけど、服の着方は心得ているし、絵や本や人間についても知っている。もし本当に、装おうとしているほど冷淡なら、リーバのこともそれほど不快には感じないはずだわ。それに、人間性に対してそれほど敏感じゃないなら、彼女がここでどれほど場違いな存在かなんて思わないでしょうし。彼女はわたしにとっても厄介なのよ。でも、追い出すことはできない。できないと言うより、そんなごたごたを引き起こすまでもないということかしらね」

「リーバについて伺えてよかったです」自動車整備工云々という評価はとりあえず無視する。「彼女は本当に煩わしかったんです。あなたにふさわしい人間にも見えませんし。でも、お話を伺えて少し気が楽になりました。“Tout comprendre c'est tout pardonner.”」

「本当にそうじゃない？」ジムソン夫人はその句をフランス語で繰り返し、英語に言い換えた。「〝すべてを理解することはすべてを許すこと〟。どうしてかしら？　英語よりもフランス語のほうが本当っぽく聞こえるわね」彼女はそう言って微笑んだ。「でも、どちらにしても、リーバの場合はこの格言を傷つける例外だわ。どれだけ理解しても許容するのは難しい人だもの。“Tout comprendre c'est tout pardonner.”」夫人は考え深げに繰り返した。「そうね。わたしも人に対してはそんなふうに感じているんだと思う。この老齢を生きていくための知恵。まだ知らないことを見ながら理解しようと努めている。それが、自分と同じような年齢の年寄りを好きになれない理由なんだわ。理解はできても、見ていてちっとも楽しくないんだもの。ごめんなさいね、ビル」彼女は微笑みながら言った。「これでリーバに関しては許してもらえたと思っていいのかしら?」

「もちろんです。Tout compris《すべて理解しました》」

それからしばらくのあいだ僕たちは何も話さなかった。絵を描く僕に、時折夫人がこちらのことを尋ねてきただけだ。僕は、シュガーボウルにいけられた庭の花を手早く描いているところだった。悪くもなければ、それほど上出来というものでもない。それでもいい色合いで生き生きとした作品になった。人の心を打つような名作ではないが、個人的には気に入った。一時間かそこらの作業で「もうこれで充分だと思います」と夫人に声をかけた。

「仕上がったの?」ジムソン夫人が訊き返した。

「あなたが何をもって完成とするかによりますね。つや出しはまだです。充分だと思える時点で絵は完成しているとゴヤは言いました。確かゴヤだったと思いますが。いずれにしても、僕にはもう充分だと思えます。描きたいと思っていたものはすべて描き切りましたし、これ以上加えるものがないなら、もう充分ということではないでしょうか」

「気に入ったわ」夫人は言った。

「僕もです。数カ月経ってみなければ正確なところはわかりませんが」

「絶対に気に入るって、すでに確信しているわ」とジムソン夫人。「買わせていただけるかしら?」

「いいえ」そう答える。「でも、差し上げることならできますよ」

もちろん彼女はだめだと言った。どうしても購入したいのだと。

「進呈させていただく以外、あなたがこの絵を手に入れる方法はありません」僕も言い張る。

その答えに彼女は大喜びし、こう答えた。「そんなに親切にしていただけるなら、あなたは額縁も用意しなければなりませんよ。唯一、あなたのご厚意を受け入れる方法があるとすれば、その額縁代をわたしが負担することです」

「今日のうちに注文しましょう。その代金をあなたが支払う。まだ乾いていないので持って行くことはできませんが、この絵に合う額縁を選ぶことならできます。どこに行ったらいいでしょう?」

ジムソン夫人はしばし考え込んだ。「そうねえ、わたしにもわからないわ。コレクション用の絵はディーラーがいつも額装して持って来るから」

「まさか、これをあなたのコレクションに加えるわけじゃありませんよね!」

「まあ、違うわよ。わたしの個人用。自分の部屋に飾りたいの。そうだわ、ダイクに頼んでみたらどうかしら?」

「そうしましょう」僕は答えた。「すぐにサンフランシスコに向かいます。そこで昼食も済ませれば時間の節約にもなりますから」

「リーバとの昼食を避けるいい方法にもなるしね」そう言い足した彼女の言葉に、二人で笑い声をあげた。

ジムソン夫人は持ち歩いているハンドバッグから小さな手帳のようなものを取り出し、サンフランシスコにあるダイクの事務所の住所を探した。鉛筆を持っていなかったので、それを書き写すよう手帳ごと僕に手渡す。次のページにこんな言葉が書き留められているのに気がついた。〝Vieillir, c'est encore le seul moyen de vivre longtemps――老いること、それはより長く生きるための唯一の方法である〟

「何ですか、これは?」僕は尋ねた。

「ああ、それね。ペンを貸していただける?」夫人はそう言うと、その下に別の言葉を書き加えた。Tout comprendre c'est tout pardonner.「気に入ったフランスの格言を見つけたら、いつもこうして書き留めているの。ある程度の数になったらパリ近郊にある修道院に送るのよ。そこの修道女たちに小さなリネンのタオルにクロスステッチで刺繍してもらうために。もう結構な数になっているのよ。今度見せてあげるわね」

「楽しみにしています。思ったより早く終わってしまいましたね。車を呼びましょうか?」

そうしてくれとの返事だったので僕は車を呼んだ。夫人は自分を待っていなくてもいいと言った。車が来るまでここに座っているからと。それで僕は絵のサイズを測り、互いに別れの挨拶を交わした。外に出て車に乗り込み、サンフランシスコを目指して出発する。

ダイクのオフィスを見つけたのが午後一時過ぎ。彼はまだそこにいてくれた。ダイクはいつも上機嫌で、そのときも、もちろんいい額縁店を知っているが、まずは一緒に昼食にしようと言ってくれた。ダイクと本当の意味で親しい間柄になることはついぞなかった。彼には真実親しい友人などいないのではないだろうか。少しばかり独善的で尊大な人間。大方の人間が求める人との親密な繋がりなど必要ないと感じているようだ。あるいは、どういう理由でか、そんな必要性など超越してしまったのか。それでも、僕たちは常にうまくやっていた。一度にほんの数語以上の会話を交わす初めての機会となった今回の会食でも、事はすんなりと進んだ。あまり多くはしゃべらなかった。つまり、二人が交わした会話でさえ、そんなに多くの量にはならなかったという意味だ。何故なら、ダイクは決して多くを語らない男だから。しかし、こちらとしては知り得た情報が一つあった。

僕は言った。「あなたがどうやってあのエンド・コテージを設計したのか見当もつきませんよ、ダイク。クロフトにあるほかの建物についてもそうですけど。でも、あなたの設計なんでしょう？　母屋をデザインしたのもあなただ。と言うより、組み立てたと言うべきなのかな。美術館だってそうです。僕はあの建物が大好きなんですよ。かなり変わった建物ですけど」

そこまでは彼も異存がなさそうだったので僕は続けた。「でも、森にある小屋に〝クインスの家〟なんていうおかしな表札をつけさせたのは、いただけませんね――もちろん、表札のことですけど。ただ、それが誰の仕業にしろ、エンド・コテージにはしていない。そんなこと、絶対に許せませんから」

その意見に彼は答えた。「ちょっとばかり腹を立てているようだね。まあ、それももっともだな。そんなことを許したら、エンド・コテージがクロフトで最高の建物だと僕が認めていないことになってしまうんだから」

「誰がやったんです？」

「どうということはない人間だよ」ダイクは答えた。「もっと正確に言えば、取るに足らない人間だ。

僕の事務所にいる製図者の一人さ。気のいい奴でデザイナーとしても優秀なんだが、せっかくの才能から引き出せるものと言えば冗談みたいなことばかりでね」

「仕事上の制裁を加えることだってできたでしょうに」

「そうだね。やろうと思えば、もっとバカなこともできた。でも、きみだって世の中の仕組みがわからないほど世間知らずではないだろう？　ボスが仕事を取ってくる。従業員がその仕事をこなす。それで？」

「それでダイクは金を儲ける」僕は答えた。「もちろん、僕にだってそのくらいのことはわかります。あなたの仕事に口を出すつもりはなかったんです。ただ、あの建物に興味があるだけで」

「それなら結構。歳の割には、ものの見方が現実的なようだね」

「たぶん、そうなんでしょうね。ところで、例の額縁の件なんですが。あなたなら、今朝僕が描いた絵を入れる額縁を見つける場所を教えてくれるだろうとジムソン夫人が言うんです。彼女が欲しいと言うのでプレゼントするんですよ。それで、その絵を入れる額縁を見つけてくるよう頼まれているんです」

「きみがどうするだって？」ダイクは尋ねた。

「その絵を彼女にプレゼントするんです。彼女は買うと言ってくれたんですけど、差し上げることにしたんですよ」

「現実的なものの見方っていうのは取り消すことにするよ」と彼は言った。「その額縁とやらについて、きみがもう少し現実的になれないか見守ることにしよう」ダイクは財布から名刺を一枚取り出した。それに住所を書いてテーブルの上を滑らせる。「ほら、ここだよ。ジムソン夫人が、金を出すことについて何も考えない人だというのを忘れないことだね。呼吸をするのと同じくらい、何の苦労もなく金を使う人なんだ。五十ドルがきみにとって大金だからと言って、彼女にも同じだなんて思わないことだな。あの人の金回りがどうなっているのかを知っているのは——そのすべてについてという意味だが——クロフトではフロイド・デニーだけなんだ」

「ご忠告がどういう意味なのかはさっぱりわかりませんが、額縁店の住所についてはありがとうございます」

僕たちは立ち上がった。ダイクは歩きながら当惑した目で僕を見ている。「本当に理解してもらえたかどうか自信がないな。でも、仮にちゃんと伝わっていなくても、夏が終わるまでにはきみにもわかるだろう」

会計のときに僕は言った。「ここは僕が払います。お呼び立てしたのは僕なんですから」

「自分からカモになるのはよせよ。きみは新参者なんだ。もし僕が思っている通り、二十五年前の僕と同じような立場なら、手にした金は大切にしまい込んであのフォードにでもつぎ込むことだ。僕が払うよ」そう言ってダイクが支払い、僕たちは通りに出た。額縁店の方向を示し、自分は逆方向へ向かうと言う。別れ際に彼は言った。「僕たちはうまくやっていけそうだな。まずは、あのエンド・コテージを設計した功績者ということにしておいてくれ」

「了解です。二人だけの秘密ですけどね」彼のことは気に入った。ただ、僕と同じようだったと表現した二十五歳ごろの彼は嫌いだったが。

店は難なく見つかった。実にいい見本を備えた店だった。その中から一点を選び出し、ダイクの名刺を添える。ダイクの名前に彼らが反応するのがわかった。値段は二十六ドルだと言う。確かに見事な額縁で、価格も順当。それをもらうと伝え、絵の寸法を告げた。それなのに彼らは尋ねたのだ。いくらで請求書を作成いたしましょうか?と。

二十六ドルだと言いませんでしたかと訊き返す。ええ、二十六ドルがその額縁の値段です。でも、ジムソン夫人への請求書はいくらでお作りしましょうか? やっと僕にも合点がいった。僕が払うのは二十六ドルだが、ジムソン夫人は僕が交通費と考えるものも含めた金額を払うのだ。違和感を覚えた。ダイクが夫人のための改装工事を行うのにここからクロフトまで通うのなら、交通費も結構な額になるだろう。彼は必死にその費用を掻き集めなければならなかったはずだ。たぶん、手間賃のようなものとでも考えればいいのだろう。一般的な相場が決まっているなら話は別だが、自分にはそんなことはできなかった。それで二十六ドルの請求書を要求した。彼らは僕を、世の中のことがまったくわかっていない哀れなカモでも見るような目で見た。

車に戻って乗り込む。クロフトまでの帰り道は、朝目覚めたときの爽快な気分とは違っていた。クロフトにいる好きになれない人間たちと好きな人たちのあいだには、多くの相違点が存在する。しかし、共通点が一つだけあった。心配だったのは、自分が堕落していくように感じ始めたことだ。七十六ドルの請求書を書かせることなんて、いとも簡単だったはずだ。そして僕はずっと、差額の五十ドルで何ができただろうかと考えていた。

第七章　地獄のようなピクニック

八月三日、ジムソン夫人の誕生日がやって来た。僕が初めてクロフトに着いてから、ちょうど二カ月目の日だ。夫人はピクニックをして祝うことに決めていた。

彼女の誕生日には皆がいろんなことをする。それでその日の終わりには、ジムソン夫人は様々な装飾品やら何やらに囲まれていることになる。すでにあるもので大いに満足しているのに、さらに多くの所有物。それで僕は花火を贈ることにした。人々が彼女のためにいろんな催しを用意するだろうし、あとで邪魔にもならないだろうから。ガス・バッバートソンは大きな赤いガラスのサラダボウルを用意していた。石鹸についてくる応募券に郵送料の十セントを足せば手に入るような代物だ。クロフトにある部屋はどこも、ブックエンドやテーブルランプ、花瓶や暖炉の上に置く飾り物などでいっぱいだ。八月三日にはさらに多くの似たようなものを置く場所を作るために、それらをどこかに動かさなくてはならない。ジムソン夫人はできる限り、こうしたものを目に入る場所に置いていた。狼どもが訪ねてきたときに、自分が贈ったくだらない安物がちゃんと飾られているのを確認できるように。夫人が自分の部屋にほとんどものを置かないのは、たぶんこうした理由からだろう。

彼女の大きな寝室には化粧室と浴室が備えられ、サンルームまで隣接している。このサンルームは小食堂のちょうど真上で、そこにエレベーターが昇っていくことになる。夫人は毎日の日光浴を習慣にしていた。曇りの日には電気コードをつないで太陽灯を浴びる。その太陽灯とエレベーターは同じブレーカーに繋がっているのだが、それこそダイクが工賃を安くあげるために建設業者に指示する典型的なやり方であり、知恵を絞った設計でもあった。太陽灯が点いているときにエレベーターを動かすとヒューズが飛ぶ。その結果、ジムソン夫人が太陽灯を使っているときにエレベーターのボタンに触れるのは固く禁じられていた。いずれにしても、彼女は自分のエレベーターに関してはかなり口やかましかった。彼女に会うために二階に上がるときも、決してエレベーターは使えない。しかしそれはもっともなことだ。エレベーターの使用は彼女のプライバシーの侵害になるのだから。サンルーム側のエレベーターのドアが小食堂のそれのように透明なガラス板ではなく、部屋のほかの部分と同じ壁紙を貼ったしっかりとしたドアだったとしても。

ピクニックの日は決まってヘンリーとハッティの機嫌が悪かった。午前中いっぱいはキッチンで食事の用意、午後からはずっとピクニック会場の用意に振り回されるからだ。ジョジョとお抱え運転手がせわしなく母屋と会場を車で行き来してくれても状況は変わらない。いつも決まって土壇場でサンフランシスコに出向かなければならない用事が発生し、片づけには毎回夜中までかかった。ジムソン夫人は、すべてをきっちりと片づけることに執着していた。何故なら、自分の家が常に整えられているのが好きだったから。翌日のことを考える余裕ができたときには、すべての小道具が客たちのためにすでに準備されているように。

まあ、今回の誕生日は出だしからうまくいかなかった。第一に、ピクニックにはそぐわない靄《もや》の立ち込める日だった。さらに、予想外のアン・ベスの登場。まだ朝食時間にもならないような早朝に、いつもジムソン夫人にこれでもかというほどの面倒を持ち込む母親のアデルを伴って。正確に言えば、アン・ベスが現れること自体は予想外ではなかった。アデルを振り払って一人でやって来るチャンスとして招待されていたのだから。しかし、そのアデルを伴ってやって来たというのは、また別の話だ。

この二カ月間、彼女が何をしていたのか、あるいは、人に何をされてこんなに神経が参ってしまったのか、ひと目見ただけで想像できた。猫のようにびくびくしているし、花嫁学校で習うようなしゃちほこばった言葉以外口にしない。直接話しかけても、返事一つできなかった。僕としてはアリックスのドレスを着ている彼女しか見たことがない。今も高そうなドレスは着ているが、クローゼットの床から拾い上げてぞんざいな着方をしているようにしか見えなかった。実際、それが本当のところだろう。確かに素敵なドレスだが、ブラシもかけられていなければアイロンも当てられていないのだから。髪の毛に至ってはどうしようもない有様だ。薄く梳き落としているのはいいとして、彼女はその髪で頭頂部を覆い、毛先はもつれさせたままなのだ。昼食のときは、今にも腹部を殴打されそうだとばかりに背を丸めて座っていた。化粧さえしていない。これは、どんな女性であっても決定的な失敗だろう。

一方アデルのほうは、少なくとも周りに人がいるときには終始微笑んでいた。それに、あまりひどい言い方はしたくないが、間違った印象を与えるドレスを着ていた。彼女が意図する完璧な淑女という印象に効果的な、充分に手入れの行き届いたドレスを。間違いなく見かけ良く振舞っていた。三年もご無沙汰していたのに、その場にいることが至極当然という顔をしているなど誰に理解できるだろう。加えて彼女は、今でもジムソン夫人相手にいくつもの訴訟を起こしているのだ。アデルはリーバ・ゴールドファザーを連れて来ていた。初めて会ったとき以来、リーバはここに二、三度来ているが、彼女のあつかましさが大嫌いだった。ひどい言い方に聞こえるかもしれないが、リーバに関してはそう言い切ることができる。アデルのことも嫌いは嫌いだ。たぶん、リーバ以上に。しかし、リーバのことをどう思うかについては、彼女のあつかましさが嫌いだと表現するのが妥当なところだろう。

さて、ジムソン夫人のリーバに対する無償の寛容さは、誕生日の朝から非常に不愉快な形で報われることになった。リーバとアデルとアン・ベスは、到着した瞬間から午前中ずっと、ジムソン夫人の部屋を出たり入ったりしていた。一人だったり三人だったり、あるいはいろいろな組み合わせでの二人だったり。ジムソン夫人が自分の部屋を出ることはなかった。昼食もトレイで部屋に運ばせた。よほど体調が悪くない限り、これまでにはなかったことだ。夕食前にいつもそうしているように、フロント・ポーチで皆に合流すると夫人は内線電話で知らせてきた。七時に集合して、皆でピクニック会場に出かけると。普段より遅い時間だが、入江に夕日が輝く時間帯を見計らったのだろう。昼食のトレイを戻すときに、夫人は鎮静剤を呑むと言っていた。そして、七時までは誰にも会わないし、どんな知らせも絶対に受け取らない、何か用事があれば内線電話で知らせるからと。どんな事情であれ、その朝、アデルとリーバが現れたことが、老人を寝込ませてしまったのだ。しかし、皆が楽しみにしていると思われるパーティにケチをつけるには気丈過ぎた。

アデルとリーバがジムソン夫人にまとわりついていた午前中、ピクニックの準備で夫人の代役を務めたのはバーバラだった。つまり、もう一台の車で首を落とされたニワトリのように走り回っていたのだ。ヘンリーに頼まれてサンフランシスコまで行っていた彼女は昼食を摂り損ねていた。戻って来たのは、僕たちがちょうど食後の煙草をふかしているときだった。「ハロー」とだけ声をかけてフロント・ポーチの前を通り過ぎ、ジムソン夫人の部屋まで上がるとドアをノックしてしまった。夫人が誰にも会わないと言って閉じ籠もっていることを説明する間もなかった。夫人は罵りさえしなかったが、ノックの主が誰かを確かめることもなく、恐ろしい声で放っておいてくれと言ったという。

　バーバラが階下《した》に下りて来た途端に内線電話が鳴り、彼女が受話器を取った。相手はジムソン夫人で、僕たちはみな、彼女が「はい、はい、はい。もちろん完璧に」とか、電話線の向こうで誰かが話しているときに人が答えるようなことを言っているのに聞き耳を立てていた。受話器を置いたときのバーバラの顔は幽霊のように真っ青だった。その彼女が言う。「ちょっと、彼女、怒り狂っていたわよ。あの人のこと、ちっともわかっていないのね。自分のことは自分でできる、午後からは一人残らず家から出て行って欲しいって言っているわ。今すぐに。全員っていうことよ」バーバラはどさりと椅子に座り込み、しばらく目を閉じていた。心底、疲れているようだ。しかし、すぐに飛び上がると、エレクトラ（ギリシア神話に登場する女性）張りの声をあげた。「まあ、大変。街に戻らなきゃ。また、ヘンリーのロックシュガーを忘れちゃったわ」

　午後から美術館をあける日だったので、自分は行けないと言った。でも、ロックシュガーならガスに買いに行かせたらいいんじゃないかと提案した。奴の車ならすぐそこの私道に停めてあるんだし、バーバラが半日かけずり回っていたのに、奴はこれと言って何もしていなかったのだから。ガスは、辛辣な仕返しを企んでいるときのように嫌らしい笑みを浮かべているだけだった。バーバラはいいえと答えた。ロックシュガーには二度もしてやられているのだ。今度は自分で買いに行く。一緒に行きたい人はいるかと。アン・ベスならアデルやリーバから解放されるために同行したがるのではないかと思ったが、彼女は何も言わなかった。バーバラは車に戻り、荷物をがさごそといじり回していたが、少しすると僕を呼んだ。

　近づいて行くと、パーティ会場に運ぶ荷物を僕に手渡す。当然のことながら、ポーチにいる全員が事の成り行きを見つめていた。バーバラがぼそりとつぶやく。「今にも怒鳴り散らしたい気分なのよ。自制できるように助けて」

「辛抱するんだよ」僕はそう答えたが、彼女にはそれで充分だったようだ。「リーバかい？」重ねてそう尋ねる。

「そうよ」バーバラは僕以上にリーバを嫌っていた。残念ながら同じ言葉を繰り返すしかなかった。

「辛抱するんだよ」

「ありがとう、ビル。助かったわ」バーバラはそう言って車のギアを入れた。方向を変えた車は角を回り、私道沿いに並ぶ木立の奥に姿を消した。

全員がのろのろと動き始めた。オジーはガスの車に乗り込み、二人でゲームハウスの方に向かって行く。リーバとアデル、アン・ベスの三人はエンド・コテージを見せてほしいと言ってきた。美術館があいたらそちらのほうも。と言うのも、アデルはどちらも見たことがなかったからだ。もちろんオーケーですよと答えたが、アデルの思惑は気に入らなかった。彼女は、エンド・コテージを自分のものにできたらどんなにいいだろうと思っていたのだ。ジムソン夫人が少しのあいだ、そこを使っていたのだから。

四人で車に乗り込む。リーバが当然のように僕の隣に座った。コルセットがきつ過ぎて後部座席に乗り込むことができないのだ。そのとき、ハッティが正面玄関から現われ、こちらに向かって来た。

「エクレン様、わたしも出て行かなければならないんでしょうか？」そう尋ねてくる。

「耳が早いね、ハッティ」

「白人の方々が大声を出しているときには、黒人は聞き耳を立てているものですよ」ハッティはそう答えたが、見事な当てこすりだと思った。ジムソン夫人のキッチンに汚れた食器をそのままにしておいたことなど一度もない。それでも、夫人が屋敷を空《から》にしろと言うなら、自分も出て行かなければならないのだが、と続けた。

「わかったよ、ハッティ。それなら、きみも家を出て、ピクニック会場でヘンリーを手伝うといい。車のステップでいいなら送ってあげるよ。ほかに運ぶものはあるかい?」

「車のステップになんか乗りませんよ。それに、ほかに必要なものもありません。だからと言ってそれが、白人の方々のお食事の前に山ほどの仕事が待っていないというわけではありませんけどね」

ハッティは徒歩で会場に向かい始めた。僕はコテージに向かって車を発進させた。

それが午後一時半。美術館をあけるまで、まだ一時間あった。

第八章　渦中の少女

　リーバ、アデル、アン・ベスの三人にエンド・コテージを見せて回る。二十分ほどしかかからなかった。アデルは本当にいい趣味の持ち主で、なぜここがこんなにいい場所なのかを理解したようだ。一方リーバのほうは、芸術作品に対する評価基準を二つしか持っていない。あるいは、何事もその二つの基準で評価してしまうというか。どのくらいの金がかかっているのか。もしくは、どのくらいの金がかかっているように見えるのか。リーバによれば、エンド・コテージではそれほど価値があるようには見えないものに、信じられないほどの大金が浪費されていることになるらしい。あの生糸のカーテン一つにしても、ちょっと見ただけで、あの窓のためだけに織られたもので莫大な費用がかかっていることがわかるだろう。しかしリーバは、その半分にも満たない金でもっとすばらしいものを用意できる装飾家を山ほど知っていると言うのだ。リーバならラインストーンのカーテンのほうがよほど気に入るのだろう。彼女にはわかっていないのだ。どうしてジムソン夫人がダイクをそばに置き、すべての建物のために山ほどの金を彼に払っているのか。改装のために彼が用意するものすべてに対する手数料のこと。ダイクが調達するものを、ジムソン夫人がほかからもっと安くは手に入れられないこと。いくら人当たりがいいとはいえ、彼がもう中年であること。ダイクに差し出せるのが、黙って主人につき従う老犬のような忠実さだけであること。アデルがやっと、僕の親切には感謝するが、もうこれ以上の邪魔はできないと言ってくれた。もし、こちらの好意にまだ甘えることができるなら、のちほど美術館でお会いしたい——などなど、そんなおためごかしの言葉を。アデルとリーバは立ち去ろうとした。しかしアン・ベスは、打《ぶ》たれるのを覚悟しているような顔で躊躇《ためら》っていた。立ち尽くし、残りの三人が正確には聞き取れないような声で何やら呟いている。「何ですって？」やっと耳に届いたものの信じられないようなその言葉に、三人は声をそろえて訊き返した。

アン・ベスは咳払いをし、もう少し大きな声を出そうとした。しかし、出てきたのはしわがれ声だった。それでも、言葉自体は何とか聞き取れた。「わたしはここに残って、エクレンさんと一緒に美術館に行こうと思うの」彼女はそう言ったのだ。

アデルにできたのは「何ですって？」と繰り返すばかり。リーバは彼女流のデリカシーから「あら、まあ驚いた」と答えた。アデルがすぐに調子を変え、もっともらしい笑い声をあげる。「エクレンさんにご迷惑でなければ、だめだと言う理由はないわね」エクレンさんには何の不都合もない。それで、アデルとリーバはもう一度さよならを言って出て行った。美術館でまた、と繰り返して。

アン・ベスと僕はどういうわけかきまりが悪く、どちらもすぐには話し出せずにいた。ぎこちない時間が流れる。やがてアン・ベスがもう一度咳払いをし、迷子になった子犬のような目で僕を見た。

「あの——」

「何だい」

アン・ベスが言う。「わたしは、その——」

「いいんだよ」僕は答えた。「でも、美術館に行く前に着替えなきゃならないんだ。悪いんだけど、五分くらい一人で待っていてもらえるかな。二階に上がってコスチュームに着替えてくるから。ハーバード出身者を装うときに着るやつなんだ」

戸惑っているアン・ベスを見て、慌てて言い足した。「すまない。ジョークばかり言う癖がついてしまって」

それさえも理解できないでいるようなので、「失礼」とだけ声をかけて二階に上がろうとする。

「本当はここにいるつもりもないの」アン・ベスはそんなことを言い出した。「もう『失礼』なんていう言い方はやめましょう。わたしは一人になりたかっただけ。母とリーバから逃れる方法がほかに見つからなかったものだから。あの道をたどって行くとどこに出るのかしら？」

「古い高速道路の降り口だよ。もし、アデルやリーバと顔を合わせたくないなら、入江に向かうあの道を下ってみたらどうだい？　鎧みたいなものをがっちり着込んでいるリーバには絶対無理だから」

「それに、あんなぎゅうぎゅうのハイヒールじゃね」そう言ってアン・ベスは口元を少しだけ緩めた。満面の笑みとは言えないが、かわいらしくは見える。よかった。あの二人をほんの少し遠ざけただけで、彼女の顔に明るさが戻って来た。

「ありがとう。これから行ってみるわ」

「勝手がわかったんだから、これからもちょくちょく寄ってくださいよ」自分が言った言葉に僕は飛び上がった。二カ月前にバーバラに言ったのと同じ言葉だったからではなく、前とはまったく違う響き方をしたからだ。

美術館で過ごした午後は退屈だった。リーバとアデルは開館後すぐにやって来て、笑顔を振りまきながらおしゃべりをしていた。二人以外の客は十人程度。いつも客はそんなに多くない。見ている傑作について何も知らないくせに、大好きだと言い張るアデルにまたしても腹が立つ。例えば、スーラは好きだがシーニャックはそうでもない。ドゥアニエ（税関士）・ルソー（アンリ・ルソーの通称）については、名前を知っているからどこがいいのかも訊こうとしない。リーバも似たり寄ったりだ。それ以下かもしれない。彼女のほうは、アン・ベスとの関係がどうなったかを突き止めるまで、僕にちょっかいを出し続けるつもりでいるらしい。気の毒なアン・ベスは、二人が立ち去る三十分も前に美術館に着いてしまった。今にもまた逃げ出しそうな様子だったが、二人にがっちりと両脇を固められてしまう。そして、三人でそそくさと立ち去っていった。アン・ベスにウィンクでもしようと思ったが、残念ながら彼女は僕に目を向けようともしなかった。

　三人がいなくなってすぐ、バーバラが重い足取りでこちらに向かって来るのが見えた。やっと手に入れたヘンリーのロックシュガーの包みを小脇に抱えている。よほど疲れているのだろう。のろのろとした歩き方で、顔は気の毒になるくらい引きつっていた。中に入るよう声をかける。一度に二本のタイヤがパンクし、もう少しでアーデンの森に突っ込むところだったのだという。ここから下った先の道路に大きな釘が散乱しているらしい。ルール違反にはなるが美術館の番を彼女にまかせ、ジョジョを捕まえるためピクニック会場に向かった。別の車で現場に行ってもらい、バーバラの車のタイヤ交換とその場の片づけを頼むためだ。バーバラのもとに戻ったとき、彼女はベンチに横になっていた。少し泣くために美術館のゲストルームと僕の肩でも貸そうかと申し出る。そうすることが必要そうに見えたから。しかし、彼女は首を振った。もし、ここで今、泣き始めたら、パーティが始まるまでに止められない。彼女はジョジョが戻って来るのも待たず、徒歩で丘に向かって行った。その後ろ姿を見つめる。背後から見れば二十代でも通りそうだが、その日の彼女の顔は実際の年齢そのものだった。

僕は自分のことを、そんな事実を嗅ぎつけてしまう犬のように感じていた。

一時間半後、ダイクがやって来て、みんなどこにいるのかと訊いた。母屋の自分の部屋にいたのだが、どこもかしこも墓場みたいに空っぽになっているのだと。僕はこれまでの経緯を説明した。つまり、主人の命令でみんな追い出されているのだと。彼は、バーバラに手を貸すことがないかとピクニック会場に向かって行った。美術館を五時半に閉める。その後三十分くらい、ゴーギャンの絵の飾り場所を探して過ごした。ピンク色のドレスが両サイドの絵を殺してしまわない場所を求めて。しかし、見つけられなかった。美術館を閉じ、自分のコテージに戻って管理者用のダブルスーツから一番いいスラックスと一番奇抜なジャケットに着替える。何故なら、これはピクニック、つまりはどんちゃん騒ぎの場なのだから。

第九章　「ハッピー・バースデー・トゥ・ユー……」

あの夏、ジムソン夫人について知ったことの一つは、驚かされるのが嫌いな人だということだ。客は何人でも受け入れるが、すべて事前の予約が必要だ。一日中縛られる用事はさほどないにしても、何事も計画通りでなければならず、それがうまくいかないときには怒り狂ってしまう。彼女はいつでも、すべてを予定通りに行ない、どこにでも時間通りに到着した。それが、彼女へのバースデー・サプライズとしてオジーとガスが考えついた、とびきり気の利くアイディアがうまくいかなかった理由の一つだと思う。まあ、そのアイディア自体がさほど気の利いたものでなかったとしても、うまくはいかなかったのだろうが。

バースデー・パーティはピクニック会場で行なわれる予定だった。エンド・コテージのすぐ上にある見晴らしのいい場所で、平らにならされた岩場に、スポーツ専門店が考えつきそうなありとあらゆる器材が設置されていた。すなわち、様々な種類の野外用オーブンや炊飯炉、バーベキュー炉に安楽椅子。雨宿り用のシェルターまである。バースデー・パーティについてはみな不満に思っていた。なぜなら、ピクニックでなければ街中《まちなか》でのどんちゃん騒ぎか、週末をどこかのヨットクラブで、ということになったかもしれないからだ。そのほうがずっと楽しいだろう。

ハッピー・クロフトでのピクニックなんて、正直言って厄介なだけだ。あの夏のあいだだけでも二、三回あった。今回のように夜間に行われ本当にへとへとになったものだ。ピクニックというものがだいたいにおいて疲れるものだからとか、会合の性質上、どちらかと言うと不都合な形態だからという理由ではない。むしろ、その逆。ハッピー・クロフトでのピクニックは、ジョージアで有名なジーター・レスター（米国の作家コールドウェルの作品『タバコ・ロード』に登場する白人農民。物語には物欲を満たすためには手段を選ばない人々が多く登場する）のそれのように立派でなければならないからだ。ジムソン夫人は野外での食事がピクニックだと思っていたが、それ以外はすべてリッツ並みの格式だった。陶製の食器にリネンのナプキン。しっかりとした銀製品の代わりに、錬金製の取っ手がついたごつごつとしたヒマラヤスギのワインクーラーが田舎風の雰囲気を与えてはいたが。

七時にフロント・ポーチに集合し、みんなでピクニック会場に向かおうとジムソン夫人は言っていた。しかし、六時半ごろになって、オジーとガスがあの気の利いたアイディアを思いついたのだ。プレゼントや電報や花は――カリフォルニア中の花の半分が集められていたのではなかろうか――すべてピクニック会場に運ばれ、それなりのセレモニーとともにあけられることになっていた。しかし、そのアイディアを思いついた二人はガスの車で会場に急行し、そうしたプレゼントをすべて掻き集めてあたふたと母屋に戻って来た。そして、小食堂のあちらこちら、蔦やゼラニウムが絡む格子の上などに、その花々を飾り始めたのだ。エレベーターのドア前はちょっとした東屋《あずまや》のようになった。プレゼントや電報はテーブルの上に積み上げられる。ジムソン夫人の計画通りポーチで待っているのではなく、小食堂でプレゼントの山とともに彼女を出迎え、びっくりさせようというアイディアだった。エレベーターが下降し出したらすぐに「ハッピー・バースデー・トゥ・ディア・ジムシー」と歌い始めて。下りて来るエレベーターからその様子を見たジムソン夫人の姿はちょっとした見物《みもの》になるだろう。確かに気の利いたアイディアだった。

にやにや笑いにひそひそ話、シーッという声。そんなものに包まれながら、二人は何とか七時までにアレンジを終わらせた。エレベーターのモーターがうなり始めるとすぐに、みんなで『ハッピー・バースデー』を歌い始める。しかし、そのあとに起きた出来事の何と恐ろしかったことか。エレベーターが蔦やゼラニウムや花々の中からゆっくりと姿を現した。ジムソン夫人の足が見えた途端、『ハッピー・バースデー』は弱々しい震え声に代わり消えてしまった。モーターのうなり以外何も聞こえない。裸足の足首が白い布でしっかりと縛り上げられている。やがて、夫人がナイトガウンのままなのがわかった。エレベーターはゆっくりと下降し続けている。気絶しているようで、片方の肩を鉄格子に押しつけるようにして小さな椅子から半分ずり落ちている。両手も縛られていた。恐ろしかったのは、彼女の顔が見えるようになるまでひどく時間がかかったことだ。しかし、その顔が見えた途端、もうこと切れているのがわかった。口にきつく食い込んださるぐつわ。うっすらとあいた目に光はない。鳥かごの中の死体が下りて来て、蠟人形か何かのように目の前の床に着地するまで、僕たちはただ見つめているしかなかった——動こうにも動けなくなっていたのだと思う。本当に蠟人形であってくれればよかったのに。溢れんばかりの花々に囲まれた彼女の姿は、ただただ恐ろしかった。

第十章　殺人事件への反応

　僕たちはみな、続く数分間をどうにか耐えた。実際、エレベーターが着地したあとに何が起こっていたかなんて、わからない。そのとき見たことをそのまま思い出すことはできる。どんなに細かい点だって説明できる。僕はたぶん、ただぼんやりと見つめていたのだと思う。誰かが「大変《ゴッド》、大変《ゴッド》、大変《ゴッド》」と繰り返していた。リーバでないことは確かだが、誰だったのかはわからない。どうしてこんなことになったのか見当もつかなかった。総毛立つような気持ちで立ち尽くす以外に突然すべきことが降りかかってくるまで、どのくらいの時間が経っていたのだろう。アン・ベスが倒れかかってきたので、受け止めてやらなければならなかったのだ。完全に気を失っているわけではないが白目を剝き、頭がぐらぐらと揺れていた。わけのわからないうわ言を呟いている。

　彼女の腰に腕を回した僕の周りに人が集まってきた。みんなで押すようにしてアン・ベスを居間に移動させる。しかし、部屋の奥のソファにたどり着く前に彼女は気を失い、僕の手から床へと滑り落ちてしまった。膝ががくがくと震えていた僕は、もう少しで彼女の上に倒れ込むところだった。

　身体中ががちがちに強張っていたせいで、そんなことになってしまったのだ。現場ではホビーが一番しっかりしていた。ジムソン夫人つきのメイドだ。彼女についてはまだ触れていなかったが、折よくそこにいてくれたのだ。彼女自身、幽霊のように蒼白だったが、アン・ベスの手首をさすって暖め始めた。頭よりも脚を高くするため、脚の下にクッションを置くようガスに命じている。彼はあたふたとその作業に取りかかった。その甲斐あってアン・ベスはほどなく意識を取り戻し、呻いたり咳き込んだりし始めた。事の成り行きに仰天していた人々はみな怯えきった顔をしている――しかし、いつも映画で見るような芝居がかった失神に陥る人物はいない。それに対し、アン・ベスの有様のなんとひどかったことか。口をあけ両脚を宙に突き出すという無様でみっともない恰好だ。ドレスの裾がガーターの上までまくれ上っている。アデルがそれを何度も引っ張り下ろす様は、剝き出しの脚をほんの数インチでも覆い隠すことが世界で一番重要なことであるかのように思わせた。

アン・ベスをソファの上に引き上げたかった。あまりにもひどい姿だったし、単に何か行動を起こしたいと感じていただけかもしれない。脇の下に手を入れて引き上げようとするが、彼女はだらりとずり落ち、のたうっている。かっとして思わず声を荒げてしまった。「畜生、しっかりしてくれよ。誰か、彼女の脚を持ってくれ。ソファの上に引き上げるんだ。ガス!」が、すぐに、「いったい、どこに――」と言葉を続けることになった。と言うのも、ガスはもうその場にはいなかったからだ。奴はどこかに消えていた。オジーの名を叫ぶ。彼の姿もない。リーバとアデルがいつからでくの坊のようにそばに立っていたのかは知らないが、ホビーがアン・ベスの足首を摑んで持ち上げようとしてくれた。そのとき人々のあいだから突然、僕が思うにはどこからともなく、フロイド・デニーが現れた。すぐさま口述筆記でも始められそうなほどきちんとした身なりで、態度も落ち着いている。彼は身をかがめると僕の手からアン・ベスを抱き取り、部屋を横切って長椅子の上に寝かせた。僕はただ、その場にしゃがみ込んで彼の様子を見つめていることしかできなかった。

デニーが振り返って言った。「勝手ながら、サンフランシスコにいるジムソン夫人の主治医を呼びました」そこで一息ついて続ける。「警察も呼んでいます」

「よかった」何とか立ち上がりながら僕は言った。「手を打ってくれて。こちらには考える余裕もありませんでしたから。あなたはどこにいらっしゃったんです?」

「自分のコテージに」

「こんなことになっているのが、どうしてわかったのかという意味です」そう尋ねながらガスのことを思い出した。「そうか、バッバートソンさんが電話で知らせたんですね」

「いいえ。バッバートソンさんは電話などしていません。メイソンさんがバッバートソンさんの車でやって来て教えてくれたんです。わたしなら、どうすればいいかわかるだろうと」

「そうですか。あなたはご存知なかったんですね。いずれにしても警察が必要な事件だ。オジーは、つまりメイソンさんは、あなたにお話ししたんでしょうか――つまり、夫人がその――」

彼は助け舟を出してくれた。「ええ。メイソンさんが話してくれました。ここにあるものは何一つ触ってはならないと思います。警察が来るまでは用心のために」完璧な有能性を示すかのようにデニーは続けた。「小食堂にあるものにも触らないほうがいいでしょう。そう思いませんか?」

「僕たちは何も触っていませんよ。凍りついてしまって動くことさえできなかったんですから。オジーは今どこにいるんです?」

「メイソンさんなら、使用人と残りのお客様を呼びにピクニック会場に行っています」デニーが答える。「戻って来るには、まだ時間がかかるでしょう」

私道で車の音がした。

「ガスはどこです?」デニーに尋ねる。

「わかりません。バッバートソンさんの姿は見ていないんです。メイソンさん以外には誰にもお会いしていません」

そこにガスの声が響いた。「おれならここにいるよ」奴は、小食堂からのドアをのらりくらりと通り抜けているところだった。そこから出て来る奴の姿は、どういうわけか衝撃的だった。白い薄紙に包まれたバースデープレゼントの一つを持っている。明らかに酒瓶だ。鮮やかな色の紙リボンのようなものが、ラッピングの端から楽しげに顔を覗かせていた。

リーバでさえショックを受けたようだ。あまりの驚きに声をあげる。「まあ、あきれた！」

ガスは顔を引きつらせて声音を上げた。「あきれるのはお前のほうだろう！　おれのことは放っておいてくれ。飲まずにはいられないんだ。飲むだけじゃ足りない。酔っぱらわなきゃならないんだよ」奴は包みのリボンを引っ張った。バン！　クラッカーらしきものが弾ける音。紙切れが宙に舞い上がる。近くにいた人々は驚いて飛び上がった。不意に、アン・ベスが声をあげて泣き始めた。

ドア口からダイクが声をかけた。「ガス、その酒瓶を寄越すんだ」彼と一緒にオジーとバーバラも部屋に入って来た。

「放っといてくれ！」ガスが酒瓶を抱きしめて言う。

ダイクは部屋を横切り、ガスの腕から酒瓶を奪い取った。近くの安楽椅子にそれを投げ込む。「酒はもう少しお預けだ。ヘンリーに用意するよう言ってあるから」そう言ったダイクの声には棘があった。「アデル」彼はさらに続けた。「リーバと一緒にアン・ベスを二階に運んでくれ。ハッティが待機しているから。彼女が倒れるようなことがあったら呼んでほしい。かなり参っているんだが、アン・ベスの世話が必要な限りは頑張ってくれるだろう。デニー、メイソンさんの話だと、きみが医者と警察を呼んだということだが」

「はい、わたしが呼びました、ダイクフォードさん」デニーは答えた。「差し出がましいことはしたくなかったのですが、あの状況では――」

「正しい判断だったと思うよ、デニー。さてと、誰か僕に煙草を分けてくれるなら、飲み物が来るまで――と言うか、警察が来るまで、一息ついたほうがいいんじゃないかな。ありがとう、オジー」オジーが煙草を差し出したのでダイクは礼を言った。それに火を点け、ソファに座り込む。オジーも一本取り出して深々と吸い込んだが、僕やバーバラとは決して目を合わせようとしない。するとダイクが言った。「ビル、バーバラをちょっとのあいだ外に連れ出したほうがいいんじゃないかな」

これはまだ説明していなかったのだが、ダイクやオジーと一緒に母屋に入って来たとき、バーバラは泣いてこそいなかったが僕を見るなり駆け寄って、ぎゅっとしがみついてきたのだ。コテージで怖いと言ったあの夜のように強く。彼女からその恐怖が噴き出ているのが感じられた。少しのあいだ、顔を強張らせたまま黙っていたが、やがてがたがたと震え出すと叫び声をあげた。「ああ、ビル、ビル、ビル！　ああ、ビル！」とても、同じ部屋に夫がいるようには見えなかった。さらに言えば、人がいるようにも。オジーの顔はピンクどころかビートほども赤くなった。それでも、必死に何事もなかったかのような顔を装っていた。しかし、ガスは違った。鼻を鳴らし、嫌らしい笑みを浮かべて突っ立っている。奴にはすべてわかっていたのだ。

僕には何も言えなかった。バーバラの腕を苦労してほどき、ドアからホールを抜けてポーチへと連れ出しただけだ。すでに暗くひんやりとした空気の中、大きな長椅子へと向かう。彼女が僕の膝に頭を預けて横になっているあいだ、僕はその頭を撫でていた。彼女は次第に落ち着いてきた。と言うより、再び自分をコントロールできるようになってきたと言うべきか。彼女については落ち着きという言葉だけでは足りない。どうにかして、自分を抑え込んでいるのだ。

「本当に、何てこと！」バーバラは言った。

「きみが現場を見なくてよかったよ」

「どんな具合だったの？」彼女は尋ねた。「ねえ、ビル、教えてちょうだい。オジーが話してくれたのは、エレベーターが下りてきたとき、彼女は中で死んでいたということだけなのよ。いったい、どういうこと？　誰がエレベーターのボタンを押したの？」

「誰もそんなことはしていない」

「冗談はやめて、ビル」バーバラは声を高めた。「そんなの信じられない。もう、何ていうところなの！　何ていう人生！　ジムシーはうまいことそこから抜け出したわけね。今すぐにでも取って代わりたいわ」彼女は頭を左右に振り出した。まるで、ひどい悪夢から半分目を覚ましたときのように。

「ふざけているわけではないんだ、バーバラ」説明を試みる。「静かに横になって落ち着いてくれないか。誰もボタンには触っていない――飛んでしまったヒューズのせいで。今はまだはっきりと説明できない――僕も頭が混乱していて」

「彼女のことはどうしたの？　エレベーターが下りて来てから」

「何もしていない。どうすることもできなかったんだ。エレベーターのドアさえあけていない。がっちりと縛り上げられて、口にはさるぐつわが――」

「やめて！」腕で両目を覆ってバーバラは叫んだ。「オジーが話してくれたわ」そして突然、背筋を伸ばして座り直すと、母屋にも聞こえそうな悲鳴をあげた。手で口を覆う間もなく溢れてしまった悲鳴。彼女の肩をつかむ。目が飛び出しそうになっていた。「まだ死んでいないのかもしれない！」バーバラは叫んだ。「確かめていないんでしょう？　今すぐ見に行って！」

「死んでいたよ」思い出したジムソン夫人の姿に吐き気を覚えながら、そう答えた。

悲鳴は母屋まで届いたのだろう。オジーがドアから走り出て来た。「どうしたんだ？　きみときたら、面倒を増やすばかりだな、バーバラ」

「僕ではもうどうすることもできませんよ、オジー」先手を打たなければと思って、そう口にする。

「アン・ベスに呑ませた薬をもらって、彼女もベッドに寝かせましょう」

バーバラが少し緊張を緩めたのを感じた。彼女の肩から手を放す。バーバラは両手を頭に当てると目を閉じた。「いいわ。どうとでもお好きなように。誰かが見ていてくれるなら、それだけでいい。自分ではもう何もできないから」

「彼女に薬をもらってきましょう」僕はそう言って、二人をその場に残した。でも、網戸の内側で脚を止める。バーバラの低く疲れ切った声が聞こえてきた。「ああ、オジー、わたしを殴ったりしないでしょう？　今夜はわたしを叩かないで、オジー。耐えられないから」

オジーは何も言わなかった。たぶん、僕が網戸の内側で立ち止まっているのに気づいているのだろう。階段を上ろうと向きを変えて、あやうくそこに座り込んでいたホビーにぶつかりそうになる。彼女は小声で言った。「みなさんがお酒をお飲みになっているあいだ、ここに出て来て待っているんですよ、エクレン様」でも、間違いなく、彼女も聞いていたことだろう。

鎮静剤を手に階下《した》に下りてきたとき、二人はまだポーチで座っていた。バーバラは眠っているみたいにオジーの肩に頭をもたせかけている。オジーに小さな紙包みを渡す。

彼は立ち上がりバーバラを引っ張り上げた。彼女はまだ眠っているかのように頭をオジーの肩に預け、目をつぶっている。オジーは少しのあいだ空いたほうの手を僕の肩にかけていた。「ありがとう、ビル。あとは僕で何とかなる」

「僕の車で送りますよ」

「目と鼻の先だ。何とかなるよ」

オジーは僕の肩を揉むと手を放し、二人が泊まっているゲームハウスのほうに向かい始めた。その後ろ姿を見送っているあいだ、耳の奥ではまだバーバラの言葉が響いていた。「今夜はわたしを叩かないで、オジー。耐えられないから」二人が急に、まったく知らない人間のように思えてきた。

そのあとも少しポーチにいた。一人静かに長椅子で寝そべっていたのだ。警察が早く来てくれればいいのにと思いながら。

アデルとリーバ、アン・ベスが二階に上がり、オジーとバーバラはゲームハウスに戻ってしまった。ホビーはホールでうずくまっている。従って、ガスとダイク、僕の三人だけが居間で医者と警察の到着を待っていた。フロイド・デニーもその場にいたが、彼のことを思い出すのは難しい。部屋の隅にある椅子に、両足を床につけて座っていた。膝をきちんとそろえ酒は飲んでいない。デニーがクロフトでは巧みに目立たないようにしているだけなのか、ダイクが彼にハイボールを勧めないほど無礼なのかはわからない。もっともダイクほどのスノッブなら、そんなこともしかねないだろう。とにかく酒は目の前にあり、ガスがいつものようにすっかり出来上がってしまっているのは誰の目にも明らかだった。奴は常にピッチの速い男だが、その夜はさらに飛ばしていた。

上質な衣服を真似るチェーンストア製の安っぽくお粗末な偽物を着て、奴はそこに座っている。たぶん、奴の目には上等な代物と同じように見えるのだろう。もし、それがこちらの紳士気取りだとしても、それが肝心なところだ。つまり、ガスはそんな類の偽者だということ。自分が大物に見えていると心から信じている救いようのない偽者。きっと、夏のあいだサンフランシスコで繰り広げられる華やかな人間関係を自慢し、グリーン・ユニオンで注目を集めているのだろう。

部屋に戻って来たとき、最初に聞こえたのが奴に対するダイクの言葉だった。「黙れ、女々しい男だな！」

ガスが言い返す。「黙るもんか！　ダイク、あんたは彼女の老いぼれた愛人なんだよな。それがあんたさ。老いぼれた愛人」

ダイクがカミツキガメみたいに口を引き結んだ。僕を見て言う。「ビル、この間抜けのグラスに酒をついでやってくれないか。おれはもう飽きた。早く酔い潰してしまえば、それに越したことはない」

ハイボールのグラスに半分ほどウィスキーを注ぎ、ソーダを少しと氷を入れてやった。「これを飲んでみろよ、ガス」

「ありがとう、ビル」奴はグラスを受け取った。あの嫌らしい目つきでこちらを見上げて言う。「ああ、ビル、何てこった」そして、ウィスキーをすすり始めた。三、四口も飲むと涙目になり、鼻をすすり出す。「みんなして神が創りたもうた気高き老女を食い尽くした。みんなしてジムソン夫人を食い尽くしたんだ！」

ダイクの顔が強張り色を失う。椅子から飛び上がらないよう、ひじ掛けをきつく握りしめている。

嫌なものを見たときのように僕の胃もねじれ上がった。ガスが続ける。「僕たちはよき友を失った。神が創りたもう気高き老女を。気高く、そして――」鼻の脇に中指を添えた奴の顔は意地悪く見えた。「金持ちの老女を！」

ダイクは背中のスプリングが跳ねたように部屋を突っ切った。平手でガスを殴りつける。掌はガスの頬を打ち、ハイボールのグラスまで跳ね飛ばした。グラスが宙を舞い、ガスの身体に酒をまき散らして、柔らかい敷物の上にできた酒だまりの上に落ちた。ガスは顔を引きつらせて椅子の上でのけぞっている。ダイクがホールのドアまで部屋を横切り、ヘンリーを呼んだ。

涙で目を潤ませたヘンリーが走って来る。

「ヘンリー、こんなことをきみに頼むのは申し訳ないんだが、バッバートソンさんをここから連れ出してくれないか。部屋まで連れて行って、ベッドに押し込んでくれ。服は脱がさなくていい」

「かしこまりました」ヘンリーは答え、おずおずとガスに近づいて行った。むかつくものを指でつまみ、身体から遠く離して運び出そうとでもしている感じだ。しかし、相手の前に立ったものの、どうしていいかわからないでいる。ガスのほうは、椅子の背に身体を押しつけ、両手でしっかりとシートにしがみついていた。顎を引き、食いしばった歯のあいだからゆっくりと言葉を絞り出す。酔っぱらっているようにはまったく思えない口調で。「おれから離れろ――この――ろくでなしの――くろんぼ――野郎が」

「ヘンリー！」ダイクが叫ぶ。「殴りたければ殴っていいぞ！」

ヘンリーはくるりと背を向け、背筋をまっすぐに伸ばしたまま部屋から出て行った。その姿が見えなくなると、ガスがのろのろと立ち上がる。少し揺れているようだ。また酔っ払いの声に戻って言う。「自分の脚で立てる」自分でもわかっているのだろう、何とも傲慢な態度だった。「ジョージアの紳士たる者、自分の脚で立つものだ！」ドアに向かって数歩踏み出すが、慎重に向きを変える。そして、誕生日の贈り物の酒がまだ転がっている安楽椅子へと向かって行った。包みを取り上げると、また慎重な足取りで逆戻りを始める。誰も何も言わなかった。ダイクが一歩踏み出し、ガスとドアのあいだに立ちはだかった。ガスが近づいて行き、互いに顔を突き合わせる。しかし、ダイクは動きもしなければ口を開きもしなかった。やがてガスは顔をゆがめ、肩をすくめた。そして、方向も構わず酒瓶を放り投げた。瓶が床を転がる。ガスは部屋から出て行った。

ダイクは椅子にどさりと座り込んだ。唸るような声をあげる。「まったく、どうして連中は到着しないんだ？」

デニーが腕時計をちらりと見て言った。「わたしが電話をしてからまだ四十五分しか経っていないんです。あと五分か十分はかかりますね」

ダイクが答える。「もう我慢できない。上階《うえ》に上がって横になるよ。連中が到着して、僕のことが必要になったら呼んでくれ」かなり疲れた顔で立ち上がる。「ビル、僕の部屋にはベッドが二つあるんだ。一緒に来たければ、そこで待つといい」

「僕はここで待ちますよ。まだ起きていられます。警察に話したいこともありますし」

「何について？」

「ああ、ダイク。聞くとなると、ものすごい時間がかかりますよ」

「聞かなきゃならないんだろうが、今は勘弁願いたい。上階《うえ》に上がるよ」

「デニーと二人で待ちますから。もうそろそろ着くでしょう」

ポーチで物音がし、誰かがホールから居間に入って来た。しかし、それは警察ではなかった。オジーの白髪頭が現れ、残りの部分が続く。

「酒が飲みかけだったんだ。片づけてしまおうと思って」

「バーバラの様子はどうです？」僕は尋ねた。

「鎮静剤を呑ませたよ。見る限り、今は静かに眠っている」飲みかけの酒に口をつけたオジーは顔をしかめた。「すっかり気が抜けている」

彼はグラスを置いてテーブルの上のボトルに手を伸ばした。ほとんど空になっていたが、残りを注ぎ出しストレートで飲む。「これで終わりか。何もガスのように振舞うつもりじゃないんだ。ただ、今夜は酒がないと眠れなくてね」オジーの目が、床の真ん中にラッピングされたまま転がっている酒瓶に留まった。それに近づき拾い上げる。

「何故、いけない？」問う者もいないのに彼は独り言《ご》ちた。

フロイド・デニーが小さく咳払いをする。ダイクはため息をつき、疲れた声で答えた。「ああ、そんなものに用はない。持って行くといい」

「こいつは上等なスコッチなんだぜ」オジーが言う。

「どうしてそれがスコッチだってわかるんだ？」ダイクが尋ねた。「まだ、包みを解いてもいないのに」

「まあ、こういうことさ――」オジーは薄紙の襞の中からカードを引っ張り出し、僕たちに見せた。そこには〝親愛なるエヴァにたくさんのたくさんの愛をこめて、あなたのオジーより〟と書かれていた。

「プレゼントには自分が欲しいものを、というのがモットーでね」と、オジー。ジムソン夫人がテーブルワインよりも強い酒を飲まないことは周知の事実だった。

「思っていたよりも早く取り戻せたというわけか?」笑顔とも苦笑ともつかない表情でダイクは答えた。

「さあ、どうかな。パーティのあとで、みんなで飲もうと思っていたんだ。でも、全部自分で飲むことになるとは思っていなかった。おやすみ」

オジーはそう言って出て行った。

ダイクは二階に上がり、デニーと僕だけが言葉もなく座っていた。ホールではホビーがまだ待ち構えている。

第十一章　エレベーター

到着した警官は――むしろ、巡査部長とか分署長と呼ぶべきなのかもしれない。僕にはとても、その辺にいる警官のようには見えなかった――こちらから笑いかけてみようなどとは決して思えないタイプの警官だった。どこにでもいる中年と変わらないただの中年男。つまり、ひとまとめに中年と言っても人によってそれぞれ違うのは確かだとしても、中年男と言えば誰もが思い浮かべるような特徴をすべて持ち合わせているという意味だ。例えば、年代的には同じ中年に属していてもオジーとはまったく違う。ただ、オジーの場合、年代的な枠組みに押し込めるタイプではなかったけれど。

見事なほど丸々とした腹の持ち主だった。ぶよぶよしているわけではなく、硬く引き締まった感じ。質のいいブラウンのスーツには、どんな小さな折り目にもきちんとアイロンが当てられていた。髪はかなり薄くなり、頬の肉も垂れている。非常にゆっくりとした歩き方で、少しばかり気取った話し方をする。想像力には欠けるが、ごく普通の感じのいい中年男だ。バカだと言っているわけではない。想像力のない者はバカ。そう定義するなら、その警官もバカの一人だろう。僕が言いたいのは、彼が単純な愚者でも滑稽な人間でもないということだ。実際、紛れもなく親切で包容力のある人物だった。ただ、機転の利きが悪いだけ。名前はムーア。彼は僕のことをずっときみ《サン》と呼び続けた。

ムーアとその部下たちは、ダイクとオジーが引き上げてから三十分ほどで到着した。ジムソン夫人の主治医が到着したのも同じころだ。医者はジムソン夫人の死亡を確認し、予定される検査がすべて終わるまでは保全のため、きっちりと口を閉じた。屋敷にいたのは十分ほどなのに請求額はなんと百ドル。彼としても、ジムソン夫人から金を引き出せる最後のチャンスなのだろう。

小食堂に数分いたあと、ムーアが最初に要求したのはジムソン夫人の部屋を調べることだった。デニーが彼を案内する。しばらくそこにいたが、スタッフの一人――たぶん、指紋採取官だろう――を残して階下《した》に下りて来た。写真担当と一緒に再び小食堂に入り、そこにそのスタッフも残す。フラッシュが光り始めても、音自体はさほど気にならなかった。ありがたいことに、僕はそれまでそんな写真など一度も見たことがなかったからだ。

ムーアが居間に戻って来た。咳払いをして少しばかりうろついていたが、その夜、彼が話を聞けたのはホビーと僕とデニーだけだった。アデルとも話をしたかったようだが、彼女は警察が到着した途端、「弁護士を呼んで！」とわめき始めたのだ。漫画の中で母親に助けを求めて叫ぶ少女のようで滑稽だった。リーバはアデルから一言もしゃべるなと口止めされていた。ホビーと僕は、重要な情報を持っていると進み出た。しかし、ムーアがその晩事情を訊きたかった人間はデニー以外、酔っぱらっているか鎮静剤でベッドの中にいるかのどちらかだった。ムーアは二階に上がって行った。ダイクと数分話したようだが、ダイクのほうは緊急を要するようなことは何も知らなかった。それでデニーが、最初にホビーと僕から、最後に自分から話を訊いたらどうかと提案したのだ。

事情聴取のため、僕は居間、ホビーは別の部屋へと分けられた。それぞれの部屋には話を書き留める速記者が控えている。ムーアと金髪に眼鏡をかけた若い速記者――ムーアは自分の甥のジャックだと紹介した――が僕と一緒に居間にいた。事情聴取の前半、フラッシュの弾ける音が絶え間なく聞こえていた。その間、僕はずっと、エレベーターのことは考えないようにしていた。しかし、フラッシュが光るたび思い出してしまう。まるで、その姿がフラッシュの光で浮かび上りでもするかのように。

ムーアは中年男の極致だと説明した。しかし、それが外見だけでなく、考え方までそうであることが判明した。特に、非常に偏ったものの見方をする点が――自分と相反する考えはいかなるものも認めないのだ。その点は好都合だった。と言うのも、その偏りが大いに役立ったからだ。最初は偶然だったのだが、そういう傾向があることがわかってからは、わざとその性質を利用した。

事情聴取のあいだ、ムーアはとても好意的だった。

「では、きみ」と話し始める。「自分の言葉で説明してもらえるかな」僕たちは三角形状に座っていて、速記者はすでに鉛筆を構えていた。ムーアが言う。「きみが死体を発見したんだよね。そこから始めてみよう。よし、ジャック、記録を始めてくれ」

「違うんです」僕は話し始めた。「正確に言えば、死体を発見したのは僕ではありません。でも、最初に異変に気づいたのはホビーと僕です。今夜の六時半ごろのことから始めましょう」

「結構、きみの話だ。足りない部分についてはあとで聞こう」

「わかりました。まず、僕がここ、母屋に着いたのが六時半です。少し前だったかもしれません。僕たちはここでジムソン夫人と落ち合い、その後、バースデー・パーティのためにみんなでピクニック会場に向かうことになっていました。今日は夫人の誕生日なんですよ。〝だった〟ということになりますが」

「なるほど」とムーアが答える。「きみがここに着いたとき、ほかには誰がいたんだろう?」

「バーバラとダイクフォードさん以外の客がみないました。バーバラというのはメイソン夫人のことです。二人は準備のためにピクニック会場にいたんです。使用人たちもみな。ホビーは別ですけどね。

ホビーはとてもいい人ですよ。三十年ほどジムソン夫人つきのメイドをしているんです」

「なるほど」とムーア。

「でも、僕がここに着いたとき、客のうちの二人、メイソンさんとバッバートソンさんがジムソン夫人を驚かせようと面白いアイディアを思いつきました。二人はピクニック会場に向かい、プレゼントの山を抱えて戻って来ました。ジムソン夫人がエレベーターで下りて来るときに見えるように、それをテーブルの上に積み上げたんです。こんな説明のし方でいいですか？」

「そのまま続けてください。方向が違ってきたら言いますから」

「わかりました。二人がピクニック会場に向かってプレゼントを持って来るのにかかったのが十五分くらい。僕としてはそんなサプライズ計画には関わりたくなかったので、ポーチにいました。ほかのみんながいたのは小食堂です。くすくす笑いやシィーッという声がずっと聞こえていました。そこにホビーがドアから首を突き出したんです——僕がポーチで座っていたことはお話ししましたよね？はい、とにかく僕はそうしていたんですが、ホビーが声をかけてきました。〝エクレン様、ちょっとこちらにいらしてもらえませんか？〟と」

「ちゃんと書き留めているか、ジャック？」ムーアが速記者に尋ねた。

若者が大丈夫だと答える。

「結構」今度は僕に向かって言う。「続けてください」

「それで僕は立ち上がってホールに入って行ったんです。〝どうしたんだい、ホビー？　何か手伝えることはある？〟そう尋ねました。

〝エクレン様、わたしにも何が起こっているのかわからないんです〟という答えでした。〝奥様の部屋には鍵がかかっていて、お呼びしても返事がないんです。午後いっぱいお声がかからなかったものですから、時間の感覚がなくなってしまって。時計を見たときにはもう六時半でした。何の返事も返ってこないんです〞

僕はホビーに尋ねました。〝それで、僕にどうしてほしいんだい？〞

〝どうしていただけばいいのかもわかりません、エクレン様〞それが彼女の答えでした。〝エレベーターを試してみたんです。規則違反なのはわかっていますが、様子がひどくおかしいものですから。でも、それも動かないんですよ〞」

速記者が大あくびをしたが僕の頭は冴えわたっていた。ムーアに話しているあいだ、これまでの出来事をずっと自分の中で再現しているようなものだった。じっくりと考え、自分に問いかけ続ける。ホビーと一緒に行動を始める前、この午後に起こっていたかもしれない出来事について、自分なりの考えがまとまりつつあった。

ムーアへの説明を続ける。「僕も怖くなり始めました。それで、エレベーターのヒューズを調べてみたほうがいいとホビーに言ったんです。ジムソン夫人のエレベーターと太陽灯は同じヒューズで繋がっています。もし、太陽灯を使っているときにエレベーターを動かそうとしたら、ヒューズは飛んでしまいます」

「ひどい設計だな」ムーアが言う。

「知り合いの建築家の仕事なんですよ。とにかく、僕はヒューズが原因だと思いました。二人で母屋の電源がすべて集まっているキッチンへ走りました。食器棚の扉に見せかけたパネルの裏に収納されているんです。案の定、エレベーターのヒューズが飛んでいました。ネジを緩めて取り外そうとしているうちに、ホビーがまともなヒューズを見つけてきたので取りつけてみました」

「それで？」ムーアが尋ねる。

「ええ、それもあっという間に飛んでしまいましたね」

「うーむ。太陽灯のコンセントが入っていて、エレベーターが――いや、ちょっと待てよ。ヒューズが飛んだと言うが、誰がエレベーターのボタンを押したんだ？」

「ジムソン夫人です」

「それはないだろう」ムーアは答えた。「きみが話すことはすべて――」

「わかっています。でも、僕に不利になることはありませんから。今でも、エレベーターの中の死体が見えます。もし、今夜その場にいらしたら、あなたにも見えたはずです。出来上がった写真を見ても、十中八九確認できるはずですよ。死体が下降ボタンに寄りかかっているのを。あるいは、死体を移動させる方が――」

「ちょっと失礼」ムーアはそう言って立ち上がり、小食堂に見に行った。数分もしないうちに戻って来る。

「片方の肩が下降ボタンに寄りかかっていた」その言葉で、ジムソン夫人がまだ数フィート先にいることを痛感した。たぶん、怯えた顔をしたのだろう。ムーアが言った。「すまないね、きみ。遺体は今夜中に移動できると思うから」

「大丈夫です。どこまで話しましたっけ？」

ジャックが助けてくれる。「新しいヒューズを差し込んだらそれも飛んだ、というところまでです」

「ああ、そうですね。それでホビーに別のものと取り替えても意味はなさそうだと言ったんです。それから、ええと、ああ、そうだ、僕が夫人の部屋のドアをノックしてみようかと訊きました。彼女は、自分がすでに強くノックしているんだと言いました。むしろ、ダイクに――ダイクフォードさんのことですが――ジムソン夫人の部屋の鍵を借りたほうがいいと」

ダイクがジムソン夫人の部屋の鍵を持っていると聞いたとき、ムーアの誠実そうな顔に幕のようなものがかかった。ちょっとした変化のようなものだったが、彼は何も言わなかった。僕は話を続けた。

「でも、僕は無理だと答えました。彼は今、ピクニック会場のほうにいるからと。時間も無駄にしたくありませんでしたし。窓を割って侵入しようと思っていたんです」

ムーアと話しているとき、僕は常に三歩ほど先を読んでいたようだ。つまり、頭の中では実際に話していることとの三歩先の出来事を考えていたということだ。そして、ちょうどあることに思い当たったとき、ムーアにはまだ話さないでおこうと決めた。少なくとも、よく考えてみる時間ができるまでは。それで、こんな言い方をした。「かなり疲れているようなんです。もし、何か言い忘れていたり、ごちゃ混ぜになっていたりしたら、明日、訂正する機会を与えていただけますか?」

「もちろんです。今はできる限りのことをしていただければ結構です」

「それも記録してもらえるよう速記者の方にお願いしていただけますか?」

「ちゃんと記録しましたよ」ジャックが答えた。

「それなら結構です」僕は続けた。「できるだけのことをしてみます。僕は窓から押し入ることに決めました。それで、ホビーと屋敷の側面に走って行ったんです。そこにサイドポーチがあることにはお気づきかと思います。格子の上のほうから下がってくる屋根板が、ちょうどジムソン夫人の寝室の窓まで達しているんです、あの格子、梯子代わりにちょうどいいんですよ。それについてはジムソン夫人に何度もしつこく言っていたんです。でも、夜は警備員を置いていたし、昼間のことは心配もしていなかったんでしょうね。そんなわけで、僕は格子をよじ登り、一番近い寝室の窓まで屋根の上を横切って行ったわけです。網戸は外れてぶら下がっていました。誰かが外から叩いて壊したんでしょう。窓はあいていました。あなたもすべて確認済みだと思いますが」

「ええ、見ましたよ」ムーアは答えた。「ところで、きみ、手袋はしていなかったのかね?」

まぐれ当たりなのだろうが、何とか「ええ。そんなことは思いつきもしませんでした」とだけ答えた。

「もちろん、そうだろうね。残念ながら」

「それで僕は窓を通り抜けたんですよ。ジムソン夫人は部屋の中にも温室にもいませんでした。でも、予想通り、太陽灯のプラグは差し込まれていました」

「きみが抜いたのかね?」ムーアが尋ねる。

「はい、僕が抜きました。それから二度ほど周りを見回したんです。引き出しがあちらこちらあけっ放しになっているのは、あなたもご覧になりましたよね。でも、僕はそのとき、調べるために足を止めることはしなかったんです」

「バスルームは覗いてみたのかな?」

「いいえ」それは本当のことだった。「思いつきもしませんでした。どうしてかはわかりませんが」

「もちろん、エレベーターの中も見ていない?」

「はい。エレベーターの中も見ていません」

それは嘘になるのだろうか。しかし、三歩も先読みをしている身としては、ある部分については言わないほうがいいと腹を決める域に達していた。言わなかったのは、エレベーターのドアをあけてみようとしたことだ。

　ちゃんと着地していなければ、エレベーターのドアは決してあかないというのは、おわかりいただけるだろうか？　あのドアはあかなかったはず。そこが注目すべき点だ。何故なら、あのエレベーターは食堂にも着いていなかったのだから。ホビーがそこにいたし、ほかの連中もずっとそこにいた。つまり、エレベーターはヒューズが飛ぶ前に下降し始め、一、二インチ下がっていたのに違いない。もちろん、エレベーターが勝手に動き出すわけはない。その点について考え始めて、やっとそこが重要な部分なのだと気がついた。ジムソン夫人の部屋にいたときはすっかり興奮していたし、それが意味するところをじっくりと考えるには焦り過ぎていた。しかし、ムーアと話しているあいだに光が差し始めた。ただ、そのことについては言わなかった。そのときは、まだ。

「きみがエレベーターの中を見なかったというのは妙だな」ムーアはそんなことを言った。

「見てみるべきだったのはわかっています。実際、今なら自分でも不思議に思いますし。ジムソン夫人がエレベーターの中にいるのはわかっていたんです。でも、そのときには気を失っているか何かなんだろうと思っていました。あまりにも興奮していて、その場で彼女を外に出してみようとは思わなかったんです。とにかくエレベーターを下に降ろさなければ。それしか頭にありませんでした。もし二階のドアもガラス張りだったら話は違っていたんでしょうね」

「二階のドアがガラス張りだったら、彼女はそもそもそこにはいなかっただろうね。わたしの考えでは」

「そうですね」一応同意したが、こいつは何もわかっていないと思っていた。「ジムソン夫人が部屋にいないのを確認し太陽灯のプラグを抜いたあとは、ホールに出て階下《した》に下りようとドアに駆け寄りました」

「ドアノブには触りましたか？」

「いいえ。そのときには少し頭が冴えていたんですよ。手を伸ばしたところで――ドアには夜間用の錠がかかっていました。つまり、ノブを二つ回さなければならないということです――誰かの指紋が残っているかもしれないと思ったんです。それで、また窓を抜けて屋根に出ました」

「ふむ」ムーアは何やら考え込んでいる。

「格子を伝って階下《した》に下り、ホビーとキッチンに駆け込みました。ヒューズをもう一度試してみるためです。新しいヒューズをねじ込んでみました。やっぱり太陽灯のせいだったんですね。今度はエレベーターのモーターが唸り出しましたから。それが小食堂で待っている人たちへの合図になったんです。彼らは〝ハッピー・バースデー〟を歌い始めました。僕はそれを止めに小食堂に駆け込んだんですが、彼らはもう歌うのをやめていました。何故なら――その辺りのことはあなたにもおわかりでしょう」そのときのことを思い出しただけで気分が悪くなった。

「夫人のことが好きだったんだね？」ムーアは尋ねた。

「ええ、大好きでした」

「ここにはどのくらい？」

「二カ月です。今日でちょうど二カ月でした」

「結構。心配しなくていいよ。強盗はきっと捕まえるから」

「強盗ですって？」驚いて訊き返す。

「そう、強盗の仕業のように見えないかね？　ジャック、この部分は省略しておいてくれ。立場上、まだどうこう言うことはできないんだ。でも、きみだって二階の様子を見ただろう？　引き出しという引き出しがあけられて物色されていたのを？」

「でも、ムーアさん、ジムソン夫人は死んでいて、誰かが彼女を殺したんですよ。それって殺人じゃないんですか？」

「正確には違うな。連中に彼女を殺害する意図がなかったのならね。仕事をするあいだ邪魔にならないように縛り上げただけで、さるぐつわのせいでたまたま老人が窒息死してしまったのなら、第一級謀殺にはならない。非謀殺にはなっても。まだ、わからないよ。調べてみなければ」

「殺人ですよ」

「なあ、きみ」そう言った彼は、初めて強情そうな表情を見せた。「われわれはまだ調査も始めていないんだよ。何が起こったのかなんて誰にもわからない。ただ、老人が騒がないように縛り上げられたのは確かだ。もし、最初から殺すつもりなら、縛り上げる必要などないからね。わたしが思うに、犯人たちは引き上げる際、彼女が死んでいることさえ知らなかったんじゃないかな。連中はただ老人をエレベーターの中に押し込み、仕事をして逃げ去っただけだよ」

「でも、どうしてエレベーターの中なんです？」

「それもわれわれが解明する」ムーアは自信ありげに答えた。

「まったく違うと思います」

「きみはすっかり興奮しているんだよ。隠していることがないなら、殺人だと思い込む理由はない。この部分は記録するんじゃないぞ、ジャック。エレベーターが老人を乗せて降りてきた部分は伏せておくんだ」ムーアは速記者にそう声をかけ、僕に向かって続けた。「今の時点できみと議論することはできない。でも、事情がはっきりするまでは殺人などと触れ回るのはやめておくことだ。わたしもこの畑には長くいるものでね。物事を実際より複雑にしても何の意味もないんだよ。グランドピアノを投げつける以外にも猫を殺す方法はあるんだ。わたしが考えるような単純な強盗と偶然な死ではなく、警察がさも真剣に取り組んでいないみたいに殺人事件だなど騒ぎ立てるなんて」

「単純な強盗だなんて、とんでもない。ジムソン夫人は死んでいて、誰かが彼女を殺したんです。あなたなら犯人を見つけてくれますよね」

「心配しなくていい。犯人ならわれわれが見つけるから。なあ、きみ、きみがあの老婦人のことが大好きで、すっかり興奮してしまっているのはわかっているよ。だから、きみの言うことを悪く取りたくはないんだが、殺人などと騒ぐのはやめておくんだ。明日、われわれが捜査を始めるのを待つことだね。そうすれば、わたしの判断が正しかったことがわかるから。殺人などと触れ回ったら後悔するよ。物事はすべて、わたしの見立て通りだと判明するから」

〝きっとそうなるんだろうさ〟そう思ったが口にはしなかった。〝判明することはみな、あんたが正しいことを証明する。見届けてやろうじゃないか〟

「ベテランを侮ってはいけないよ」ムーアは言った。「わたしとしては殺人などではないと感じている。この家に押し入ろうと目をつけた外部の人間が、うまく仕事をやりおおせただけだ」

「はい」そう答えながらも、あかなかったエレベーターのドアのことを考えていた。ぼんやりとではあるが、わかり始めてきたのだ。これが単なる殺人事件ではなく、このクロフト内の人間の仕業であると。ムーアの頑固さにだんだん腹が立ってきたので、そうぶちまけてやりたかったが、まだ口を閉じておくだけの冷静さが残っていた。自分で調べられるようになって、あのドアの隠れた重要性を解明するまでは、彼にもほかの人間にもそんなことは言えない。

相手がもっと頑なになるのか見てやろうと思って言い返した。「でも、どうでしょうか。僕としてはあらゆる点で殺人だという気がするのですが。何もわからないし隠していることもありませんが、そう感じるんです。正真正銘の殺人ですよ」

こちらが殺人という言葉を口にするたびに、ムーアはますますむきになっていくようだ。さらには保護者めいた顔さえし始めた。「もうベッドに入ったほうがいいな、きみ。老婦人は強盗に入られたあげく、必要以上にきつくさるぐつわを噛まされたんだ」

「違いますね。事故ではないという意味ですが」

「もうやすみたまえ」ムーアは言った。「きみには何もわかっていない」

「わかりました。もう寝ます」僕はそう答え、悪感情など何もないように笑いかけた。「おやすみなさい」

「おやすみ。ご協力ありがとう。ジャック、書き留めたことを清書しておくんだ。明日、エクレン君が訂正したりつけ加えたりすることがないか確認できるように。残業時間も記録しておくんだぞ。さて、きみ、ホビーという女性を部屋まで送ってやってもらえるかな。ほかの人間はみな寝てしまっているようだから。今度はデニー氏と話がしたい。そして、殺人のことは忘れるように。何と言ってもこれは強盗事件なんだから――間違いなく」

〝ふん〟と内心思う。〝『強盗のように見えないかね?』から『間違いなく強盗』に変わるまで十分しかかからないわけだ。反対されれば、たちまちそれが自分の意見として固まってしまう。それなら、こちらの考えをあの頭に植え込むには、自分の言い分を奴の考えとすり替えてしまえばいいだけのことか〟

ムーアがホビーを連れて来た。再びおやすみの挨拶を交わし、まだ外に停めてあった車にホビーを押し込む。そして、さほど離れていない彼女の部屋に送って行った。

第十二章　悪を見た老女

　ゲームハウスは傾斜地に建てられていて、ホビーの小さな続き間はその端にあった。大きなメインルームの真下で、かつては地下室だった場所なのだろう。建物の土台は水平なのに土地自体は傾斜している。そういう建築物があることはご存知だと思う。居間と寝室と浴室。こぢんまりとはしているがすてきなスイートだ。狭いキッチンにホットプレートや小型の電気冷蔵庫、小さなシンクが押し込まれている。それまで見たことはなかったが、その夜、初めて目にすることになった。送り届けた途端、ホビーが中に入ってくれと言い出したからだ。すでに十一時近くになっていた。

　場違いな礼儀から言っているのだろうと思い、一応礼を言って、疲れているので自分も部屋に戻って眠りたいのだと答えた。しかし、彼女はこう答えたのだ。「いいえ、エクレン様。一人でなんて中に入れないんです。本当にできないんですよ」そういうことならと、ちょっとのつもりで一緒に中に入った。

　ホビーの年齢は六十代半ばくらいだろうか。とても小柄な女性で――ジムソン夫人と同じくらいの小ささだ――問題になり始めた使用人の一人と言える。以前と同じほどの仕事はできなくなっているのだから。もしくは、主《あるじ》が望むほどの仕事は。しかし、あまりにも長い期間そばにいたので、夫人としても解雇することに向き合えないでいたのだ。もちろん、暇を出すなら充分な手当てを与えるだろう。しかし、ホビーのように歳を取った使用人は寄《よ》る辺《べ》もなく途方に暮れてしまう。しかも、自分の後釜が決まったときには嫉妬さえするだろう。そんなわけで、ジムソン夫人もずっと、この問題からは目を背けてきたのだ。

ホビーはまだ泣くことはなかったし、そのときも自分をコントロールできているように見えた。それで数分もすると僕は、「おやすみ」とか「じゃあ、これで」とか、そんなようなことを言ってドアに向かい始めた。

しかし彼女は「行かないで！」と急に叫んだのだ。「お願いですから、行かないでください、エクレン様！」

「ホビー、僕はもうくたくたなんですよ。少しのあいだなら一緒にいられますけど、今夜はいい話し相手になれそうもありません。もう帰ったほうがいいと思うんです」

「いいえ、エクレン様！」彼女は追いすがった。「帰らないでと申し上げているんです。ここにいてください！　一晩中、ここにいてほしいんです、エクレン様。お願いです！　怖くて、とても一人でなんかいられません。本当に無理なんです。後生ですから！」

「でも、ホビー、このゲームハウスの上階《うえ》にはメイソン夫妻の部屋があるじゃないですか。それに、バッバートソンさんだっているし。仮に彼らがいなくても、あなたの身は安全ですよ。ムーアさんが、部下の一人を夜間、見張りに立たせると言っていましたから」

「問題はそこなんですよ、エクレン様。あの方たちと同じ屋根の下にいるのが嫌なんです。警官なんて、わたしには必要ありません」彼女は初めてすすり泣きを始めた。「お願いです、エクレン様。あの折りたたみ式の長椅子をご覧になって。そこのソファです。ゲストルームからパジャマを調達してきますから。トイレなら二階のゲーム室の近くにあるのをお使いいただけますし、わたしの部屋のを使っていただいても構いません。わたしは年寄りですから。あなたのお婆ちゃんでも通るくらい。どうぞ、ここにいてください！　誰かにいてもらいたいんです。ああ、かわいそうな奥様！」ホビーはそう言ってハンカチを取り出した。突然、目の前で形相が崩れたかと思うと、彼女は本格的に泣き出した。

「そういうことなら、わかりましたよ、ボビー。あのソファなら、斜めに横になれば全身が収まるでしょう。パジャマと一緒に歯ブラシも調達してもらえますか？　それとも自分のを取りに行ったほうがいいでしょうか？」

「わたしが見つけてきますとも」彼女はそう言うとすぐに泣き止んだ。そして、「ええ、エクレン様」と言い足して、パジャマを探しに出て行った。そのパジャマですでに我が身を拘束されてしまったように感じる。ひどい夜になりそうだ。ホビーがいないあいだに彼女のトイレを使わせてもらった。どの部屋も一晩を過ごすには快適そうだ。無機質とも言えそうなほど徹底した掃除が行き届いている。ただ、ホビーは何でも、かぎ針編みとかそういうもので飾っていた。例えばトイレの便座。布カバーがテープで留められているのだが、刺繡なのだろうか、はっきりしない花模様が一面に散りばめられている。ほかの部屋には、安っぽいキャビネット版の写真がたくさん飾られていた。高価な写真でも、被写体の見栄えが良くなるようなカメラマンの配慮が感じられない写真もある。それと同様、あまり出来のいい写真とは言えなかった。大小さまざま、シェードの装飾が美しいランプもたくさんある。そして、ミズーリのどこかの小さな学校から贈られた額入りの感謝状。日付は四十五年前で、ホビーの名前が記されている。以前、ジムソン夫人から聞いたことがあった。彼女は経済的な向上を目指して、その世界に入った。しかし、二十五歳で小さな学校で教えることをやめ、より高い収入が見込める奉公人の世界に移ったのだと。

ホビーが戻って来るまでに、外に出て車を道路わきに移動させることができた。部屋に戻ると簡易ベッドのようなものを広げ、その上で数度飛び跳ねてみる。悪くはなかった。でも、エンド・コテージにある素晴らしいベッドのことがどうしても思い浮かんでしまう。それで、自分は今夜、たくさんのゴールドスター（学校で優秀な成績に与えられる金色の星型シール）を稼いでいるのだと思うことにした。パジャマはシルクではなかったが、白いブロードクロス製でまあまあの着心地だ。困ったことに、ホビーはベッドメイクに手を貸すことを許してくれず、僕はただ椅子に座って彼女の様子を眺めているしかなかった。

作業がひと段落すると、彼女はトイレを使わなくていいのかと尋ねた。僕は歯を磨きたいと答えた。ホビーが用意してくれたブラシで歯磨きを終える。戻って来たときには、小さなサイドテーブルにランプが用意されていた。ランプの脇には小さな時計と皿に載せたリンゴが二つ。もちろん、おしぼりもついている。本当にすてきな老婦人だと思ったが、その夜の雲行きが良くなったわけでは決してない。

「何か足りないものがあったら声をかけてくださいね、エクレン様」そう言って、少し間を置く。「こんなことを引き受けてくださって、ありがとうございます、エクレン様。愚かな老人みたいなことはしたくないのですが、あなた様以外にお願いできる方もいなくて」彼女はまっすぐに僕を見ていたが、その顎がぶるぶると震え始めた。「これでかなり違ってきます。ありがとうございました、エクレン様。本当に心からお礼を申し上げます」

「全然構わないんですよ、ホビー。お力になれて何よりです」

彼女は一度も振り返ることなくドアを閉め、自分の寝室に移って行った。服を脱ぎ、二、三度大きく伸びをする。それからパジャマを着て、明かりを消すと簡易ベッドに横になった。窓のすぐそばだった。明かりを消した途端、プルマン（快適な設備のある寝台客車）の下段ベッドにいるような気分になった。つまり、暗い室内、普段とは違うベッド、窓から覗く外の闇、という意味で。そんなに暗い夜ではない。ホビーは自分の部屋の窓から、母屋につながる道のほとんどを眺めることができたのだと初めて気づいた。そして、エンド・コテージへと登る道の大方も。明け方の三時や四時という時間に、その道を歩くバーバラ、もしくはバーバラと僕の姿を、彼女は何度目にしていたのだろう。

簡易ベッドというものはとかくキィキィと軋むものだ。この部屋のベッドもそういう代物だった。身体に力を入れてベッドが音を立てないようにすることもできない。寝返りを打つと、ニワトリ小屋に放たれた狐の鳴き声のような音を立てた。眠ることができず何度も寝返りを打つ。とうとう煙草に火をつけるため明かりをつけた。その後も、これまでの出来事にすっかり混乱して寝返りを繰り返していた。一度、母屋のほうから上って来る車の音が聞こえた。外を覗いてみると、フロイド・デニーがちょうど僕の車の横に停まったところだった。彼は車から降り、僕の車の後ろを回り込んで運転席を覗き込んだ。窓をあけたままにしておいたからだ。やがて彼は車に戻り、自分のコテージへと向かって行った。ちょうどムーアの事情聴取から解放されたところなのだろう。ずいぶん長い時間つかまっていたようだ。口の中に強く残る煙草の味を消そうとリンゴを一つ齧る。でも、それを食べ終わった途端、また別の煙草に手を伸ばしていた。ずっとエレベーターのドアのことを考えていた。新しいヒューズを差し込んだとき、何があのエレベーターを下降させたのだろうかと。

食堂にいた人間に下降ボタンは押せなかった。エレベーターを下降させる唯一別のボタンはケージの中だ。それで最初は、たまたまジムソン夫人がそのボタンの上に倒れ掛かったのだと思った。しかし、それもやがておかしく思え始める。

一度目にまともなヒューズに取り替えたとき、だめになったヒューズがどんな具合だったかはよく覚えている。それに、エレベーターのドアがどうしてもあかなかったことも。それは、ただ一つの事実しか示していない——すなわち、もともとのヒューズ、殺人が発覚したときすでに切れていたヒューズは、エレベーターが下がり始めてから切れたということだ。エレベーターがある程度下がると——一、二インチでよかったはずだ——ドアの自動ロックが作動する。それ以外の状況は考えられなかった。辻褄を合わせることができない。とうとうまた明かりをつけ、煙草に火をつけるとベッドから出た。このときばかりはホビーを呪った。物事を書き出すためにタイプライターが欲しかったからだ。考えが堂々巡りをしているとき、筋道を立てるのに紙に書き出してみるのが効果的な場合がある。コートのポケットからペンを取り出し、ホビーの机から紙を見つけて、やっと状況を書き出し整理することができた。

その紙を今でも持っていればよかったと思う。そうすれば、ここで取り上げることもできただろう。しかし、その作業を終えたあと、僕はそれを引きちぎった。そればかりか、翌日ホビーに気づかれないところで燃やそうとコートのポケットに押し込んだのだ。そして、実際に燃やしてしまった。何故なら、その紙の示す事実が受け入れがたかったから。そんなことを人に知られるわけにはいかなかった。

メモに残していたのは、何者かがジムソン夫人を殺害してエレベーターに押し込んだこと。そして、夫人の身体が下降ボタンを押すように調整したこと。しかし、それだけではエレベーターは下降しない。ドアがあいたままだからだ。それで犯人たちはドアを閉め、エレベーターを下ろし始めた。そして、ヒューズを飛ばすために太陽灯のスイッチを入れる。そんな具合だったはずだ。警察は、太陽灯のスイッチは入ったままだったと考えている。しかしそれでは、夫人の身体が下降ボタンに触れた途端、ヒューズは飛んでしまう。いや、むしろ、ドアを閉めた時点でエレベーターは数インチも下降しなくなり、僕が試したときにもドアはすんなりとあいたはずだ。ジムソン夫人を殺したのが誰であれ、あのエレベーターについて熟知している人物ということになる。誰のアリバイもまだわかっていない。それで言えば、ジムソン夫人が亡くなってから発見されるまで、どのくらいの時間が経っていたのかも、明日にならなければわからないのだ。しかし、不明瞭な点が完全に埋められなくても、犯人が使用人の誰かであったり、あの家に盗みに入ってこっそりと逃げ去った者でないことは確かだ。僕は確信している。それは、僕たちのうちの誰か。エレベーターのドアがあかなかったことを警察に話す前に、それが誰なのかを突き止めたかった。警察にも、ほかの誰かにも話す前に。その事実に気づいているのは僕一人だった。

事件の複雑さに溺れそうな気分で、ごちゃごちゃとした部屋に横たわっていた。そのときはまだ、ジムソン夫人の殺害者を突き止めようとはしていなかった。情報があまりにも少な過ぎる。それでも、嫌な結果をほのめかす事実をどうしても頭から切り離すことができなかった。クロフトにいるすべての人間について、一人ずつ順番に考えていった。それぞれのジムソン夫人との関係についても。さほど遠くないところで人が動いている気配に気づいたのはそのときだった。かさこそと小さな音がする。誰かが慎重に物を下ろす音。汗をかき始めた。頭皮が引きつるような緊張感に襲われる。やがて、もっとはっきりとした音が聞こえた。蛇口をひねる音だ。やっと、その物音の出所がホビーのトイレだとわかった。ベッドに座って目を凝らす。確かに、トイレのドアの下から光の線が漏れていた。

「ホビー！」僕は声をかけた。「どうしたんです？」

彼女が部屋を横切って来る足音が聞こえた。ドアが数インチあき、ホビーの返事が聞こえた。「わたしは大丈夫ですよ。少し待っていてください」おかしな臭いが流れてきた。

「何をしているんです？」そう叫び返す。「いったい何の臭いなんですか？」

「お気になさらないで。数分お待ちいただければ、そちらに参りますから」

明かりを点け煙草に手を伸ばしたが箱は空になっていた。サイドテーブルの下の棚に本が並んでいたのでタイトルを眺めてみる。『ロモラ』や『僧院と家庭』、『ベンハー』に『風とともに去りぬ』。とても読む気にはなれなかったので、ほかの本に目を移す。合皮製の印章がついた贈呈版が数冊。バイロン、シェリー、ロングフェロー、ジェームズ・ウィットコム・ライリー、そして、エドガー・アラン・ポー。しかし、どれも手つかずのようで、それにも触らずにおいた。どこかほかの場所だったらよかったのにと思いながら、一人座って待つ。やがて、ホビーがドアをあけトレイを手に入って来た。

彼女はグレーのキルト地の部屋着姿で、手にしたトレイには湯気を上げるカップが二つとクラッカーの小さな皿が載っていた。近づいて来た彼女がテーブルにトレイを置けるようランプと時計の位置をずらす。カップには何やら茶色いものが入っていた。おかしな臭いの原因はこれだった。

「あなたが動き回っている音が聞こえたものですから」ホビーは言った。「わたしも眠れませんでね。いいものを作ってきたんですよ」

まったくいい香りではなかった。

「何なんですか、それは？　妙な臭いですね」

「広告で見つけた新商品よ。ビタ・ビーフ・Tっていうの。t-e-aではなくて、ただの大文字のT。神経を鎮めてくれて栄養価も高いのよ」手渡してくれたカップから一口すすってみる。飲んだことなどないが、魔女の煎じ薬とはこんな味なのだろうか。

「これなら効き目がありそうですね」そう答えたが正直な感想だった。「ありがとう、ホビー」

彼女は近くの椅子に腰を下ろし、自分の分をごくごくと飲んでいる。僕が飲めたのは半分ほどだ。表現するとすれば、ビーフ味なのは確かだが頭に浮かんでくるのは死んだ牛、というところだろうか。カップを置いて僕は言った。「飲み干せそうにはありません、ホビー。すごくおいしいんですけど、これを味合うには気が高ぶり過ぎているみたいで」もう一つのリンゴに手を伸ばし急いで齧り始める。それで、ビタ・ビーフの後味が消えた。気分が良くなり、少し眠くさえなってきた。

ホビーは急に無口になった。今度は何が起こるのかと身構える。彼女は空になったカップを置き、自分でもどう話せばいいのかわからない様子で躊躇《ためら》いがちに口を開いた。「あなた様がベッドで何度も寝返りを打つ音が聞こえてきたんですよ、エクレン様。わたし自身も眠れなくて。ずっと今回のことを考えていたんです。恐ろしい話です。考えていたのは、ただただ恐ろしいということだけでした。今夜、尋ねられたことを思い返していました。ええ、あの警察の人たちに訊かれたことを」

「何を訊かれたんです？」

「あの方たちは、今回のことを自分の言葉で説明するように求めました。それで、母屋に出向いたときのことから始めたんです。なぜ、奥様から何のお声かけもないのかを確かめるために」

「うん、それであなたは本当のことを話したんですよね？」僕は尋ねた。「彼らは僕たちの話を比較するんですよ、きっと」

「ええ、そうなんでしょうね。全部話しましたよ。どんなふうに事が始まったのかとか、ヒューズのこととかをみんな。あなた様がどんなふうに格子をよじ登って、窓から中に入ったのかについても」

「ところで、ホビー、僕が夫人の寝室にいたあいだ、あなたは何をしていたんです?」

「あの方たちにも同じことを訊かれましたわ」ホビーは答えた。「ただ、その場に立っていただけです。自分の頭がおかしくなってしまうのではないかと思いながら。でも、エクレン様、そのとき、わたしにはわかっていたんです――ええ、何にも増してはっきりと確信していました――奥様は殺されてしまったのだと」まるで、ほかの誰かがその言葉を発したかのように彼女は喘いだ。直前に眠気を感じていたとしても、その瞬間にはっきりと目が冴えた。

「何てことを、ホビー! 殺人だなんて、誰があなたにそんなことを吹き込んだんです?」

「誰も」と彼女は答えた。「誰もそんなことは言っていません」

「警察には何と答えたんです? つまり、僕が夫人の寝室にいたあいだ、あなたが何をしていたかについて」

「まあ! 自分が考えていたことなんか一言も言っていませんよ。ただ、その場に立って、あなた様がお戻りになるのを待っていたと答えただけです。あの方たちは強盗の仕業だと繰り返していましたが、わたしは何も言いませんでした。ええ、エクレン様、殺人の可能性についてなんて一言も言っていません。あなた様以外には誰にも。これからも言うつもりはありません。そんなことはできませんから」

あまりにも興奮したせいか、老女の柔らかい顔が引きつり歪んでいる。「あなた様以外には誰にも言えません、エクレン様。殺人やその犯人について話したところで、わたしには何の意味もありませんもの——ああ、何てこと、エクレン様。殺人犯は、まさにこの場所にいるんですよ！　この家の中に、わたしたちと一緒に。エクレン様、わたしたちの頭のすぐ上です！　ああ、エクレン様、わたしはここを出て行きます。こんなところにはもう、いたくありません。今夜中に荷物をまとめますから、明日の朝一番にバス通りまで送っていただけませんか。もう一分だって、こんなところにはいたくないんです」

　脚を下ろし、ホビーのそばに寄るためベッドの端に座る。彼女に身を傾け、必死に語りかけた。

「ねえ、ホビー、ちゃんと話してくれませんか。僕たちみんなを恐ろしい混乱に巻き込みたくないなら、本当のことを全部。何か知っているんじゃないですか？　僕が知らないことを何か」彼女の両手を取り強く握りしめる。「本当のことを話してください、ホビー。そうしないと、とんでもないことになってしまう。裏づけもなしにそんなことは言えないんですよ。何か知っているんですか？」

　ホビーはごくりと唾を飲み込んだ。「いいえ、エクレン様。あなた様が知らないことでわたしが知っていることなどありません。今回の事件でという意味でしたら。でも、あなた様よりよく知っていることなら一つだけあります。こんなことをお話しできるのは、わたしが年寄りで、金輪際ここの使用人ではなくなるからです。ここをうろついている方々についてなら、あなた様よりよく知っています、エクレン様。あなた様が知らないことでわたしが知っているのは、それだけです」

　大いにほっとして、彼女の手を放し背筋を伸ばした。今回の件が殺人だとわかるなら大歓迎だ。しかし、ここはムーアのやり方を見習い、強盗説を持ち出すことにしよう。

「感傷的になり過ぎているんですよ、ホビー」そんなふうに切り出す。「今回の件はどう見ても強盗の仕業です。もし、ジムソン夫人を殺したいだけなら、あんなふうに縛ったり、さるぐつわを噛ませる必要なんてなかったじゃないですか」本当に信じていないことを論じるのは難しい。ムーアの言ったことを懸命に思い出そうとしていた。「もし、ジムソン夫人の殺害が目的だったら、あんな面倒なやり方はしなかったと思いますよ。もっとも、あなたは見ていないのかもしれませんね、夫人の寝室の荒らされ具合を――引き出しという引き出しがあけられて――」

「もう、やめてください、エクレン様。わたしがこの件で騒ぎ立てようとしているなんて思わないでくださいね。こんなことはあなた様以外にはお話ししませんし、金輪際一切口にしません。奥様は亡くなられたんです。騒いだところで、もうお助けすることはできませんから。わたしはここから出て行く、ただ、それだけです。警察に止め置かれるんでしょうか？」その考えに彼女は心底怯えているようだ。「こんなところからは出て行かなければ！」

「止め置かれるにしても、せいぜい一日二日でしょう。まったく呑気な様子ですからね――全員からの事情聴取が終われば、拘束なんてしないと思いますよ。いずれにしても、あなたからこんな話は聞きたくないですね、ホビー。クロフトにいる人たちのことをそんなふうに言ってはいけないと思います――あなたがジムソン夫人のメイドだからという理由ではなく、あの人たちのことを正当に判断していないという意味で」

「そんなことはありません！」ホビーは反論した。「あの方たちのことを正当に判断していないなんて、そんなことは絶対にありませんよ、エクレン様！　今夜、居間やフロント・ポーチで交わされていた会話をお聞きになったでしょう？　あれは今に始まったことではありません。こんなことを申し上げてはなんですが、あなた様には何も見えていないし何も聞こえていないと、みな思っているでしょうね、エクレン様。わたしはしっかりと聞きましたし、そこに何が隠れているのかもわかっています。こんな場所では皆さん、使用人には少しの注意も払いませんから。まるで、わたしたちが家具か何かのように。ええ、わたしはたくさんのことを見てきましたし、たくさんのことを聞いてきました！　あなた様がそれほど世間知らずでなければ、わたしの言っていることもおわかりいただけると思いますが」

「あなたの言いたいことはわかっていると思いますよ」僕は答えた。「それ以上に、あなたが誰のことを言っているのかもわかっています。僕は修道院で育ったわけではありませんから、ホビー。自分なりに世間を見てきたつもりです。あなたは僕の祖母くらいの年齢ですものね。ちゃんと風呂に入っていれば二十五歳の若者は誰でも〝いい〟青年ということになるんでしょう。僕にだって何が起こっているのかくらいわかっていますよ」

「いいえ、エクレン様、わかってなどいらっしゃいませんよ。どうぞ、わたしの言うことを信じてください。あなた様には何もおわかりになっていない。もし、わかっていれば、こんな面倒に巻き込まれることもなかったはずですもの。差し出がましいとは思いますが、ほんの少しだけ言わせていただければ、もう二度とこんな話はいたしません。でも、おっしゃる通りですよ、エクレン様。あなた様には、わたしが誰のことを言っているのかおわかりになっている。メイソン夫妻ですよ、エクレン様。旦那様のほうも奥様のほうも、二人とも悪い人間です。ええ、本当にそうなんです！　わたしは何度も、夜遅くにあなた様があの道にいらっしゃるのを見ています。あなた様とメイソン夫人が。そんな様子を目にするのは心が痛みましたわ、本当に。また、あるときには、あなた様のコテージから戻って来るメイソン夫人の姿も――ああ、本当に、こんなことを申し上げるのは心苦しいのですが、そこがあなた様の知らない部分なんですよ、エクレン様。そうでなきゃ、あなた様が巻き込まれることもなかったでしょうから。メイソン夫人があなた様のコテージから一人で戻って来るとき、ご主人が外で待っていることが時々あったんです。道路沿いの茂みの中に立って。あの白髪頭がすぐそこで、幽霊のように輝いているのを何度も見ました。あなた様もその様子を見ることができればよかったのに」

鳥肌が立ち始めた。何か言おうとしては何度も唾を飲み込む。ホビーは少しのあいだ待っていてくれた。

「あなたにはその話を聞かせる権利があると思いますよ」やっと言葉を絞り出す。「そんな現場を見ていたら、僕のせいでずいぶん寝そびれてしまったでしょうから」

「ええ、そうですとも！　本当にその通りなんです！　あの女が戻って来るまで、幾夜眠れずに過ごしたことでしょう。あなた様のことはいつも気にかけていたんですよ、エクレン様。あなた様のほうは、わたしが生きていることさえ気になさらなかったでしょうけど。以前、学校で教えていたことがありましてね。教室が一つしかないような小さな学校でした。あなた様くらいの年齢になっても、まだ教育を受けたいと願って農閑期に通って来る青年たちに教えていたんです。その人たちに感じていた気持ちと同じ気持ちをあなた様にも感じていました」

「ホビー」思わず言ってしまった。「あなたもクロフトにいるほかの人間と同じくらい、頭がどうかしているんじゃないですか」そんなことは言うべきではなかった。ホビーが今にも自分の殻に引っ込んでしまいそうなほどひるんでしまったからだ。そんなことはさせたくなかった。この時点では、まだ。それで、彼女のほうに身をかがめ、両手を取って言った。「すみません、ホビー。バカな発言でした。謝ります。これで、僕がそんなにいい青年でないことがおわかりでしょう？　あ、あなたはいい方です。あなたの解釈をそのまま認めますよ」

彼女は手を引っ込めた。それでも、その前にこちらの手を軽く叩いてくれた。「ええ、わたしの頭は正常です。でも、ここには頭のおかしな人たちもいます。メイソンさんのように振舞う人って、やっぱりどうかしているんじゃありませんか？　それも、一度や二度じゃないんですよ。メイソン夫人がここまで戻って来ると、野生動物みたいに繁みから飛び出して大笑いをしたりするんです。あなた様が一緒じゃないとわかると、すぐに物陰から出てきて奥様が近づいて来るのを待ち、世の中に間違いなど一つも存在しないかのように肩を並べて歩き出したりもします。ええ、でも一度恐ろしいことがありました。いつものようにそこに立って奥様の帰りを待っていらしたんですが、奥様が近づいた途端、平手打ちを喰らわせたんです。ひどい叩き方で、奥様が後ろによろめいたほどでした。少し前まで一緒にいたのがあなた様でなかったとしても、心からお気の毒に思いましたわ」

「何てことだ」思わず呻いていた。「ホビー、今までそんなことは思ってもみませんでした。今夜、ポーチであんな言葉を聞いたにもかかわらず。そんなことなのかもしれないと、ぼんやりとは思っていたんですよ。でも、それ以上にひどい。あなたが見たのはそれだけですか？　ほかにもご存知なら教えてください」

「あの方は普通、そこに立って待っていただけです」ホビーは話し始めた。「でも、そうでないことが二度ほどありました。いつも見えたわけではないんですよ。その夜の状況にもよりますし、あの方たちが着ている服にもよります。でも、あの方の白い頭だけは、いつもはっきりと見えていました。あるとき、あの方は道路の真ん中で奥様の前に跪くと、その手を取って手首にキスをし始めました。何度も何度も、ただキスだけを繰り返しているんです。また、あるときには――ええ、本当に恐ろしいことで、これが最悪かもしれません――お二人は互いに駆け寄って、長いあいだ会えなかった恋人たちのようにしっかりと抱き合いました。そして、旦那様が奥様を抱きかかえ、繁みの中に突っ込んで行ったんです。あの森の木々のあいだへ。恐ろしい光景でした。わけもわかりません。考えてみただけでも、ぞっとします。ああ、エクレン様、心からお願いします。あんな人たちとは縁を切ってください。今ならできるんですよ。あなた様がここにいなければならない理由はなくなったんですから」

「ホビー、もう一つだけ」僕は話を遮った。「僕がメイソン夫人とあの道を下って来るあいだ、ご主人のほうは何をしているんですか?」バーバラと二人で道の端に寄って、おやすみの挨拶をしていたときのことを考えていた。その状況が何と変わってしまったことか。顔が赤くなるのが自分でもわかった。

「さあ、わかりません」ホビーが答える。「いつも繁みの中で待っていらっしゃるので、こちらからはまったく見えないんです。あなたたちが下りて来て、あの方の姿が見えるようになっても、わたしに見えるのは白い頭だけなんです。ただ、そこに立って、お二人の様子を窺っているようでしたけど」

時計を見ると、もう四時近くになっていた。窓の外を見やる。そんな時刻でも、黒々とした繁みを縫ってカーブする道が見えるだけの明るさがあった。今は誰の姿もない。しかし、繁みの中を飛び交う鬼火のように、ぎくりとする白髪を輝かせる暗い人影を想像することはできた。

「僕はもうくたくたですよ、ホビー」そう声をかけた。「もう四時です。このままでは二人とも、ぼろきれのような状態で一日を過ごすことになってしまう。もう寝たほうがいいですよ」

「眠るつもりはありません」

「そうですか。でも、僕はもうこれ以上つき合えそうにありません。横にならせてもらいますよ」そう言ってベッドに脚を上げ、ホビーに顔を向けて横になった。狭い部屋で二人とも寝間着姿。ホビーとはずいぶん長いあいだの知り合いのような気分になってきた。

「寝るつもりがないなら、もう少し話しましょうか。殺人について、かなりひどいことを言ったのは覚えていますよね？」

「もちろんです」ホビーは答えた。「それに、あなた様が考えていることもわかりますよ。殺人犯はすぐこの上にいると言ったわたしの言葉について考えていらっしゃるんでしょう？」

「その通りです。僕はどうも、自分の考えを人に隠し通せないようですね。ジムソン夫人はいつだって僕の考えていることがわかっていましたし――メイソン夫人も」

「あの方の考えていることがわからないのは、あなた様にとっては幸運なことですね」ホビーはそんなことを言った。

「上階《うえ》にはメイソン夫妻とバッバートソンさんしかいないんですよね？」

「そうです」

「ということは、彼らが殺人犯だとおっしゃっているんですね。彼らのうちの一人ですか？　二人ですか？　それとも三人ともですか？」

ホビーは気まずそうな顔をした。「こんなことは言うべきではなかったんでしょうね、エクレン様。たぶん、あなた様のお考え通り強盗の仕業なんでしょう。でも、奥様の部屋に盗む価値のあるものなんて何もありませんよ。どの部屋のことも隅から隅まで知っていますもの。もし、あのとき、わたしが知らないような、いつもと違うことがあったのでなければ」

「いつもと違うことならたくさんあったじゃないですか。朝から、アデルとゴールドファザーさんの大騒ぎがありましたし」

「ええ、そうですね」ホビーが答える。「あのリーバ・ゴールドファザーについてなら、誰でもひと目見ただけでどんな女か言い当てられるでしょう。それに、アデル・ジムソンだって似たり寄ったりです。あんなにかわいい顔をしていますけど。まあ、わたしにはわかりません」げんなりした口調だった。「こんなに恐ろしいことが起こったんですもの。わたしはただ、ここから離れたいだけです。これ以上、考えたくもありません。でも、メイソン夫妻のことは大嫌いなものですから、誰よりも先に頭に浮かんでしまうんです」

「あの二人が犯人だなんて一度も思ったことはありませんね。今もまだ」

ホビーは頑固に主張し続けた。「メイソンさんは頭がおかしいし、奥様のほうは悪人です。あの二人なら人殺しだってできると思います」

「あの二人にジムソン夫人を殺す理由はないですよ。もし、あなたが殺人だと言い張るなら。それに、あの二人が――僕たちが知っているほかの誰でもそうですけど――盗みなんてしないでしょう。ジムソン夫人は目隠しもされていなかったんですよ。夫人とは面識のない人間だったはずです。あの家に目をつけたプロの強盗の仕業ですよ」

「ああ、エクレン様、わたしと言い争ったりなさらないでください」ホビーはため息をついた。「あなた様がおっしゃるのを聞いていると、その通りだと思えるんです。でも、一人で考えていると、まったくわけがわからなくなってしまって」

「疲れているせいですよ。情報が少な過ぎるせいもある。警察が徹底的に調査を始めれば多くのことがわかってくるでしょう。ひょっとしたら明日の朝にも、すべての説明がつく情報が出てくるかもしれません。もう、この朝っていう意味ですけどね」

すっかり疲れ切っていた。ホビーも切り上げてくれそうに見えた。

「一時間か二時間でも寝ておかなければ、ホビー」そう声をかける。「でも、これだけは言っておきたいんです。僕はメイソン夫人の肩を持ちますよ。彼女があなたの目にどう映っているのかはわかります。僕が初めて会ったときだって、がちがちに険しい女性だったんですから。でも、あの人はひどい人生を送ってきたんです。自分の会社を潰したり、メイソン氏みたいな男と結婚したり。今だって、しょっちゅう人とぶつかっている。彼女を好きなのは認めますよ、ホビー。それに、魅力的だとも思っています」

「エクレン様、あなた様のことをバカ呼ばわりする日が来るとは思ってもいませんでしたが、今はそうさせていただきます」ホビーは言った。

「あなたなら構いませんよ。ほかの人間には許しませんけど。でも、それは、あなたが言うところの〝悪い女〟が――つまり、セクシーな女という意味ですが――」僕はあえてそんな言い方をした。「人を殺せるという意味にはならないからですけど」

「あの人は悪い女ですよ」ホビーは食い下がった。「神経質で狡猾な悪い女です。これだけひどい目に遭ってきたんだから、自分の運を取り戻すためなら、どんなことでもやってやろうと思っているんです。わたしが悪い女と呼ぶのは、そういう意味です。単に自分よりも十も若い男と寝ているからではなく」

「かなり率直になってきましたね、ホビー」年齢差の間違いを訂正しようとは思わなかった。横になっていても、ひどく疲れていたのだ。ホビーに対しても少しばかりうんざりし始めていた。

「わたしたちならずっと率直でしたよ。あなた様とお話しできるのもこれが最後になるでしょうから。もし、それでお気持ちが楽になるなら、こう申し上げてもいいんです。ここにいるほかの人以上に、メイソン夫人にも奥様を殺す理由はないと。ただし、ダイク様は別ですけどね。奥様からお金を引き出す方法がほかにないから殺してしまおうなどと考えるのは、あの方以外、ここにはいないでしょうから」

「ずいぶんな言い方ですね」

「わたしのように四十年もお金持ちやそのご友人たちを傍から見ていれば、あなた様にもわかるようになりますよ」

もう、それ以上聞いていたくなかった。「ホビー、お願いですから、少し眠ってください。あなたが倒れたりしたら責任を感じてしまいますから」

黄色い電灯の下、彼女の顔は灰色に見えた。身の周りにある古びたもののように、彼女もまた老いて見える――履き古した靴、ささくれた板、ぼろぼろになった布切れ――古びて擦り切れ、ほとんど寿命が尽きてしまったかのように。彼女は立ち上がり、ドアに向かい始めた。

「ちょっと待ってください、ホビー」そう声をかける。「ここから出て行くと言っていましたよね。お金はどうするんです?」

「七千ドル以上もため込んでいますよ。それに、五千ドルの現金をわたしに渡すよう遺言状に遺したと奥様がおっしゃっていました。ミズーリのチリコシーに帰ります。生まれ故郷なんです。そこで、かぎ針編みでもして過ごしますわ」

「この窓から見るような眺めは、もう楽しめなくなりますね」

「めっそうもない」ホビーはドアノブに手をかけたが、振り向いて言い足した。「リンゴをもう一つお持ちしましょうか?」

「いいえ、結構です」

「それに、わたしの大好きなビーフ・ティーも。わたしを騙したりしていないですよね?」

「ひょっとしたら、少しは騙していたかもしれませんよ。でも、ビーフ・ティーのことではありません。おやすみなさい、ホビー」

僕たちは二人で笑い合った。「おやすみなさい、エクレン様」ホビーはそう言ってドアを抜け、そっと閉めた。

第十三章　ダイヤモンド、エメラルド、そして……

その朝、ムーア父さんの顔を見た途端、何か隠しているのがわかった。いつもより少し遅めに朝食に下りて行ったのだが、フロント・ポーチで座っている彼を見つけたのだ。チェシャ猫（『不思議の国のアリス』に登場するにやにや笑う猫）みたいに顔いっぱいににやにや笑いを浮かべ、僕を見ると唇をすぼめ眉を上げてみせた。いかにも、僕の知らない事実を知っていることを隠し切れない様子で。

　こちらから声をかけた。「おはようございます、ムーアさん。パンチ（滑稽なあやつり人形劇『パンチとジュディ』の主人公）並みの上機嫌ですね。何があったんです？」

「もちろん、あることが起こったのさ。よく眠れたかね？」

「いいえ、あまり。ずっと眠れずに考え事をしていました」

「何かわかったかな？」

「考えは変わりませんでしたよ」

「ふむ、わたしの忠告を受け入れていれば、もっとよく眠れただろうに。昨夜は老人相手に明晰な意見を披露してくれたんじゃなかったかな？」

　僕はわざとにやりと笑って答えた。「たぶん、生意気過ぎたと思います。一息入れさせてくれたうえに、そんなふうに受け取っていただけるなんて、ありがとうございます」

左右に手を振りながらムーアが言う。「いやいや、何でもないよ。ちょっと待っていてくれるかな。きみもすぐに考えを変えるから。デニー氏と話をしたんだ。昨夜、きみが立ち去ったあと、ずいぶん長い時間。あちこちで殺人だなどと騒ぎ立てて、きみが笑い者にならなくてよかったよ。もう朝食は済ませたのかね?」

「いいえ、まだです。デニーは僕が知らない何を知っているんです?」

ムーアはぷっと吹き出し、僕の脇腹を突きながら言った。「まあ、ちょっと待ちたまえ、きみ、もうちょっとだけ。昨日の供述に何かつけ加えたいことはあるかな?」

「いいえ、すべてお話ししたと思います。でも、念のため、写しを読ませていただきたいです」

「構わないですよ」ムーアはいとも簡単に答えた。「行って朝食を摂りなさい。ほかの方々は大食堂のほうにいますから」

「全員が朝食を摂りに来たんですか?」そんなことは今まで一度もなかった。ヘンリーとハッティがひどく忙しい思いをしているだろう。

「昨夜はみな興奮し過ぎて、食べることも忘れていたんじゃないですか」ムーアが言う。「起こったことからすると、バースデイ・ディナーにはふさわしからぬ夜でしたから」

食堂に行ってみると、ほかの人々がすでに一人二人と出て来るところだった。みんな、腫れぼったい目の下に隈を作って、ひどい顔をしている。女性陣は化粧をしていてもどんよりして見えたし、何もしていない男たちはなおさらだ。大急ぎで大量の食物を掻き込むと、やっと気分がよくなり始めた。オジーとバーバラがその場にいた。ホビーが昨夜あれこれと言っていたよりはずっと現実的で、とりあえずその場では以前と同じように接することができた。とりあえず、今、この場では——そのときに考えられたのはそれだけだった。居間に移ってみると、ホビーとデニーもいた。

アデルは弁護士二人を両脇に従えている。弁護士と言えば思い浮かべるようなきちんとした身なりで、実にぱりっとしている。その朝の僕たちの姿と比べると、エナメル加工をした小立像のようだ。壊れるかどうか試すために、重たい鈍器で殴ってみたいとずっと考えていた。その場にいれば、思わず聞き耳を立ててしまうような情報を山ほど与えてやれるだろうに、アデルへの事情聴取が終われば帰ってしまうのは残念だった。

さて、まず手始めにムーアが言った。午前中のうちに、使用人たちも含め全員から個別に話を聞く予定だと。しかし、ホビーと僕が昨夜した話を細かく確認するあいだ、待っていてもらいたいと。僕たちはキッチンのヒューズ・ボックスまで移動し、言われた通りにした。甥のジャックが後ろをついて回り、またすべてを書き留めている。僕のほうは外に出て、格子を上ることまでした。二階の部屋でしたことを見せるために、そこで皆と合流する。エレベーターの中を確認しなかったことをまた訊かれるのではないかとひやひやしたが、彼らは何も言わなかった。

警察はホビーに、何かなくなっているものはないか夫人の部屋を見て回わるよう求めた。あけられていた引き出しを調べながら、ジムソン夫人は衣服以外そんな場所には何も保管していなかったとホビーは説明した。なくなっているものはなさそうだし、さほど引っ掻き回された様子もないと。警察は念のためにほかの引き出しもあけてみたが、すべてもとのままだった。

ホビーは隅々まで見て回った。以前にも説明したように、夫人の部屋はクロフトのほかの場所に比べると、ほとんど何もないに等しい。ジムソン夫人がここを建ててから、ずっと管理清掃をしてきたホビーには、どんな小さな点もわかっている。鏡台の上に口があいたままになっている小さな宝石箱の中身と、化粧を落とすための小さなタオル以外、なくなっているものはないと彼女は断言した。

宝石箱には何が入っていたのかと尋ねられてホビーは答えた。「そんなにたくさんのものは入っていませんでしたよ。指輪やブローチが数点です」その言葉に最初は笑い声が漏れたが、ホビーがなくなった宝石の話をするとそれも止んだ。ジムソン夫人が普段身に着けていたのは、特別な場合以外、とてもシンプルな宝飾品だけだった。ヴィクトリア朝風の小さなブローチだとか、そんな程度のもの。小さなダイヤモンドの一つ二つはついているかもしれないが、強盗たちがそれを見つけたからといって、現場が示しているように途中で仕事を放り出して引き上げてしまうようなものではない。もし、そんな程度の小さな宝飾品がすべてなくなっていたとしても、ムーア父さん以外、強盗の仕業などという結論に警察は到底満足しないだろう。しかし彼は、フロイド・デニーのおかげでほかの情報を仕入れていたのだ。それで、あのにやにや笑いと脇腹突きだ。

一階に戻るとすぐにムーアは全員に尋ねた。事情聴取の前に、直接関係のありそうな情報について何か報告したい者はいるかと。ダイクか誰かが、私道にばら撒かれていた釘の話をした。恐らく追跡を遅らせるためのものだろう。ほかに口を開く者はなかった。

それでムーアが言った。「では、皆さん、お伝えすべき点がもう一つあります。昨夜、デニーさんから聞いたのですが、この状況に決着をつけてくれるような情報です。これまでに皆さんが何を考えてきたのかはわかりません」彼はまっすぐに僕を見て満足げな笑みを浮かべた。「しかし、まずはデニーさんに、昨夜の話をご自身の言葉でもう一度繰り返してもらいましょう。ジムソン夫人が自分の部屋にグラッチョリーニを置いていた話を」

〝グラッチョリーニ〟という言葉を聞いた途端、僕以外の全員が色めき立った。アデルが叫ぶ。「グラッチョリーニですって！」リーバは持ち合わせの想像力からいつもと同じ言葉を発した。「まあ《マイ・ゴッド》」バーバラから出た言葉は、「でも、それはどこに消えたの？」アン・ベスにいたっては、祖母が悪魔と一緒にいたのだと言われたような顔をしている。

デニーは咳払いをして話し始めた。明瞭かつ冷静な話し方。奇妙な男だ。まるで、原稿を読んでいるような話し方だった。一昨日、と彼は始めた。ジムソン夫人にサンフランシスコの貸金庫に預けてあるグラッチョリーニのブレスレットをここに持って来るように頼まれた。彼は指示通りにし、同じ日の夜、つまり、夫人の誕生日の前夜に、そのブレスレットを夫人に手渡した。

「それで、そのグラッチョリーニは今どこにあるんでしょう、デニーさん？」ムーアが尋ねる。まるで、全員にお預けでも喰らわせているような感じだ。欲しかったものをまさに手に入れたという様子。誰もがみな、固唾を呑んで椅子から身を乗り出しているのだから。

「わたしが最後に見たのは――」デニーが説明する。「ジムソン夫人の部屋の中でした」

「しかし、今はそこにない」ムーアが言う。「これまでの話からすると、その金ぴか物はジムソン夫人の殺害者、あるいはその一味の手元にありそうですな」

理解するのに一分はかかったと思う。ホビーがなくなっていると証言したちっぽけな指輪やブローチなんかよりは、ずっと意味が通ると認めざるを得ない。ムーアは自説の正しさを証明するようなことを言っていたが、どうやらそれは、こちらが思っていたよりもずっと大事らしい。

それまでグラッチョリーニのブレスレットなんて見たこともなければ聞いたこともなかった。しかし、そんなに時を置くこともなく――実際にはほんの十二時間後に――目にすることになった。確かに結構な代物だった。ほかのグラッチョリーニのデザイン同様、上品とは言えない作品だが、金ぴか具合はずば抜けていた。エメラルドやダイヤモンドの代わりにグリーンや透明なガラス玉が使われていたなら、まだあか抜けて見えたかもしれない。ゴールドの光り具合もどこか胡散臭い。しかし、通俗的な意味ではかなり強烈な印象を与えたし、月並みなデザインにはもったいないほどの職人技が駆使されていた。ジムソン夫人よりはリーバに似合いそうな代物だ。幅は少なく見ても三インチ。柔らかな鎖帷子《かたびら》のような作りで、形が自在に変化する。一面に石が散りばめられていた。ジムソン夫人が二十五回目の結婚記念日に夫から贈られたものだった。しかし、その翌週に夫が亡くなり、ブレスレットは悲しい思い出の品となる。それでも、感傷的な機会のときには、そのグラッチョリーニは箱から取り出されてきた。たまたま十五万ドルもする物だったので普段使いには憚られ、貸金庫に預けられることになったのだ。ジムソン夫人の依頼でデニーが金庫から取り出すたびに、銀行の重役たちが総出で立ち会う。いずれにしても、デニーはそのブレスレットを金庫から取り出し夫人のもとに届けた。そして、それが今はなくなっているのだと、彼は話した。

グラッチョリーニは泥棒たちの垂涎の的だ――希少な石や特別大きな石が使われているわけではないが、あれだけ良質なダイヤモンドやエメラルドが散りばめられた塊で、簡単に分解もできる。しかも、どんな方法でも売りさばくことが可能なのだ。いかにも、押し入った強盗が思いがけない幸運に恵まれたように見える。銀行職員の誠実な対応や公式な立ち合いは当然としても、彼ら以外にそれがクロフトにあることを知っているはずはないとデニーは言う。ジムソン夫人が何らかの理由で誰かに話したのでもなければ。

何だか少し嫌な気分になってきた。僕たちの中に、盗品を質に入れる方法を知っている者などいるだろうか。しかし、この中の誰かがジムソン夫人を殺したのだ。ただ、それが宝石のためだったとは思えない。たぶん、宝石ではなく、夫人が部屋に置いていたほかの物のため。

第十四章　それで、あなたがいた場所は？

まだ六歳か七歳の子供だったころ、ダラスで数週間も新聞を騒がせた殺人事件があった。ヘレン・ブラウンという名の女性だったと思う。街中《まちなか》の会社事務所で、早朝ほかの社員が出社したところ、血だらけの死体となっているのが発見されたのだ。検死の結果、妊娠中だったことがわかった。動機について、新聞でも、警察や近所の子供たちのあいだでも、ありとあらゆる憶測が取り沙汰された。実際に起こった犯罪を扱う雑誌で、保安官だかが書いた『ヘレン・ブラウンを殺した男を知っている』という記事を読んだのはほんの数年前のことだ。それによると、盗みの罪を追及された有色人種の男が、その殺人についても認めたというのだ。件《くだん》の女性は早めに出社した。中に入ったところ、その男が金庫をあけようとしているのを発見した。男は女性を殺害し逃走した。女性が入ってきたとき、男はまだ金庫をあけてさえいなかった。彼女は男に見つかってしまったせいで殺されたのだ。理由など存在しない。とても単純な犯罪だ。つまり、僕が言おうとしているのは、個人的な動機による計画的な犯行に見えるにもかかわらず、それがまったく単純な犯罪で、計画性など微塵もなかったということだ。ジムソン夫人の殺害は、その逆になる。押し入り強盗による偶発的な死に見えながら、実は念入りに計算された計画的な殺人。

僕の知る限り、警察はまだジムソン夫人の死を、たまたま屋敷に押し入った不特定の個人もしくはグループの手による偶発的な窒息死として記録している。しかし、もし警察が、強盗もしくは殺人犯として誰かに目をつけていたとしても、誤った人物に注目していたことになる。それは確かだ。

事件のあとに起こったことは完全に伏せられている。すべてはその後数日間のうちに起こったことで、それから数週間経っても警察はまだあちらこちらを調べ回っていた。徹底した捜査だった。彼らの仕事、あるいは考えていたことについても、ここに記しておきたい。何故なら、警察に対してはそれがフェアというものだから。特に、ムーア父さんに対しては。アン・ベスと僕が邪魔しなければ、彼はもっとうまく多くのことをやり遂げていたはずだ。それでも、さほど害を与えたとは思っていない。僕とアン・ベス以外に、彼がどれほど見当違いなことを考えているか、わかっていた人間はいないだろうから。その後の展開にもかかわらず、僕は自分の行動について後悔していない。たぶん、アン・ベスも同じだろう。

盗みに入ろうとした個人あるいは一味が、押し入ろうとしている先がジムソン夫人の部屋だと知っている必要はなかったと思う。何故なら、僕がよじ登ったサイドポーチ——明らかに、僕よりも前によじ登った人間がいるサイドポーチ——はアーデンの森の端に接していて、屋敷に侵入しようとする者なら誰でもその森を抜け、僕がやったような方法で押し入るしかなかったからだ。犯人たちは森の中から様子を窺い、人々が屋敷を離れたことも見ていたはずだ。屋敷の様子なら一度ならず観察できただろう。それで、昼食後には母屋に人気《ひとけ》がなくなることもわかっていたはずだ。みんな、ぶらぶらとゲームハウスに向かったり、自分の部屋に昼寝をしに行ったりするのだから。許可もなくクロフト内に入って見つかってしまう人々なら、しょっちゅう見かけていた。敷地内の低い区域にぶらぶらと入り込んで行く人、無料の見学でもするみたいにアーデンの森に入っていく人。それで責められたり、ここは私有地だという丁寧な説明を受けるだけでは済まなくなった人たちなんて、僕は一人も知らない。

そんなわけだから、あの日の午後そこにいた人間は、以前にも好きなだけ立ち入ることができたはずだ。アーデンの森には都合のいい隠れ場所や小さな洞穴がいくらでもある。非常時に駆け込む場所には困らないだろう。僕が今、説明しようとしているのは、夜間には警備員がいるとしても、あの日の午後の母屋なら、簡単に侵入できる状況だったと警察も認めざるを得ないということだ。説明ならいくらでもできるし、どれも単純なことばかりだ。

ジムソン夫人の手足は枕カバーで縛り上げられていた。さるぐつわに使われていたのはバスルームにあったタオル。ぞんざいな仕事で、鼻孔をふさぐような縛り方だった。口の中には、ホビーが鏡台からなくなっていると証言したタオルが詰め込まれていた。夫人がいつも、化粧を落としたりするのにそこに置いていたタオル。かつてスタジオで話してくれた、フランスの修道院にクロスステッチを依頼しているというタオルだ。夫人が見せてくれたことは一度もなかったが、ムーアが事情聴取中に突然取り出し、僕の鼻先に突きつけて尋ねた。「これを見たことはあるかね？」小さくてきれいなリネン地で、刺繍もまたすばらしかった。そこに刺されていたのは、"N'oubliez jamais que les autres compteront sur toi et pue tu ne dois pas compter sur eux."――忘れるなかれ。人が汝を当てにしても、汝が人を当てにすることはないように。まったくもって、おあつらえ向きだ。タオル自体は見たことはないが、刺されている小デュマの言葉には覚えがあるとムーアには答えた。先日の午後の出来事と小デュマの言葉に関係がないことを説明するのに数分かかる。「ジャック、小デュマだか何だかのことは除外しておけ」彼は甥っ子にそう声をかけた。

ムーアは常に〝未知なる人物もしくはその一味〟という言い方をした。犯人が今ここにいる人々ではなく外部の人間であるように見せているのは、争った形跡がまったくないという事実だ。タオルで縛り上げているあいだ、ジムソン夫人が騒がないように口を押さえつけなければならなかった形跡がまったくないのだ。もちろん、屋敷内に誰もいないなら、夫人が悲鳴をあげたところで何の問題もない。しかし、ハッティを含め全員が屋敷から出払ったのを見ていたとしても、そんな危険は冒さないだろう。考えられる状況としては、一人がタオルか何かを見つけて夫人を縛り上げるあいだ、もう一人が彼女を押さえつけていたというところか。あんなにも小さくて弱々しい老人が相手のことだ、時間もかからず大きな物音も立たなかったことだろう。その気になれば、変声期を迎えたばかりの十歳の少年にだって可能なはずだ。

室内で確認された唯一の乱れは、いくつかの引き出しがあけられ、中が掻き回されていることだけ。しかし、すべての引き出しが物色されていたわけではない。グラッチョリーニは間違いなくムーアの推測を後押しするものだった。現場の状況が示す通り、何者かが盗みのために侵入し、この大当たりを見つけた。それで、屋敷のほかの部分は言うまでもなく、ジムソン夫人の部屋を漁るのも途中でやめ、大急ぎで退散したというわけだ。

関係者のアリバイについて、その後の事情聴取や僕自身が独自で行なった聞き込みから判明したのは、今のところ以下の通り。検視官は、死亡時刻を一時半から三時までのあいだとしている。常々言っていることなのだが、アリバイなんて何の意味も持たない。〝事件が起こった場所よりもその時間帯の状況や事実〟を示すのではなく、捏造された言い訳のようになってしまうからだ。とにかく、僕たち全員が母屋を離れた時間から始めてみよう。

オジーはまず、ガスとピンポンでもしようとゲームハウスに向かったと言っている。しかし、二人はそうする代わりに座り込んでラジオを聞いていた。ゲームハウスの自分の部屋にいたホビーが、その時間、二階からラジオの音が聞こえたと証言している。二人は三十分か四十五分ほど、いくつかの番組を聞いていたそうだ。どんな番組かと訊かれ、何とか一時半から二時、二時から二時半までの番組だったことを思い出した。それから少しピンポンをし、別れたあとはそれぞれの部屋に引き上げた。それがだいたい二時四十五分ごろ。そのあとは夕方まで本を読んだり昼寝をして過ごしたそうだ。

ホビーは午後のあいだずっと自分の部屋にいた。オジーとガスがゲームハウスから出て行くのは見ていない。もちろん、ずっと外の様子に目を光らせていたわけではないが。自分の仕事を気にかけていたアリバイに誇りを感じると彼女は言った。本を読んだり昼寝をして過ごしていたのだが、やがてジムソン夫人からの呼び出しに備えて身づくろいを始めた。赴く時間を指定されていないときは、常に内線電話での呼び出しに備えていたのだという。繕い物に夢中になって、気づいたときにはかなり遅い時間になっていた。それで、呼び出しはなかったが母屋に向かったらしい。しかし、主人の部屋に入ることができず、僕に助けを求めたというわけだ。

その間ずっと、バーバラとダイクは一人——あるいは、それに近い状態——だった。バーバラはヘンリーのロックシュガーを買いにA&Pスーパーマーケットに行っていた。ロサンゼルス寄りの一般的な住宅街にある一番近い商業施設だ。A&Pでは自分で商品を選び、レジで金を払う。一人ならず二人ものレジ係が、日中のその時間帯にロックシュガーの清算をしたことを覚えていた。それがバーバラだったのかもしれないし、違うのかもしれない。しかし、彼らから得られた情報はそれだけだった。それでは厳密な意味でのアリバイにはならない。面白半分で街のはずれにある別のA&Pに行って同じ質問をしてみると、同様の回答が返ってきたのだ。たぶん八月三日、もしかしたら別の日かもしれないが、おそらく昼ごろにロックシュガーを買いに来た人間がいると。パンクしたタイヤのことを無視するなら、バーバラのアリバイはロックシュガーだけなのに。

アン・ベスの場合はもっと悪い。彼女にはアリバイについて尋ねるのもバカらしいくらいだ。何をしていたのかは、もうわかっているのだから。アン・ベスはリーバやアデルと一緒にエンド・コテージにやって来て、僕の用意が終わるのを待つようなことを言いながら、さっさと一人で海辺へ行ってしまった。一人になれたことを楽しみながら、道から少し外れた岩場に座っていたのだという。一時少し前に僕と別れ、三時に美術館にやって来て再びリーバとアデルにつかまってしまうまで、彼女はずっとそこにいた。彼女の姿を見た者はいない。アン・ベスに関してはそれがすべてだった。

リーバとアデルは、僕と別れたあとゲームハウスに向かったと言っている。座っておしゃべりでもしようと思ったそうだ。しかし、そこに着いてみるとラジオの音が聞こえていた。二人が言うには、それが誰であれ〝邪魔はしたくなかった〟そうだ。まあ、それまで誰の邪魔をしようとまったく気にしなかったリーバとアデルのことだ。本当のところは、誰にも邪魔されないところにいたい、ということだったのだろう。それについては賭けてもいい。母屋に泊まることになっていたので、自分たちの部屋にも戻れない。美術館はまだあいていない。それで仕方なくキャデラックの後部座席に座っていたのだという。マッチがあってそこで煙草でも吸っていれば、その灰が自分たちの証言を裏づけてくれただろうにと、彼女たちはつけ加えた。

ダイクの立場もバーバラと同じようなものだ。彼はミルクシェイクとサンドイッチを手に入れるために大きなドラッグストアに寄ってからクロフトに戻って来た。彼にとって幸運だったのは、バーバラの車のタイヤが先に道路の釘を拾ってくれていたことだろう。彼が戻って来たころには、ジョジョがすでに下りて来て道路をきれいに片づけていた。

フロイド・デニーは自分のコテージにいたと言っている。事務所として使っている部屋にいたそうだ。家にいた妻が、タイプライターの音が何度か聞こえたように思うと証言している。彼女自身は寝室やキッチンにいたのだが、間違いなく聞こえたと後に言い直した。夫婦にはまだ小さな赤ん坊がいて、彼女はその子に二時のミルクを飲ませ、つかの間の静けさを利用して休んでいたのだと言う。

庭師やその助手たちは、ピクニック会場でパーティ用の食器類を磨いていた。会場はアーデンの森と同様、念入りに自然森のような外観に仕上げられている。どこもかしこも花盛りの鉢植えでいっぱいだ。その夜限りの一時的な装飾のために、ここぞという場所に鉢ごと地面に埋められているのだ。ヘンリーとハッティ、そして、これまでこの物語には登場せず、そこにいたことで物語の進展からも除外される使用人たちもみな、終始会場にいた。ジョジョとお抱え運転手も、会場とガレージをちょこちょこと行き来する以外、その場に留まっていた。床に寝転がっていたのでもなければ、キャデラックの後部座席には誰もいなかった。もし二人がそうしたいと思ったとしても、リーバの体形では無理だし、アデルもそんなことはしないだろう。でもそれは、二人がすでにパーティ会場にいたと言っている時間帯のことなのだ。再度事情を訊かれると二人は言った。ええ、考え直してみると、キャデラックに向かっているとき、パーティ会場に戻っていくステーションワゴンを見ましたと。使用人たちのアリバイを考える上では、すべてがぴったりと嚙み合っている。彼らのことは、問題を整理するために取り上げただけのことだ。

さてこれで、裏でどんなことが展開していたのか、話を進めることができそうだ。

第十五章　盗賊たちの醜態

誕生日翌日の午前中、警察はずっとクロフトに張りついていた。昼には、ヘンリーとハッティが何とか、全員がどこかに座って食べられるワンプレートの昼食を用意してくれた。小食堂のテーブルに揃って座るには人数が多過ぎるのだ。それに、あのエレベーターを前に食事をするのも、あまり気が進まない。いずれにしてもハッティは、キリキリと歯ぎしりをしながら悪態をつきつつ仕事をしていた。使用人たちも含め、この家のゲストが全員揃っている。でも、僕たちはもう誰一人客ではないのだと、ふと思った。ダイクとフロイド・デニーがその場を取り仕切っていた。アン・ベスの母親であるアデルは、今や自分がこの集団の女王同然であることを誇示しないだけの如才なさを発揮している。遺言状が読み上げられれば、アン・ベスはとてつもない大金持ちになるのだから。

警察による午前中の事情聴取は、本人たちの心情に比べればずっと穏やかに進行した。面談は個別に行われ、警察が僕たち全員の行動を書き留めていく。すべてがてきぱきと効率的だった。まるで、長時間ちょこちょこと痛みを与える治療ではなく、さっさと詰め物をしてしまう歯医者のような仕事ぶりだ。しかし、昼食が終わり警察が引き上げたあとになって、本物の爆弾が炸裂した。芝居の中のあっと言わせるワンシーンのように。

僕たちは仕方なくポーチに出ていた。ハッティのわめき声が遠くからの怒号のように時折聞こえてくるだけの場所へ。ホビーとデニーはもちろんいない。それで、アデル以外のメンバーがこの夏たまに居合わせたように、ポーチに集まることになった。その時々によって異なる顔ぶれで、ちょっとしたおしゃべりや噂話なんかをしていた場所。良くて面白おかしい程度、最悪の場合にはうんざりするような言い争いが密かに行われた場所でもある。今は全員がそわそわし、競って浮かない顔をしようとしている。それぞれが各々の立場で遺言状のことを考えているのだろう。僕に無関係なのは言うまでもない。彼らはまず、財産の総額がどのくらいになるのかが知りたくて仕方がないようだ。僕としては、ジムソン夫人の財産が数百万ドルなのか一千万ドルなのか想像もつかない。わかっているのは、こんな采配など見たことがないということだけだ。今まで何度も自分に確認してきた。ジムソン夫人が単なるお針子や学校の教師だったとしても、彼女のことが大好きだったろうと。本当に心から、たとえ彼女がジムソン夫人でなかったとしても。人がこれほどの金を持つと、それはその人間が持って生まれた才能や肌の色と同じように、その人間の個性の一部になってしまう。それを理解するのにずいぶん時間がかかった。ジムソン夫人ほどの金があると、金持ちだという事実はその人間が白人だという事実と同じくらい、その人間を表す要素になってしまうのだ。彼女の考え方や行動様式、感じ方は、彼女の生き方によって決定されるもので、人がそれをどうこうすることはできない。でも僕には、中産階級の人間の金銭に対する適度な尊敬の念が備わっていて、その感覚は、金の話をするのは卑しいとする中産階級者の考えと結びついていた。ジムソン夫人が持っていた金は桁外れで、その点を指摘するのは、彼女が僕たちとは違う人間だと宣言するようなものだ。その点について自分がどう感じているのかは、うまく説明できそうにない。ほかの人間なら、ちゃんと整理してうまく話せるのかもしれないけれど。とにかく、僕には恥ずかしかったとしか言いようがないのだ。

クロフトに着いて数週間後、バーバラが僕に言ったことがある。ジムソン夫人は僕のことを大いに気に入っているから、遺言状に僕の名前も入れてくれるかもしれないと。夫人の周りをうろついている人間はみな、自分が遺言状に取り上げられるのを当然だと思っている。たぶん、ほとんどの人間がそれを、自分の奉仕に対する報酬の後払いとみなしているのだろう。そんなわけで彼らは今、想像力たくましく、自分が受け取れるかもしれない遺産の額を内心で膨らませているのだ。

さて、リーバだが、彼女はいつでも滞在を打ち切って帰ってしまいそうに見えていた。しかし、その日の彼女ほど、どこかで発揮すべき底力に満ちている人間は見たことがない。リーバは何かに腹を立てていたようだ。人に何か言われると、殴りかからんばかりの剣幕で答えていた。ポーチの隅に座り昼食の皿を突っついている。脚を組むことはできないので忙《せわ》しなく足首を組み換え、眉間にしわを寄せてきりきりしているのだ。とうとうバーバラが声をかけた。「ちょっとリーバ、少しじっとしていてよ。びっくりするじゃない」

リーバは鼻を鳴らして相手をねめつけた。一瞬口を開きかけたが、そのまま閉じる。周囲に緊張が走った。まるで、酷使されたボイラーのようにぶつぶつ言っている。彼女は光沢のある黒いサテンのドレスを着ていて、膝の上に昼食の皿を載せていた。フォークを取り、フックのような右手でポテトサラダに襲い掛かる。と、皿が丸ごと膝から滑り落ち、床の上にひっくり返った。ガチャンというよりはベチャッという音。彼女のすばらしい靴や足首の上にも中身が飛び散る。リーバは椅子から飛び上がって金切り声を上げた。そして、「もう、何なのよ《ゴッドダム》！」と繰り返す。リーバが神の名を呼ぶのはいつものことだが、あまりにも凄まじかった。何もかもがすべて、これほど見苦しい光景は見たことがない。醜悪という言葉以外、表現のしようがなかった。顔を真っ赤にしたアン・ベス以外、みな、あんぐりと口をあけている。

　座って見つめるばかりで誰も何もしない。リーバはますますおかしくなっていくようだ。お伽噺の中に、話すたびに口からヒキガエルが飛び出す女の子の話がある。しかし、リーバの口から出るものに比べれば、そんなものは何でもない。グリー・クラブのツアーで一泊した町の駅で、列車が出る直前にテナーの一人を探しにきた女の子のことを覚えている。そのときの様子が、まさに今のリーバと同じだった。彼女を鎮めるためにしなければならないことを思い出す。言っていることはほとんど聞き取れなかったが、彼女の傍に寄って両肩を摑んだ。「リーバ！　リーバ！　リーバ！」名前を呼ぶたびに強く肩を揺する。それでも彼女は鎮まらなかった。口の両端から涎が垂れ始め、納屋で火事に見舞われた馬のように目を剝いている。喉の奥からゴボゴボという音が漏れる以外何も聞こえなくなるまで強く揺すり、ようやく柳細工の椅子に押し戻した。あまりにも勢いよく尻を落としたものだから、そのまま座面を突き抜けてしまうのではないかと思ったくらいだ。何とかそうなる前に手を貸すことはできたが。

　リーバは座ったままひくひくしたり呻いたりしていた。次にどうしてやればいいのかわからない。みな、黙って立ち去るくらいの良識を持ち合わせていると思うだろう。しかし、誰一人として動かなかった。見逃すにはもったいないほどの見世物なのだ。リーバの世話をしているあいだにアン・ベスだけが屋敷に駆け込んでいた。膝から力が抜け、胃がむかむかしてきた。ポーチの柱の一つに寄りかかり、初めて見るような気分でアーデンの森を見つめる。バーバラが小声で囁きかけてきた。「大丈夫よ、ビル。彼女なら自業自得なんだから」オジーが何やらもごもご言っていたが、勝手に喝采の言葉と受け取っておいた。自分の行動に後悔はしていない。しかし、その後のリーバの言葉からすると、彼女の受け取り方は違ったようだ。再び話せるようになると彼女は哀れっぽい声で言ったのだ。「お節介もいいところ。お節介もいいところだわ！」何度も何度もそう繰り返している。ついにアデルが声をかけた。「そうね、リーバ」彼女はリーバに近づいて行った。「行きましょう、リーバ。二階に上がるのを手伝ってあげるわ」

　リーバは長々と震える息をついた。話し出したときの声はずっと落ち着いていた。「中になんか戻らないわよ。この汚らわしいたかり屋連中に思っていることを言ってやるまでは」

　胃の具合も落ち着いてきたし、膝のコントロールも戻ってきたので、様子を見ようと振り返った。「リーバ！」アデルが声を上げた。警告するような響きがある。これまで見てきた沈着冷静な彼女とは別人のようだ。

「ああ、大丈夫よ、大丈夫」リーバが答える。「わかったわよ。それなら、自分の口には気をつけるから。でも、この連中には本当に腹が立つのよね」その言葉にガスが小さな笑い声を漏らした。振り返ったリーバは嘲るような笑みを浮かべて言い放った。「あのろくでなしに一万ドルなんて」すすり泣きというか、しゃっくりのようなものを交えてつけ加える。「一万ドルがドブの中よ。まったく《マイ・ゴッド》、何ていう浪費なのかしら」

「もう、リーバったら」アデルが呻いた。

「あら、どうしていけないの？」リーバはそう言ってガスを睨んだ。ガスのほうは、ぽかんと口をあけたまま動けずにいる。奴の目ときたら、何かが頭の外に押し出そうと内側からぐいぐいと圧力をかけているみたいだった。

　リーバはまたしゃっくりをし、ガスを見て言った。「このゴキブリ野郎が」

ガスはぐっと息を呑み、飛び出した目を何とか引っ込めようとしているみたいだ。かすれた声でやっと訊き返す。「一万ドルって何のことなんだ？」

「あんたの一万ドルじゃない。考えただけでも吐き気がするわ」

「ジムソン夫人からっていう意味なのか？」ガスが囁くように問う。まるで、汚名を着せられたキリスト教初期の聖人のようだ。「ジムソン夫人がおれに一万ドルを遺したっていう意味なのか？」

「その通りよ」リーバが答える。ガスは今にもぶるぶると震え出しそうだった。

それまで黙っていたダイクの声がポーチに響き渡った。その大きさと険しさに全員がびくりと飛び上がったほどだ。

「リーバ！　どうして、そんなことを知っているんだ？」

「ああ、リーバ、何てバカなの」アデルが呻く。

顔中の筋肉がゼリーにでもなったかのように、リーバの顔が緩んだ。怯えているように見える。

「あら、大変。ごめんなさい、アデル」

リーバは鼻をすすり始めた。しかし、ダイクは追及の手を緩めない。ひどく冷酷な顔をしている。

「よし、リーバ。どうやら口を滑らせたようだな。さあ、どうしてそんなことを知っているんだ？ジムソン夫人が遺言状についてあんたに話したからなのか？　ガスに一万ドルが渡るなんて、どうして知っている？」

「リーバ、あんたったら本当にバカなんだから」アデルが口を挟む。

リーバは鼻をすするのをやめ、意地の悪い顔で言い返した。「ちょっと、アデル、あんただって一枚噛んでいるでしょう。まったく、アスター嬢みたいな真似はやめてもらいたいわ。うんざりするから」

アデルは顔を赤くして唇を噛んだ。「言葉遣いに対するご指摘なら、演じる人間を変えてもいいのよ、リーバ。でも、実際のところ、本音を伝えるにはちょっとした改善が必要なんだけどね。あんたのことをバカだと言ったけど、もう一度言うわ。あんたはバカよ。この盗人《ぬすっと》集団への先手を失ってしまったじゃない。それでもまだ、勝ち目はわたしたちのほうにあるけどね。あんたがべらべらしゃべる必要はないのよ」

ダイクは攻撃の相手をリーバから切り替えた。「結構、アデル、話すんだ」

アデルは観客の存在を認めた侯爵夫人のような目でダイクを見た。「いいわよ、ダイク。まず最初に何が知りたいの？　あなたの手にいくら入るか？　それとも、わたしがそれを知った経緯《いきさつ》？」

「自分のところにいくら入るかなら、もう知っている。だいぶ前にジムソン夫人が話してくれたから。僕が知りたいのは、彼女と三年も会っていないのに、どうして遺言状の内容を知っているのか、ということだ」

リーバの顎ががくがくと震え始めた。「アデル、あんたのせいでわたしたち刑務所行きだよ」

「法的措置なんか誰にも取れないわよ、リーバ。もし、あんたがそういう意味で言っているなら」アデルが返す。「こちらのしたことが犯罪なのかどうかもわからないし。この三年間、訴訟や反訴についてずいぶん勉強してきたのよ。もし、ここにいる誰かが、昨日の朝、わたしたちがしようとしたことについて攻撃してくるなら、遺言状に異議を唱えるという意味で相続問題もごたついてくるでしょうね。義母の精神は完全に正常だった。でも、わたしとしては、まったく逆だったと言っても憚らないわ。被告側の主張を何でもかんでも受け入れる法廷なんてないのよ。今ここにいる人たちだけじゃなくて、何か手に入らないかとやって来た屑のような人たちの言い分なんて。わたしの弁護士たちが徹底的に調べ上げたんだから。遺言状の受益者数名には、ちゃちな脅迫に関して完璧な証拠があるわ。仲間内での不信感を暴き出すような嫌な出来事についても山ほど」

「ねえ、もうやめてちょうだい、アデル」バーバラがたまらずに言った。「あなたの言い方だと、ここは盗人の巣窟みたいじゃない。ジムソン夫人がわたしたちの多くからどんな喜びを見出していたのかなんて誰にもわからないでしょ？　それに、わたしたちだって脅迫者とかそんなものの集まりでもないんだし。あなたにだって、わかっているはずだわ」

「夢中になり過ぎて、ちょっと我を忘れてしまったみたい」アデルは素直に認めた。「あなたの言う通りよ、バーバラ。受益者のほとんどに百パーセント問題がないのは完全に真実。なまくらではあってもね。でも、同じように、詩人だの役者だの、デザイナーだの画家だの――あなたの職業まで含めてしまって、ごめんなさいね、ビル――ここでのらくらしているあらゆる種類の芸術家の中には、義母がおかしな人たちに囲まれているという印象を与えてしまうような身持ちの悪い人たちもたくさんいるの。わたしの弁護士は、とても頭の切れる人たちでね。何の落ち度もない人間が罪悪感に苦しみかねない状況だと感じていたわ。遺言状に異議を申し立てるに当たって、わたしには善人と悪人を区別する気なんて毛頭ないことをお伝えしておきます。わたしはただ、遺贈を受けるこのグループ全員に対して、裁判で異議を申し立てたかっただけよ」

「でも、今はもう異議を申し立てるつもりはないんですよね？」ガスが声を震わせて尋ねた。

「ええ。そんなつもりはないわ。リーバがすでに一部漏らしてしまったことで、わたしを起訴しようとする人がいない限り。わたしは別に、残りの部分をお話ししても構わないのよ、ダイク。自分のポケットにお金が入ってくることがはっきりした今、誰かが裁判を起こす心配なんてないから」

「へえー、それは結構だこと」リーバが口を挟んだ。「それなら、みんなに教えてあげればいいじゃない。誰にも裁判を起こすような度胸はないって思っているなら」

「あなたの言葉を借りれば、リーバ、度胸がないっていうのがポイントではないのよ。得るものが何もないっていうのが重要なの。不幸なことに、この人たちは自分の取り分を受け取ることになる。異議なんか申し立てられない立場に追いやられてしまったことが残念なのよ」アデルにとっては金を失うことと同じくらい、裁判という気晴らしを失うことが残念なのだろう。

「どういう意味なんだい、アデル」オジーが言った。「僕たちがそれぞれ、いくらもらえるのかを知っているという意味なのかい？　僕のところにはいくら入ってくるんだろう？」

リーバがアデルの代わりに答えた。「あなたのところには一銭も入らないわよ、旦那様。もっと知りたいなら、バーバラが二人分受け取るの。ジムシーは、あなたには金銭管理能力がないと思っていたから」

オジーは平手打ちでも喰らったような顔をしていた。「本当に嫌な女だな、あんたは。それなら、バーバラはいくら受け取るんだよ？」

リーバが口を開きかけた。しかし、バーバラのほうが早かった。「二万ドルよ」

ダイクがわめく。「二万ドルだって！　どういうことなんだ、いったい？　バーバラ、あんたも一枚絡んでいるのか？」

「まさか」バーバラは答えた。「わたしはリーバともアデルとも絡んでなんかいないわよ。もし、そういう意味で訊いているなら。自分宛ての小切手を見たのよ。二万ドルと記載されていたわ」

「小切手だって！　いったい何の話だ？　遺言か？　それとも、ほかの何かか？　自分あての小切手を見たって、どういう意味なんだ？」

　バーバラは肩をすくめ、ダイクを怒らせるためだけにのらくらと答えた。「自分宛ての小切手を見た。だた、それだけのことよ。覗き見したの。ピクニック会場で」

　リーバがまた割って入った。「そんな小切手は無効にするってジムシーは約束したのに」彼女はわめき立てている。「約束したのよ！　そんな裏切りは――」

「静かにして、リーバ」アデルが諭す。

「ちょっと待ってくれ」今度はダイクだ。「みんな、しゃべるのをやめるんだ。ビル、きみは何か知っているのか？」

「いいえ」何も知らなかったので、そう答える。しかし、耳だけはしっかりと働かせていた。

「それなら結構」とダイク。「リーバ、もしきみがその小っちゃくてかわいい口を閉じていてくれるなら、アデルに説明を始めてもらおう」

「あんたって反吐《へど》が出そう」リーバが言い放った。

「反吐が出そうなのはこっちのほうだ。あんたはみんなの気分を悪くさせる。黙っていてくれないか、リーバ。アデル、話を始めてくれ。ヘンリー！　ハッティ！　ドアから離れろ！」彼は振り向きもしなかった。しかし、慌てて家の奥に駆け込む音がすぐに聞こえた。ヘンリーとハッティのために言えることがあるとすれば、たとえ彼らが盗み聞きをしていたのだとしても、白人たちは怒鳴り合いをしていたのだ。それは間違いのない事実だった。

　トレイに氷が入った水とグラスが用意されていた。アデルは自分に水を入れてくれないかと僕に頼んだ。彼女は白くてかわいらしいリネンのドレス姿で、グリーンのポーチチェアに優雅に座っている。背後にはフクシアとゼラニウムの鉢。間違いなく、人が絵のように美しいと呼ぶ姿だろう。彼女は水の礼を言い、ちょっとだけ口に含んだ。グラスを脇のテーブルに置き、話し始める。「フロイド・デニーも呼んだほうがいいんじゃないかしら」

「あの男もだって?」ダイクが素っ頓狂な声をあげた。

「考え直してみれば、必要ないかもね。でも、あなたの質問に答えるなら、ダイク――もし、本気で訊いているのだとして――ええ、彼もよ」

アデルはグラスを取り上げ、もう一口水を啜った。今や、心から聴衆を意識した演技を楽しんでいるようだ。それに、彼女ほど人の目を引きつける女優も存在しないだろう。いつもながらの見事な演技だ。慎重でゆっくりとした話し方。楽しげでもある。紛れもなく優雅そのものと呼べる姿だった。

「デニーさんって、ここにいる皆さんにとってもよくわからない人でしょう?」彼女は話し始めた。「でも、この二日くらいで、とても興味深い人だとわかったの。すごく頼りにもなるし。有能な秘書である上に、人の本質を見抜く能力も高い人よ。例えば――」アデルはそこで言葉を止めて微笑み、リーバをちらりと見た。リーバのほうは不信感も露わに睨み返している。「ある取引の仲介人として、リーバがどれだけ接近しやすい人間であるかがわかっているとか。犯罪にはならなくても、多少いかがわしさのある取引においてね」

「ちょっと、人聞きの悪いことを言わないでよ」リーバが叫んだ。

「黙っていろ、リーバ」ダイクが遮る。「続けるんだ、アデル」

「それで、義母が七十歳の誕生日に五十万ドルもの大金をばら撒こうとしていることに気づいたとき、彼はすぐに思いついたわけ。アン・ベスを通して間接的な財産の管理者であるわたしなら、この切迫した財産上の危機を事前に知らせてくれた者に対して手数料のようなものを喜んで払うんじゃないかって。手数料はそうね、だいたい十パーセントとか五万ドルくらいだったけど」

「彼はどうして、あなたに直接言わなかったんでしょう？」僕は尋ねた。「なぜ、わざわざリーバを通すようなことをしたんですか？」

アデルはにっこりと微笑みかけた。「前にも言ったように、彼には人の本質を見通す能力があるからよ。あなたはとても感じのいい人だけど、ビル、人の内面を見極める力はないようね。わたしはとても複雑な人間だから、デニーさんにもこちらの反応が読めなかったんじゃないかしら。結果の通り、わたしとしては彼の提案を喜んで受け入れたのに、彼にはその確信がなかった。反対にリーバは、複雑さからは程遠い人。彼女を動かしているのは二つの感情だけだもの――プライドとはまったく別物の自惚れと欲望。デニーさんはリーバがわたしとちょくちょく会っているのを知っていた。それで、彼女がわたしのことをよく知っていると判断したんでしょうね。抜け目なさを発揮してわたしの考えを探ってくれるだろうと期待した。彼女はかなりいい仕事をしたんでしょう。手数料に関しては結構な金額だったと思うけど」

「お情けをありがとう」リーバが口を挟んだが、今回は誰も止めようとはしなかった。

「これも本音のところ、あんたはそんな金をどう思っていたんだ？」ダイクが尋ねた。

「わたしとしては、亡くなった夫のお金だと思っていたわ。わたしとアン・ベスのお金だと。この数年間、義母が自分の楽しみの多くを、物欲しげに周りをうろつく人たちに頼っていたのはわかっています。手厳しいようだけど、今日ここにいるのと同じようなタイプの人たちに。でも、その人たちは、自分が提供した時間にふさわしい報酬を得ていたんでしょうね。食事や豪華な部屋だけじゃなく、しばしば現金でも――手数料だとか何だとか、ねえ、ダイク――義母がよく考えもせずに払っていたお手当だとか、ちょっとした脅迫に対してとか、退屈な生活を紛らわせてくれる楽しみに対してとか」

「こちらのモラルについては、もうちょっと寛大な目で見てほしいな、アデル」ダイクが答えた。「それで、ピクニック会場での小切手というのはどういうことなんだ？」

「自分が好きなように説明してもいい立場にいると思っているんだけど」とアデル。「もし、この先またリーバにしゃべらせたくないなら」

「続けてくれ、アデル」

「それなら、小切手の話はまた然るべきときに」彼女は自分の独壇場を誰にも邪魔させなかった。「アン・ベスが受け継ぐ総遺産額は、美術品のコレクションなんかも含めて七百万から一千万ドルくらいになると思う。今、問題にしている五十万ドルなんていうちっぽけなお金は別にして、税金を払って、グラッチョリーニが戻らなかったとしてもね」数字だけでも大層なものだが、アデルはそれを最大限に利用した。「それだけの総額になるなら、五十万ドルの損失なんて簡単に目をつぶってもいいのかもしれない。自分のことを欲張りだとは思わないけど、だからと言って、何の努力もなしに五十万ドルをみすみす失ってもいい理由にはならないでしょう？　それが、昨日の朝、リーバとわたしがここに来た理由なの。ビル、もう一杯水をいただけるかしら？」彼女のグラスにはまだ半分ほど水が残っていた。しかし、タイミングを計るのが絶妙にうまい女だ。ここで間を持たせるのに、ほかの手段が思い浮かばなかっただけだろう。

アデルは礼を言うと、一口水をすすって話し始めた。「わたしがこんなにも五十万ドルの流出を止めたいと思うのは、この計らいによる受益者に対する嫌悪感が一因だなんて、言わないほうがいいのかしら?」彼女は尋ねた。「ねえ、ダイク、これって間違いなくわざとらしい質問よね。遺産の受取人は六十数名もいるの。あなた宛ての五万ドルを除けば、最高額は一万ドル。最少額で五百ドル。均一性を図るために、昨夜のバースデー・パーティで渡される小切手の額面は五万ドルのうちの一万ドルだけなんだけど。あなたがそれを受け取るのは全然構わないのよ、ダイク。実際、ここにいる人たちがそれぞれの額を受け取るのは構わない。例えば、ビルって本当にいい人だけど、絵を描くことでも教えることでも、さほどのお金は得られていないんだから」

アデルはまた僕に微笑みかけて話を続けた。「あなたって本当にラッキーな人よ、ビル。義母があなたの名前を遺言状に加えたのは、ほんの三週間前ですもの。一万ドルと、あなたが大好きなルノアールの小品。残念ながらコレクションにとっては大きな損失だわ」

「そうでしょうね」

「その必要性に心を痛めながらも、わたしは今回の遺贈全体に対する異議申し立ての計画で、ここにいるみなさん全員を対象にしていたの。この二年間、わたしの弁護士たちはずっとその仕事に取り組んできたのよ。その結果、非常に多くの受益者たちについて間違いなく訴訟に勝てそうな貴重な情報が集まった。正直言って、数日前にフロイド・デニーさんが進言してくれるまで、遺贈の総額がこんなに大きくなっているなんて知らなかったのよ。でも、みんな、義母が何らかの形で遺言状に自分の名前を入れてくれるのを当然と思っているのよね。幸運なことに、昨日必要となったときには、弁護士たちが集めてくれた情報がわたしの手元には揃っていた。でも、デニーさんと協力しながら、この二日間にリーバとわたしがしたことは、法廷では有利に働きそうもない。情報を集めるための弁護士たちの努力が、彼らへの報酬以外の何物にもならないのは残念だわ。裁判に持ち込める楽しみもなさそうだし」

「小切手だよ、アデル。小切手！」ダイクが追いすがるように言った。

「わかったわよ、ダイク。小切手ね。二日前、デニーさんがサンフランシスコにいたリーバに会いに来たの。義母から遺言状に記されている額の小切手を書くように頼まれたって。ここにいるみなさん宛ての小切手やほかの方々宛ての――何て呼べばいいのかしら？　いつものゲストの方々？」寄生者たちにはぴったりの婉曲的表現だ。しかもアデルは、声の調子で思うところを見事に言い表していた。

「わたしが思うに、小切手を切るのって本当に単純な仕事ですものね。義母は、じっと座って小切手を切り続けるようなことができる人ではなかった。彼女の人生って、驚くほど面倒なことばかりだったんだから。そうじゃない？　遺言状って、その人に遺すお金が生前の贈り物にはならない条件で作成されるものでしょう？　でも、その小切手には裏書欄があって、署名をすれば記載の額面を遺産代わりに受け取れるようになっているの。デニーさんはその辺の仕組みを全部理解していた。本当に有能な人よね？　いずれにしても、あなたたちは義母の七十歳のバースデー・パーティでそれぞれの遺贈額を受け取れることになっていたわけ――まったく釣り合いが取れていないわよね、ガス。あなたが贈ったあの赤いガラスのサラダボウルに比べると」

「赤いガラスのサラダボウルと何の関係があるんだよ？」ガスが言い返した。「シェーンベーガーの店で四ドル九十八セントも払ったんだぞ」

「そうなんでしょうね」アデルが答える。

「まったく、お前のサラダボウルなんて糞くらえだ」ダイクが叫ぶ。「アデル、演技過剰なんだよ。

もう充分だろう？　だらだら引き延ばしてうんざりさせるのは止めてくれ」

「おっしゃっている意味がよくわからないわ」とアデル。

「そんなはずはないさ。いずれにしても、状況はわかった。ただ、バーバラがどうして事前にその小切手を確認できたのかが不思議なんだ。バーバラ、その小切手って、きみがみんなの席に置くように僕に渡した、あの小さなクレープペーパーの小箱の中に入っていたんだろう？　贈り物用の？」

「そうよ」バーバラが答えた。「セッティングするようにって、ほかのテーブル用の飾りと一緒にジムソン夫人から渡されたの。リーバとアデルがやって来て午前中ずっと忙しくなるまでは彼女が自分でやるつもりだったんだけど、ピンチヒッターを頼まれたわけ。プレゼントの一つのシールが剝がれていた。それってビルの分よ。中身を見たら、当然自分の分も見たくなっちゃって。ほかの人のは見ていないわよ」

「じゃあ、僕の分はいくらだったのかな？」オジーが尋ねた。

「あなたの分はなし。わたしがあけた包みは〝バーバラとオジーへ〟ってなっていたけど、小切手はわたし宛てだった。お気の毒ね、オジー」僕もオジーが気の毒になった。彼は何ともしょぼくれて見えたから。

「ジムソン夫人は、その小切手を回収するって言っていたんだけど――」リーバが口を挟んだ。「その点について、彼女は何も言っていなかったの？」

「ええ、何も。きっと、そんな暇もなかったんでしょうね。ところで、あと五十何人だかいるほかの遺産受取人宛ての小切手はどうなったの？」

アデルが説明した。「普段のデニーさんはとても有能な人だけど、郵送するのを忘れていたんじゃないかしら」彼女はちょっと考え込んでから言葉を続けた。「もうすぐにでも発送されるんでしょうね。今となっては、どちらでも大して変わらないけれど。たとえ小切手が回収されたとしても、遺言状を通して遺産として受け取れるんだから。それに対して、わたしたちはもう異議を申し立てることはできない。リーバがべらべらしゃべってしまったあとではね」

「そうか、わかったぞ」ガスが不意に言葉を発した。「もし、ジムソン夫人が僕らに金を渡すとなれば、もう永遠に戻ってこない。でも、遺言状に書いてあるだけなら、異議申し立てをすることで取り戻せると、あんたたちは考えたわけだ。そうだろう? なるほどねえ。でも、今となっては、どちらにしても金は戻ってこない」

「ガス」とダイクが言う。「あんたは頭のいい人間ではないが、間違いなくアデルよりは状況をはっきりさせてくれたようだな」そして、アデルに向き直った。「どうして、ジムソン夫人が計画を断念して小切手を振り出すのをやめるなんて確信できたんだ? 彼女はただ、あんたのことは見限るとでも言ったんじゃないのか」

リーバが鼻を鳴らした。アデルが答える。「いいえ、そんなことはないと思うわ、ダイク。彼女はただ、今回のところは小切手を回収するつもりでいただけかもしれないわね。そして、自分の取り巻きたちにお金をあげる別の方法を考えることでわたしたちを裏切るつもりだったのかもしれない。でも、最初の計画のように、自分の誕生日にお金をばら撒くつもりはなかったはずだわ。義母にはものすごく説得力のある話をしたんですもの。もし、小切手を振り出すつもりなら、受益者たちの一部についてわたしたちが知っている情報を公開するつもりだって。弁護士たちが彼らについて調べ上げているなんてことは言わなかったわ。でも、わたしたちがどの程度の情報を公にできるのか、わかってもらえそうなことは一つ二つ言ったかもね」

「何てこった、アデル」ダイクが叫ぶ。「それじゃあ脅迫じゃないか」

「残念だけど、そうなるわね。もうちょっときれいな言葉を一生懸命考えたのよ。でも、だめだったわ」

何者もリーバを永遠にやり過ごすことはできない。アデルは彼女について自惚れが強く貪欲だと言った。それに執念深いという言葉もつけ加えるべきだろう。リーバは言ったのだ。「ふん、きれいな言葉なんて使う必要ないんじゃない。この辺りで起こっていることに、きれいなことなんて何一つないんだから」そして、僕の顔を見て声をかけた。「ビル」先ほど彼女を揺すぶったことへの仕返しだとすぐにわかった。「この忌々しいお節介野郎が。道徳の教科書でも読んで〝人妻〟の意味について調べてみたほうがいいんじゃないの」

誰も何も言わなかった。胃がねじれ上がる。リーバはぼてっとした醜い顔に嫌らしい笑みを浮かべて座っている。突然、オジーが立ち上がって言った。「まったく何もかも腐りきっているな、リーバ。人が知らないことを、わざわざ吹聴しなくてもいいだろう」

オジーは声の調子を整えるのに少し間をあけてから言った。「そんなことはとっくの昔から知っている。あんたのお楽しみが台なしになって悪いが」

彼は立ち上がって歩いて行った。ほかの人々がどうしたのかは知らない。また気分が悪くなりそうになって、僕自身もすぐにその場を離れなければならなかったからだ。家の角を回り、芝生の上に横になった。戻って来たときにはもう誰もおらず、ヘンリーが皿やグラスを片づけていた。

「気になさることはありませんよ、ビル様」彼はそう声をかけてくれた。「わたしが言える立場ではありませんが、リーバ様のようにどうしようもない方は時々面倒を起こしますから。でも、そんな方々が勝ち残ることはありません」

「ありがとう、ヘンリー。その通りだといいけど」そう答えて、僕は美術館に向かい始めた。自分のものになるルノアールを見たかったのだ。

が、あることを思いついて振り返り、ヘンリーに尋ねた。「ヘンリー、ジムソン夫人は昨日、テーブルの上の贈り物を変えるようなことを言っていたかな?」

「いいえ、ビル様。奥様は何もおっしゃっていませんでした」

「もし、ほかの使用人に言っていたら、あなたの耳にも入りますよね?」

「もちろんです」

「ありがとう」そう言って僕は美術館に戻り始めた。

第十六章　恋人たちの醜態

　その日は美術館の開館日だった。しかし、事件のせいで道路の入り口には警官が配置され、センセーショナルな現場を見ようと訪れる人々を追い返していた。コレクションを見に行っては美術館が閉まっていて、結局何も見られなかったということが何度もある――例えば、パリのジャックマール・アンドレ美術館には十回近く足を運んだはずだ。海外にいた夏のことで、いつもタイミングが合わなかったのだ。だから、それがどんなにがっかりすることかわかっていた。それで、美術館を完全に閉めてしまう代わりに警官を置き、やって来る人々を足止めして事情を説明してもらうことにしたのだ。それでも絵を見たい人は、途中で立ち止まらないことを条件に道を上って来ることができる。午後のあいだずっと僕が美術館にいなければならなかったのは、そういうわけだ。

　ルノワールを壁から下ろし、膝の上に載せてしばらく見入っていた。あまりにも幸せで平和で、そのとき僕たちが囲まれていた無意味さや混乱から解放されたような気がした。しかし、しばらくするとジムソン夫人のことを思い出し、泣き出さないように絵を壁に戻した。

　考えなければならないことや頭を悩ませなければならないことが山ほどあった。どうしても辻褄の合わないことにグラッチョリーニのブレスレットがある。強盗の仕業だという警察の推理にはぴったりだが、クロフトにいる誰かが別の理由でこんなことをしたのだという僕の考えには合わない。それに、ポーチでの騒動の際に何人かが漏らしていたこともある。こうして書き出しているうちに、僕の心配のいくつかも埋まっていった。誰がジムソン夫人を殺したのか、はっきりとわかり始めたからだ。かなり複雑な殺人計画が、どのようにして単純な事件に見えるように遂行されたのかも。でも、警察にはまだ何も言いたくない。それに、グラッチョリーニが出てくるまでは納得もできなかった。偶発的ではあったとしても、その存在が僕の推理にぴったりと当てはまるからだ。でも、もしそれがおかしなところから出てくれれば、そんな推理も総崩れになってしまう。今日、誰かが言っていたことから、予想通りの場所からは出てこないのではないかという懸念があった。どこで発見されるかはわからない。でも、僕の考えている場所からではなさそうな気がした。

さらに、オジーについても頭を悩ませていた。この件についてすべてを明らかにするには、一部の人に不快な思いをさせるリスクを踏まえたうえで、バーバラと僕について語らなければならない。こんな関係を受け入れられない人々がいることはわかっている。そういう人たちには、そのうちのどれほどが永続する関係なのかも、そのほとんどがいかに純粋なものなのかも理解できないのだろう。二人の関係について僕が言えるのはそれだけだ。そういう関係に対して、すべての人々のすべての行動に適用されるどんなルールや規制があるのかは知らない。モラルについて自己弁護をするつもりもない。一般的なモラルなど二人の関係には何の関係もないからだ。賛否両論について考えようものなら、物事はバーバラと僕が受け止めているよりもずっと深刻になってしまう。僕たちに道徳基準というものがないのだろうか、それ自体は良くないのかもしれないが、悪いことをしているような感覚はなかった。話をまとめると、初めてバーバラに会ったとき、僕にはオジーがずっと失わずにいたものを彼から奪い取る気など、かけらもなかったということだ。バーバラにその気があったのは確かだし、僕が彼女に惹かれたこともわかっている。彼女とつき合うことで僕は意気揚々と調子を上げ、その結果、絵を描くことにもいい影響が出た。バーバラは心の均衡を保つことができた。なるほど、こんなことでも言葉にしてみると、自分たちが思っていたよりもずっと貴重な関係だったように思えてくる。頭であれこれ考えるのではなく、もっと単純に受け入れればいいだけのこと。そうでなければ、すべてを破壊する迷路に迷い込んでしまう。

こんなことをここで書いたのは、その日の午後、オジーが美術館まで会いに来たからだ。バーバラとのことを話し合うために。オジーとは何度も会ってきたが、彼との関係がここに書いた以上に進展することはなかった。彼の詩についてよく話し合ったものだが、いつも気に入った詩を見つけることができた。その詩が好きだと言うと、彼は本当に喜んでくれた。それで彼も僕を好いてくれ、僕は僕で彼を元気づけることができたように感じていた。彼からは現代詩の理論も学んだ。彼に勧められなければ『荒野（T・S・エリオットの長詩。英国現代詩の古典とされる）』を読むこともなかっただろう。まあ、僕たちは互いに何かを与え合っていたということだ。バーバラにあれこれ尋ねることはなかったし、オジーに直接話すこともなかった。それでも、ホビーと話をする以前から、彼が僕とバーバラのことを知っていると確信していた。彼女はあれだけ僕のコテージで過ごしていたのだ。気がつかないわけがない。それに、彼の訪問がバーバラと鉢合うこともなかったし。

オジーは少しへこんだ様子で美術館にやって来た。ポーチでの大騒ぎで二度も大打撃を喰らったのだから当然だろう。一つめは、ジムソン夫人が彼の分も含めてすべての遺贈金をバーバラ宛にしたこと。二つめは、事態を終結させることになったリーバの爆弾発言だ。オジーは中に入って来ると、げっそりとした笑みを僕に向けた。作り笑いではないようで、「やあ、ビリー」とだけ声をかけてくる。

ホビーから目撃談を聞いていたので僕にも思うところはあったが、決して狂人のようには見えなかった。

それで僕も、「やあ、オズワルド」と返した。そのころまでには彼も、僕がオズワルドと呼ぶときにはふざけているのだとわかっていたと思う。それでも、彼がこちらをビリーと呼ぶのをやめることはなかった。

「僕のルノワールを下ろして見ていたんですよ。ジムソン夫人のお気に入りでした」

「一万ドルも悪くないようだがね」とオジー。

「ものすごい額だと思いますよ。でも、ルノワールは別格です」

「ジムシーはすごい人だったからな。でも、僕には、死んでしまってからこの仕打ちだ」

「ええ、そうですね。お気の毒に思います。バーバラもきっとそう思っていますよ」

「気の毒に思うか。まあ、バーバラもきっと、かわいそうに思っているんだろうな。僕は決していい夫ではないから」

「ああ、オジー、そんなことは」

「今になってあれこれ言っても仕方ないよ。きみとバーバラの関係を僕が知っていることは、三人のあいだではいつだって了解済みだったじゃないか。それを今更暴露されたからと言って、気分を害する必要もない」

「でも、リーバのやり方はひどかったですよ」僕は反論した。「自分がとんでもなく嫌な奴のように思えますから、オジー」言葉で言い表すには難しい部分に差しかかり、口ごもるような言い方になる。

「悪いことではないのかもしれませんが、あなたにそんなふうに言われると、ひどく申し訳ない気分になります」

「きみが現れる前から状況は悪くなっていたんだよ、ビリー」オジーは言う。「きみの存在で大いに救われたんだ」彼は少し笑って先を続けた。「そんな妙な顔はしないで聞いてくれ。まるで茶番劇の台詞みたいだが事実なんだ。バーバラと僕は、きみのことを長年共有してきた友人のように感じていたんだよ」

「書物向けの台詞ですね」僕は答えた。「いいでしょう。理解しようとは思いませんけど」本当にバカげた言い分だった。それでも、気分は回復し出した。

「正しいか間違っているかの判断がつくあいだは、何事も理解しようとはしないことだ」これまで何度も言ってきたような口調でオジーは言った。生きていく上でのルールとしてはひどく単純なように感じたが、何も言わなかった。オジーが続ける。「ここにはコーラが置いてあったんじゃないかな」彼はキッチンに行って見つけてきた。何も話さず、二人で座ってコーラを飲む。後にも先にも、このときほどオジーが好きだったことはない。

しばらくして、彼はやっと口を開いた。「もしきみが本当にバーバラと僕のことを理解しようとしてくれるなら、話しておかなければならないことがある」

「すべて聞かせてください」

「十五年前のことだ。バーバラと僕は結婚して八年目だった。結婚したとき、彼女はまだ十七歳だった。僕は十歳上。そうは見えないけど、バーバラは今、四十一なんだよ。きみも知っていると思うが」

「ええ」

「数年もすると、僕たちの状況は悪くなり始めた。本の販売もやめていたし。金の問題ではないんだ。そもそも、ほとんど売れなかったからね。でも、誰からも望まれていないという事実が、単純に僕にはきつかった。実家から援助してもらったわずかな金で暮らしていたんだよ。しかしそれも、真剣にそれで持ちこたえようとする努力もせずに使い切ってしまった。もし、バーバラが二十年代にドレスショップを経営していなかったら、悲惨なことになっていただろうね。彼女はよく稼いでくれた」

「ええ、聞いています」

「バーバラにとってはそれでよかった。デザインが好きだったし、金を儲けるのも好きだったから。でも、僕にとっては少しもよくなかった。今では、バーバラが長年かけて稼いだ金も食い尽くしてしまったんだよ。まずい状態だった。非常にまずい状態。むろん僕だって、詩人としてそこそこの評価は受けていたが――」（ほとんどないに等しい評価のくせに、と内心思う）「自尊心を満たしてくれるほどのものではなかった。気持ちをアップさせてくれるものが必要なんだよ。バーバラは『七人の新人たちによる詩集』を世に出す金さえ工面しなければならなかった。男としては決して褒められる立場ではないよな。それでも、ほかにどうすればいいのか、ずっとわからずにいたんだ。泣き言のように聞こえるかい？」

「いいえ」本心は明かさず、そう答える。「どんな気分だったか想像はつきますよ」

オジーは僕の言葉を先回りして言った。「無力だった。どうしようもなく無力だった。でも、やっと僕たちにも運が回り始めたようだな。今回の金は申し分ないよ。その四分の一だって期待していなかったんだから。僕たちはひどい状況でね、ビリー。数千ドルの借金がある。それを返しても、残った金でバーバラは店を持ち直せるだろう。それで彼女も別人のようになる」

「もっと前にジムソン夫人が手を差し伸べることはなかったんですか?」

「それが腹の立つところでね」とオジー。「まったくもって彼女らしからぬ態度だった。助けようと思えばできたはずなのに、そうしなかったんだ。バーバラと僕はずっとそのことを根に持っていた。密かに期待していたんだよ。仄めかす以外のことはすべてやった。でも、やがて諦めた。彼女が何もしてくれないのがわかったからね」

「彼女にも、あなたたちが助けを求めているのはわかっていたんじゃないですか」

「間違いなくわかっていたと思う」オジーは答えた。「そこが、ひどく腹の立つところなのさ」

「同じように、ジムソン夫人がそれをどう思っていたかも、あなたたちにはわかっているんでしょう?」

「いいや、理解できないな」オジーはきっぱりと言い切った。「ジムシーには時々、頑固だったり気まぐれだったりすることがあったから」

話題を変えたかった。それで、「あなたがしたかったのは別の話なんじゃないですか?」と切り出してみた。

「うん。話が逸れてしまったな。それは結婚八年目のことだった。前にも言ったように、状況はひどく悪くなっていた。自分の本についても金回りが悪いことにも嫌気が差していた。それにバーバラは――きみに話してはならないという理由はないと思うが――僕の古くからの友人と浮気をしていた。僕の親友の一人と。そのことについても知っていたよ。バーバラは精神的に不安定でね。僕たちはばらばらになる寸前だった」彼はそこで不意に言葉を止めた。少ししてからぽつりと言う。「彼女の手首の傷は見たことがあるかい?」

「ええ――」バーバラはいつもブレスレットだとか装飾用の袖口なんかを身につけていた。でも、彼女をよく知る人ならみな、そこに傷跡があることを知っていただろう。もちろん、僕自身も気づかないわけにはいかなかった。「あの傷跡のことなら知っています。もし、話したくなければ言わなくてもいいんですよ」

オジーは僕を盗み見るようにして尋ねた。「それについて彼女は何か言っていたかい？」

不意にこちらを見たときの目が気に入らなかったので、嘘をついた。「いいえ、何も聞いていません」

「ここの話は彼女にはしないでもらいたいんだが、きみも知っておいたほうがいいと思ってね。彼女は自殺しようとしたんだ。危ないところで僕が病院に運び込んだ」

「それはまたひどい話ですね」数分前には、ホビーのほうがおかしいのだと思おうとしていた。以前よりもずっとオジーのことを好ましく感じるとも。それが、ジムソン夫人の悪口を言い、バーバラについても意図的な嘘を言う始末だ。彼は、訪ねて来た目的は達成したとばかりに立ち上がった。「こんな話で、きみがあまり動揺しなければいいんだが、ビリー。きみとバーバラに関しては何も言うことはないよ。もし、僕が寝取られ男になるのだとしても、きみが間男ならね」

ひどく不愉快だった。どんなふうに考えても完全に間違っている。彼がそのつもりでも、そんなつもりはないにしても間違いだ。二人の会話の中で、すべてが誠実であることから姿を変え、浅ましく胡散臭いものになり始めたのがその瞬間だった。オジーは片手を差し出した。

「ありがとう、ビリー」

その手を取らないわけにはいかなかった。でも、オズワルドと呼びかけるような悪戯心も湧かなかった。

「じゃあ、オジー」僕は答えた。「また、あとで」

ここが、これまで書いてきたものを読み返した地点だった。前に戻って序文を入れてみたが、すぐに削除した。そんなものは誰も読まないだろう。僕はこう書いたのだ――〝最初にこの文章を入れることにする。読み始める前に、決して楽しい話ではないことをお伝えしなければならないからだ。もし、人を大目に見ることができず、寛容な心も持てないなら、この物語はあなた向けの話ではない。すぐに手放してほしい。僕にわかっているのは、起こった出来事にもかかわらず、まだあの夏のことを懐かしく思えるということだけだ。僕にはただ、正と悪の区別がつかないだけなのかもしれない。いずれにしても、あるルールがすべての人にとって同じ正と悪を定めるものだとは思っていない〟。

また、こんなふうにも書いていた。〝しかし、綿密に読み込んでいくと、この犯罪にはギリシア悲劇のような荘厳さはなく、少しばかり見かけ倒しだというのが実際のところだ。そんな言い方しかできないのは残念だが、どうしてもそうとしか思えない。もし、読者が荘厳さとかそういうものを求めているなら、僕の書いたものではなくソフォクレスを読んでほしい。これは気持ちが浮き立つような話ではない。僕がたまたま目《ま》の当たりにし、人のためというよりは自分のために記録しておきたいと思った話だ。その辺のところはご理解いただきたい〟。

話はまだまだ続く。同情や怖れから何者も削除することはできない。できるのは、僕たちが語り合ったことや実際に起こった出来事を記録していくことだけだ。しかし、僕にとってのあの夏は浄化のようなものだったのだと思う。そして、ギリシア悲劇の中であってもなくても、バーバラとオジーに対して抱いたほどの憐れみを感じた人間はほかにいない。

第十七章　ビュイックを追って

そのあとはずっと、みなが言ったことをあれこれと考えながら美術館でぼうっとしていた。オジーは、埋めなければならないと思っていた小さな穴を、まさに僕が考えていた方法で埋めてくれた。不意に頭をかすめる最後の疑問点はグラッチョリーニのブレスレットだけだ。今や、すべてがぴたりと噛み合っている。そのブレスレットだけが、パズルの重要なピースのように取り残されていた。何度も何度もすべての事実を確認し直した。そうすればそうするほど、グラッチョリーニを手に入れるのが完璧に可能だった人物が明らかになってくる。デニーが誰かに話したのか、彼自身が持ち去ったのか。でも、そんなことは信じられない。あのデニーが窓から押し入る姿なんて想像できなかった。確かに彼は、リーバやアデルと不正極まりない取引を結んだが、暴力に訴えるような人間ではない。彼の話しぶりは事前に用意した原稿でも読んでいるかのようだった。数百万ドルをかすめ取るために帳簿の改ざん方法を生み出すのは想像できる。しかし、書面操作以外の犯罪に手を出すとは考えられない。彼自身とリーバに五万ドルの手数料が入るように計画し、実際の行動は女性二人に押しつけるという方法以上のことに手を出すとは。いいや、あの男が窓から侵入したり、老女を窒息死させてブレスレットを持ち去るなんて考えられない。デニーにしてはドラマチック過ぎる。いずれにしても、僕の知らないことがない限り、彼が気楽な仕事やいい給料を危険に晒すはずはない。とりわけ、ブレスレットに関して我が身の安全を脅かすなど問題外だ。従業員や自分の仕事を犠牲にして宝石を質に出さなければならないし、挙句の果てには電気椅子行きになるかもしれないのだから。ヘンリーやハッティ、ほかの使用人たちにいくばくかの金を渡すのは別にしても、遺産に関する揉め事までは彼も計算していなかったのだろう。僕が推理して可能だったのと同じように、デニーにも殺害の方法を考え出すことはできたはずだ。しかし彼なら、その冒険から生じる損得についても考えたはずだし、間違いなく不利益のほうが大きいこともわかっていただろう。僕にはまだ、この事件がプロの強盗の仕業だとは思えない。それでどうしても、あのグラッチョリーニが頭に浮かんでしまうのだ。エレベーターのドアなど確かめなければよかった。そうすれば、警察が根拠として挙げることだけを考えていられただろう。しかし、確かめてしまったゆえに、あのドアのことが忘れられずにいる。

このうちの一人が殺人犯だと知りながら、みなと一緒に夕食など摂りたくなかった。それで、閉館時間になるとヘンリーに電話を入れた。美術館の電話には独自の電話番号があって、ほかの電話機とは内線で繋がっていない。母屋の番号に電話をかけ、夕食には顔を出さないとヘンリーに告げる。車を出してホットドッグ・スタンドにでも行ってみるからと。

「お出かけ前にジュレップを召し上がりますか、ビル様?」ヘンリーは尋ねた。

「いいや、結構だよ、ヘンリー」そう答える。「きみのジュレップはホットドッグの夕食には上等過ぎるから。そちらには寄らないし」

「ありがとうございます、ビル様。あなた様がお飲みにならないなら、一つも作らないで済みます。アン・ベス様は普段からお飲みになりませんし」ヘンリーには尋ねなかったが、ほかの人々はどうするのだろう。と言うのも、ヘンリーの腕前に対する彼らの評価は僕も知っていたから。

「アン・ベスさんの様子はどうだい、ヘンリー?」代わりにそう尋ねる。「どこかで彼女を見かけたかな? 具合はどうなんだろう?」ヘンリーの答えによっては、彼女をホットドッグ・スタンドに誘い、新鮮な空気でも吸わせてやろうと思ったのだ。

「アン・ベス様ならいらっしゃいませんよ、ビル様。フロント・ポーチでの騒ぎのあいだ、お嬢様はずっとご自分の部屋で泣いていらっしゃいました。ハッティがリキュールとアスピリンをお持ちしたあとは落ち着かれましたが。二時ごろ、ダイク様と車でお出かけになりました。五時前にはお戻りになられたのですが、その前にガス様が封をした手紙をお持ちになられまして。少しすると、お嬢様は階下《した》に下りて来られ、ガス様のお車でお出かけになりました。まだどこかで一緒におられると思います」

「わかったよ。ありがとう、ヘンリー。完璧なレポートだね」ガスのなけなしの分別の現われなのか。〝封をした手紙〟という言葉は聞き逃さなかった。「でも、知りたかったのは、彼女の具合なんだよ」

「お見受けしたところでは、お元気そうでした」ヘンリーが答える。「お戻りになられたら、お知らせいたしましょうか?」

「いや、いいよ。僕が電話したことも伝えなくていい」

「ガス様がお嬢様とお会いになり、ダイク様もお会いになられているんですよ」ヘンリーは仄めかした。

「ねえ、ヘンリー、何を企てようとしているんだい? アン・ベスさんと僕を二人きりにして、その気があればそのまま一緒になるとか? ハッティに伝えてくれるかな。もし可能だったら、夕食後はアン・ベスさんを一人で寝かせてやってくれるように。そうすれば、リーバさんやアデルさんからも解放されて一人で休めるから。そして、これが僕のアイディアだったことも言わないように」

「かしこまりました」そう答えたものの、ヘンリーはまだ何か言いたそうだ。「ビル様？」

「何だい、ヘンリー？」

「アン・ベス様には、あなた様が心配をされて電話をなさったことも言わないように、ということなのですね？」

「そうだよ」もしヘンリーがキューピッド役を買って出ようとしているなら、ガスさんとリーバさんを仲良くさせてくれたら嬉しいと言おうとしてやめた。「アン・ベスさんには何も言わないように。きみとハッティはただ彼女がよく眠れるようにしてくれればいいよ。おやすみ、ヘンリー」ただ、それだけを告げる。

「かしこまりました。おやすみなさいませ、ビル様」ヘンリーはそう答えた。

クロフトの門を出て一マイルほどハイウェイを進んだところに大きなホットドッグ・スタンドがある。そこへは、ちょっと小腹がすいたときや、ジムソン夫人がヘンリーとハッティに一緒に休暇を与えたときによく行ったものだ。ホットドッグ・スタンドと言ったが、実際にはほとんど何でも手に入るけばけばしい店の一つ。車がたくさん停められる駐車場があり、オレンジ色の制服を着た女の子たちが大勢、車のドアにひっかけられるトレイを持って走り回っていた。その駐車場に入ったものの、車がいっぱいで停める場所が見つからない。それで、そこから出るためにぐるりと駐車場内を回っていたときのことだ。出口の手前でガスの黄色いビュイックを見つけた。中にはアン・ベスとガスが座っていてドアにトレイが下がっている。脇を通り過ぎるとき、ガスがアン・ベスのほうに身を傾け、何やら熱心に話しかけているのが見えた。彼女のほうは、唇を固く引き結び、頭を振っているだけだ。

ずっと左右に振り続けている様子から、彼が何を言っているにせよ、無駄な努力に終わりそうなのは一目瞭然だ。

〝最低だな〟、僕はそう思った。アン・ベスがクロフトにやって来るたびに、ガスはいつも彼女につきまとっていた。でも、今回は少し様子が違う。すぐ横を通り過ぎても二人とも顔も上げなかった。そのまま駐車場を抜けハイウェイに曲がり込む。道路の少し先、駐車場の出口とは反対側の車線に車を停め、街に向かう態勢を整える。ガスの車がハイウェイに出て来るとき、ヘッドライトが僕の車を照らし出すだろう。でも、この車みたいに薄茶色のフォードのコンバーティブルなど、あの夏の海岸地帯にはゴロゴロしていた。

そんなにしないうちに二人の車が出て来た。しかし、逆の方向に向かって行く。ガスは最初から飛ばしていた。奴の運転はいつでも猛スピードだ。ほかの面ではあんなにのろくてぐうたらなのに、おかしなものだ。僕も車を急発進させた。ハイウェイにもかかわらずUターンをする。警察なんて見てやしない。すぐに、ビュイックを見失う心配のない距離まで近づいた。さほどの交通量はなくても、ガスはつけられているなど夢にも思わないだろう。

奴の車はどんどん街から遠ざかって行く。行先には確信があった。丘の頂にある展望台のような場所だ。眺望とでも言うのだろうか、湾の眺めを一望できる。日が暮れた後には、いつも何台もの車が停まっていた。いちゃいちゃしているカップル、まだ距離感のあるカップル、ひんやりとした空気や景色を求めてやって来た家族連れなんかでいっぱいの場所。

ガスはハイスピードで車を走らせていたが、あとを追うのは簡単だった。何と言っても僕の車はフォードの高性能モデルで、初期のV型8気筒エンジンを積んでいたのだ。フォードが打ち出した宣伝文句の一つを覚えている。小さな折りたたみ式のチラシだった。最初のページには〝いつディリンジャー（米国の銀行強盗）を捕まえられる？〟の一言だけ。折り目を開くと〝彼をフォードV‐8から引っ張り出せるのはいつなのか？〟と続く。ディリンジャーは逃走にフォードのV‐8を使うことで無償の宣伝をしていたことになる。本当に加速力は最高で、手首の一捻りで操縦可能な車だった。

　ガスのビュイックがあとを追いやすい車だったのも幸いした。真っ黄色でクロムメッキの装備がごちゃごちゃとついている――要りもしないライトだとかテールランプ、おかしな形のクラクションやラジオのアンテナなんかだ。ガスのようなまぬけが、グリーン・ユニオンのメインストリートを水溜まりの水をばちゃばちゃと跳ね散らしながら走るのに取りつけるもの。ガスはグリーン・ユニオンで年に千四百ドルも稼げないだろう。学長でさえ二千ドルかそこらの学校なのだ。奴が一族の歴史を書くのにジムソン夫人からいくらもらっているのかは知らない。でも、自分の収入の恐ろしいほどの割合をその車につぎ込んでいるのは確かだ。ガスはただのバカだし、バカに対して気の毒に思ったことは一度もない。怒りを感じるだけだ。ただ、あのビュイックについては残念に思う。真っ黄色に塗られ、ガラクタを山ほど取りつけられているとしても、すごくいい車ではあるからだ。

　予想通り、奴の車は思っていた十字路を曲がり、展望台へと登り始めた。今や、あとに続くのは僕の車だけ。見失うような脇道はないし、展望台もその突き当りにある。それで、向こうからこちらのライトが見えないくらいまで距離をあけた。奴に坂道を充分に登らせてから、自分のフォードを加速させ高速で追い上げる。あの小さな車が大好きだった。あのフォードが坂道をそんなふうに駆け上がっていく姿は、すばらしいの一言に尽きる。

　頂上に着くと、木々のあいだにかわいらしい後部バンパーを突き出したビュイックの後ろ姿が見えた。展望台は混んでいた。ビュイックから極力離れた場所を目指し、突き当りまでの道を上っていく。方向転換をして車の鼻先を下り方向に向けた。ガスが道を下り始めれば、ものすごいスピードになるからだ。とても安全とは言えないスピードで、たちまちのうちに見失ってしまうだろう。それに、そのときになって方向転換で時間を無駄にもしたくなかった。

車の中で次の展開を待つ。ダッシュボードの中にアーモンド・ハーシーが一ポンド入っていた。新発売されたときに八オンスの大きなバーを二本二十五セントで売っていたのだ。それを食べたり、煙草をふかしたりしていた。

ビュイックの後ろ姿から注意が流れ出していたのだと思う。不意に、誰かが力まかせにドアを閉めたような音が聞こえた。前方に目を向けると、車は動いていなかったがアン・ベスの姿が見えた。車を降りた彼女がガスの鼻先でドアを閉めたのだろう。走ってはいないが、つかつかと歩いている。夕闇で顔は見えない。でも、その歩き方から彼女がカンカンに怒っているのがわかった。アン・ベスは展望台を横切って行く。僕はコンバーティブルのヘッドライトをつけた。そうすれば、たとえ彼女がこちらに顔を向けたとしても、眩しくて僕の車だとはわからないだろう。いずれにしても、彼女がこちらを見ることはなかったのだが。しかし、ヘッドライトの光の中で、アン・ベスがハンカチを取り出して目を拭い、鼻をかんでいるのが見えた。ひどく腹を立てているようだ。

どうすればいいのかわからなかった。ガスへの当てつけに彼女を乗せてやろうかとも思ったが、こちらが手を出す問題でもない。それに、奴だって、どれだけ彼女を困らせることがあっても、深刻な危機に陥れるほどの悪党ではないだろう。

アン・ベスはつかつかと道を下って行く。ビュイックのエンジンがかかった。ガスは車をバックさせ、僕がいるほうの道に回り込んだ。アン・ベスの横にぴったりとくっつき、ローギアで坂道を下って行く。車は彼女の左側。奴は彼女側のドアをあけ、片手でそのドアを支えている。奴の手以外には何も見えない。でも、たぶん、もう一方の手で車を操縦しながら、アン・ベスを説得するため身を乗り出しているのだろう。彼女が相変わらず頭を振り続け、まっすぐに道を下って行く様子から想像できる。彼らが最初のカーブに差しかかり見えなくなりそうになったとき、アン・ベスが走り始めた。

そんな状況でも、彼女が急な下り坂に顔から突っ込む以外、心配はしていなかった。それでも、そろそろ追跡を始めるタイミングだろう。二人に追いついたときには、アン・ベスは走るのをやめ歩いていた。狭い道の真ん中をガスが占領しているせいで、追い越すこともできない。それで、先を急ぐ他人を装ってクラクションを鳴らした。ガスが車を停める。アン・ベスは何度か地団太を踏んだが車に乗り込み、音を立ててドアを閉めた。黄色いビュイックは地獄から解き放たれた蝙蝠のような勢いで走り去った。見失わないようにしてもカーブのたびに阻まれる。ハイウェイに出る交差点でガスが赤信号に捕まっていなければ、見失っていただろう。

再び、気づかれることなく追跡を始められるようになった。車はハイウェイをホットドッグ・スタンドやクロフトのほうに向かって行く。二人はホットドッグ・スタンドの前を通り過ぎ、クロフトに向かう道に回り込んだ。これでもう追跡は終わり。自分にそう言い聞かせ、僕はホットドッグ・スタンドのほうに引き返した。

ホットドッグとコーヒーで夕食を済ませ、車の屋根をあけたまましばらく辺りを走り回った。リラックスするにはいい方法だが、それでもまだ心がざわついていた。入口にジーン・ハーローの名前が入った二番興行の映画広告を掲げた地方劇場を見つけたので、車を停めて中に入ってみる。すでに上映画で、前にどこかで見たことのある映画だとわかったが、さほど気にも留めず、ぼんやりと眺めていた。ニュース映像に変わっても座り続けていた。次に始まったのがお粗末なミュージカル映画で、さすがにぼうっとした状態でも耐えられず劇場をあとにした。そのあともしばらく車を走らせる。気もそぞろで、何度も赤信号を無視したり、ほかの車のフェンダーを見落としたりした。それでやっと家に帰り、ベッドの中であれこれ考えることにしたのだ。そのほうがずっと安全だ。バーバラに会いたい気分ではなかった。たぶん、彼女が今夜、僕のコテージにいることもないはずだから、ちょうどいい塩梅だ。会いたいときや会いたくないとき、僕たちは同時に同じように感じることができる。しかし、コテージへの道を上って行くと、居間に明かりがついている。そのまま中に入ってみたが、いたのはバーバラではなくアン・ベスだった。

「やあ、こんばんは」やっと出てきたのはそんな言葉だった。向こうから何も言わない限り、二人のあとを追っていたことは黙っていよう。

「あなたから電話があって、会いたがっているとヘンリーが言っていたものだから」アン・ベスは言った。

「うまい嘘をつくものだな、ヘンリーは。確かに電話はしたけど、きみの具合を訊いただけだよ。会いたいなんて言わなかった。でも、具合はどうなんだい?」

「たぶん、落ち込んでいるべきなんでしょうね」アン・ベスは答えた。「お父さんが死んだときと同じ。亡くなった人のことを考えると涙が出るのに、それ以外のときは何もなかったように感じるなんて奇妙な話ね」

「あとから悲しくなるんだよ」そう言って、彼女のそばの椅子に腰を下ろした。「せっかくヘンリーが嘘の情報できみを寄越してくれたんだから、煙草でも吸って悲しい話はやめにしよう。あとで母屋まで送るよ」

アン・ベスが煙草を吸っているところなど見たことはなかったが、彼女は一本受け取った。それなりにかわいらしく見える。ひどく疲れているようだし、それまで泣いていたこともわかるが、髪はちゃんと梳き直され、ドレスにもアイロンがかけられていた。

「ヘンリーとハッティっておかしいのよ」彼女は口を開いた。「ハッティったら、裏の小屋から引っ張り出されたニワトリみたいな恰好でビル様に会いに行くことはできませんって言うのよ。それで、髪を梳いて、ドレスにもアイロンを当ててくれたの」

「ガスさんやダイクさんのときには、ニワトリのような恰好のまま外出させたのかな？」

「誰から聞いたの？」

「ヘンリーからだよ。昼食後、二階に上がってからのきみの行動については、本職の私立探偵並みの報告をしてくれたから。ああ、そうだ——リーバに対してしたことは申し訳なく思っている。いつ、席を外したんだい？」

「あなたが彼女を揺すり始めたのは見ていたわ」アン・ベスはそう言って顔を上気させた。「彼女、本当に怖かった。お婆ちゃまがどうしてあんな人をそばに置いていたのかわからないわ」

「一度話してくれたことがある。きみのお婆さんのことだけど。いつか話してあげるよ。今はジムソン夫人のことは話したくないから」

「そうね」アン・ベスはそう言って、微笑みらしきものを浮かべてみせた。しかし、少しすると言葉を詰まらせ、泣き出してしまう。僕は、彼女が自分で泣き止むまで、そのままにしておいた。やがて、彼女は言った。「ああ、ビル、わたしって変ね。たいていの場合、気持ちは自由に動いていて、いつも通りに話すことができる。でも時々、現状を思い出すと、今にも死にそうな気分になるのよ」彼女は鼻をかんで涙を拭いた。でも、また泣き出しそうになって、もうこれ以上は話せないという顔をする。「母屋まで送って行ったほうがよさそうだね」僕は声をかけた。「車に乗って行こう」

僕たちは外に出てコンバーティブルに乗り込んだ。アン・ベスはシートに寄りかかり、顔を上向けて空を見上げている。四分の一マイルを最大限の時間をかけて運転した。ドライブに出かけようとは言い出せなかった。僕は疲れ切っていたし、彼女も同じように見えたから。アン・ベスは飛び切りの美人というわけではないが、見た目は決して悪くない。かわいらしい女の子で、コンバーティブルのシートに寄りかかっている姿はとてもすてきだ。彼女は目を閉じたまま言った。「とてもいい気分。ヘンリーがあなたのところに送り出してくれてよかったわ」髪は後ろに吹き流され、風で少し揺れている。これほど愛らしく新鮮な姿はどこにも期待できないだろう。

母屋のフロント・ポーチ近くの私道に車を停め、彼女側のドアをあけるために車から降りようとしたときのことだ。「降りないで」とアン・ベスは言い、自分でドアをあけた。「おやすみ、アン・ベス」僕の挨拶に彼女は「ちょっと待って」と答えた。コテージにいるときから気づいていたのだが彼女はハンドバッグを持ち歩いていて、今はそれを多くの女性たちがするようにひっかき回していた。目的のものを見つけると「はい、ビル」と言って僕の手に差し出す。「お願いだから、これを持っていて」ダンス会場で化粧ポーチでも預けるような言い方だった。そして、グラッチョリーニのブレスレットを僕の掌の上に落とした。実際に目にするのは初めてだった。あの明かりの中では、単にぎらぎらしたものが掌の上に積み重なっているようにしか見えなかったが、それが何なのかはわかっていた。「おやすみなさい」アン・ベスはそう言って、玄関への階段を上り始めた。ドアがあいたとき、彼女を中に入れるハッティの姿が垣間見えた。アン・ベスはノックさえしなかったのに。ハッティはそこで彼女が戻って来るのを待っていたのだろう。

僕はシートに座ったまま、しばらく掌の上のぎらぎらとしたものを見つめていた。が、何とか気持ちを切り替え、その代物をポケットの中に滑り込ませた。車のギアを入れ、美術館までの道を猛スピードで上っていく。自分のコテージに電話はないので、持ち歩いていた鍵で中に入った。母屋の番号を回す。三、四回のコールでハッティが出た。自分の名を告げ、アン・ベスと話したいのだと告げる。

「ついさっきまでご一緒だったじゃないですか」ハッティは言った。

「ああ、ハッティ。そんなことはよくわかっている」でも、家の中に入って行くアン・ベスの態度は決然たるものだった。僕と話をするために部屋から出て来ることはないだろう。

「アン・ベス様に何の御用なんです?」ハッティは尋ねた。「わたしはもうお嬢様をお部屋にお連れしてしまったんですよ。お休み用に着替えてしまわれていますわ」

「ふざけるのはやめてくれ。頼むからアン・ベスさんを連れて来てくれよ、ハッティ」

「ふざけてなどおりません。真面目に言っているんです。わたしは、アン・ベス様を呼びに行ったりなどいたしません」

「ああ、そうか、そうなんだろうね。アン・ベスさんに尋ねなきゃならないことがあるんだ。今すぐアン・ベスさんを呼びに行ってくれないなら、一晩中この電話を鳴らし続けるからね」

「それなら、受話器を外したままにしておきます。アン・ベス様はもう充分に怯えていらっしゃるんですよ。聞きたいことがおありなら、わたしにおっしゃってください。わたしがアン・ベス様に伝えますから」それから彼女は、こちらを愕然とさせるようなことを言ってのけた。「もし、お訊きになりたいのが、アン・ベス様があなた様にお預けになった、あの仰々しい金ぴか物のことでしたら、お静かになさっているることですね。また同じことを蒸し返すために、アン・ベス様を電話口にお呼びするようなことはいたしません。わたしが見たのに気づいたときでさえ、お嬢様は動揺なさっていたんですから。それで、何をお知りになりたいんです?」

「何を知りたいかだって、ハッティ? 彼女がどこでそれを手に入れたかについてだよ。さあ、階段を上ってアン・ベスさんを電話口に連れて来るんだ。それと、電話で話すことには気をつけるように」そのとき、母屋の電話が内線で繋がっていることを思い出したのだ。「誰かが内線で聞いているかもしれないからね、ハッティ。アン・ベスさんに何か着て、フロント・ポーチでちょっと会ってくれるように伝えておくれ。僕もすぐ行くから」

「誰もこの電話の盗み聞きなんてできませんよ」ハッティは答えた。「お嬢様がどこでそれを手に入れたのかについてなら、わたしが説明します。お婆様が正式にあの方に差し上げたんです」

「どうしてそんなことを知っているんだ?」

「アン・ベス様がそうおっしゃっていましたから」

ハッティがなおもしゃべり続けそうだったので、慌てて口を挟んだ。「わかったよ、ハッティ。もうおしゃべりはやめて、これからも口は閉じておくんだ。ほかには誰かに話したのかい?」

「わたしの頭がおかしいと思っていらっしゃるんですか? ただ、誰にも見られないようにしていただきたいと――」

「シィーッ、ハッティ。きみがどうかしているなんて思ってないよ。それどころか、かなりの良識の持ち主だと思い始めたくらいだ。おやすみ」
「おやすみなさいませ、ビル様。朝食でお会いになるときには、アン・ベス様を飛び切りかわいらしくして差し上げますから」

美術館に再び鍵をかけ、コンバーティブルに乗り込んでコテージに向かったが、途中で気が変わった。方向転換をして、またハイウェイに出る。ポケットの中のグラッチョリーニがずしりと重い。しかし、心の荷はずいぶん軽くなっていた。もし、事がそれほど単純なら、つまり、ジムソン夫人が単にグラッチョリーニをアン・ベスに与えただけなら、すべては至極簡単になる。それでも、すべてをもう一度検討し直してみたかったのだ。何もかもがすばらしくよくできた象嵌のようにぴたりと一致し、一つの瑕も見つけられない。ただ一点、恐ろしく早い決断を迫られたであろう、ある一瞬のことを別にすれば。殺人者には、周りに人がいる状況で素早く判断し、ほとんど直感的に計画を練らなければならなかった瞬間があったはずだ。そして同時に、少しばかりの行動も必要だった。

また信号無視を繰り返してしまうようになるまで車を走らせた。オールナイトで営業しているスタンドを見つけ、ダブルのチョコレート・ミルクセーキを買う。コテージに戻ってタイプライターを引っ張り出した。二十ページくらいにはなっただろうか。あらゆる方向から考えられることをすべて書き出してみたのだ。それを何度も何度も読み返した。説明の必要がないものを見つけるたびに、一語また一語、一文章また一文章と消していく。ついに半分ほどのページ数になったとき、残っていたのはすべて説明が必要なことばかりで、その説明もただ一つしかあり得なかった。つまるところ、すべては以前と同じ結果になったのだ。それ以外には考えられない。このタイプライターで打ち出すという作業は——もし、それほど早くタイプできるとするなら——自分自身との会話のようなもので、自分の発言を記録に残すことだ。だからこそ再構築することもできる。

その後、自分の名刺を五、六枚取り出し、それぞれに言葉を書き添えてポケットにしまい込んだ。タイプで打ち出したものはみな燃やしてしまう。最後にグラッチョリーニを取り出して座り込み、どうしたものかと考え込んだ。バスルームに入って周囲を見回す。シャワーカーテンがクロムめっきのバーから下がっているが、その中は空洞のはずだ。壁の固定具にねじ込まれているわけではない。単にそこに差し入れ、いくつかの溝穴できっちりと固定できるよう調整するだけだ。バーの片端を壁の固定具から取り外すのに約一秒。その中にグラッチョリーニを詰め込み、もとに戻すのに三十秒ほどしかかからなかった。

朝、警察の事情聴取を受けてから百年も経ったような気がした。朝食まであと三時間。もし、寝入ってしまったとしても、食事の時間までには目覚めるだろう。服を脱いでベッドに潜り込む。朝八時に目覚めたときも同じ姿勢だった。シャワーカーテンが下がっているクロムメッキのバーがたまたま目に入り、数時間前に自分がしたことを思い出したのは、シャワーを使い始めてからややしばらく経ってからのことだった。

第十八章　金持ちの少女

アン・ベスはハッティが約束した通りの姿で朝食の席にいた。僕が座ったときに、ただおはようとだけ言った様子からは、昨夜、僕たちのあいだに、映画を見に行く以上の出来事があったとはとても思えないだろう。

「やあ、おはよう」僕も挨拶を返した。「今朝は説明してもらわなければならないことが山ほどあるからね」

「そんなにはないと思うわ。あなたの知りたいことなら昨夜、ハッティが話しているでしょう？」

「確かに、たった二言ぐらいでね。今、僕が知りたいのは、もう少し詳しい話なんだよ」

ヘンリーが入って来て朝の挨拶をし、朝食は何にするかと尋ねた。「フルコースで、ヘンリー」僕の返事に彼は「かしこまりました！」と答え、昨夜アン・ベスに伝えた嘘の情報について文句を言う間もなく、そそくさと出て行ってしまった。

ちょうどそのときバーバラが顔を出した。この数日、ほとんど眠っていないことを隠すために大いに洒落込んでいて、とてもいい感じだ。「おはよう、子羊ちゃんたち」彼女はそう声をかけてきた。三人とも話すことがほとんど見つけられず、少し気詰まりな感じだった。彼らと一緒にいてそんなふうに感じたのは初めてだ。家全体を包み込んでいる陰鬱な雰囲気のせいにするのは簡単だったにしても。それで、ヘンリーが料理を運んで来ると、猛然と食べ始めることにした。誰もあまりしゃべらなかった。

アン・ベスは食事を終えると、しばらくスプーンなどをいじっていたが、やがて咳払いをして言った。「そうね、わたしこのあと、フロント・ポーチに出て、しばらく座っていることにするわ」合衆国憲法でも暗唱しているような言い方だった。彼女は間違いなく、母親のような女優タイプではないらしい。それに、自分で意図したほど自然な歩き方にもなっていない。いや、むしろ、自然過ぎると言ったほうがいいのか。

網戸の閉まる音がするとバーバラが眉を上げた。「そうね、彼女はこのあとフロント・ポーチに出て、しばらく座っているんでしょうね」そう言って吹き出すと眉を下ろしてつけ加える。「そして、あなたもこのあと外に出て、しばらく座っているんでしょう、ビル？　いったい何が起こっているの？」

「大したことじゃないよ」そう答える。「ねえ、バーバラ、僕はしばらくこの家やここにいる人たちから離れていたいんだ。僕がここからあるものを持ち出すのを手伝ってもらいたい。話し合わなければならないことが山ほどあるんだ。あることを解明しようとしているものだから。アン・ベスとの話が終わったらすぐに、コンバーティブルで出かけよう」

「どこに？」

「どこでもいい。ただ車に乗って話をするだけだから。どこかでお昼を食べてもいいし」

「わかったわ」バーバラはそう答えてから、一瞬、躊躇《ためら》った。「今日はお葬式の日じゃなかったかしら」このような状況であれば、いかに厄介とは言え僕たちも出席しなければならない。

「すっかり忘れていた」ヘンリーを呼んで尋ねてみる。「ダイク様は明日だとおっしゃっていましたよ」彼はそう答えた。「まず先に片づけなければならないことがあるそうで」

ヘンリーが出て行くと、バーバラは〝まず先に片づけなければならないこと〟という表現に顔をしかめた。警察側は夫人の死体にこれでもかというほどお決まりの検査をしていたのだ。もちろん、何も出てこなかったのは言うまでもない。個人的には、その件についてはもうそれ以上考えないようにした。

腕時計を見る。「もう九時近くだ。九時半までには用意できるかな？」

「わたしなら、もっと早くてもいいのよ。今すぐにでも」バーバラは答えた。「あなたはゆっくりしてちょうだい。わたしは上に上がって、車の中で待っているから」彼女は立ち上がり、その場を離れる前に僕の手を叩いた。にっこりと笑って言う。「アン・ベスのことであなたを冷やかしたりさせないでね。わたしがどう感じているかはわかっているでしょう？」

バーバラが私道を上り始めるのを見届け、ポーチに出る。アン・ベスがそこで待っていた。

「さてと、きみの話がどういう意味なのか、すっかり説明してもらわなきゃならない」僕はそう声をかけた。

彼女は嬉しそうな顔をして答えた。「理解してくれたと思っていたんだけど。バーバラは何か気づいていると思う？」

「バーバラだって？　おいおい、まさか、そんなはずはないよ。さあ、アン・ベス、少し歩こう」

母屋から離れていたかった。僕たちは少しのあいだ、当てもなく芝生の上を歩き回った。

「お婆ちゃまがわたしにブレスレットをくれたのよ」アン・ベスは説明した。「お母さんとリーバが部屋から出て行った隙に。二人には話すなと、お婆ちゃまは言わなかった。でも、あれだけあさましい人たちでしょう？　お婆ちゃまとわたしだけの秘密にしておいたほうがいいと思ったの。リーバとお母さんは、わたしを部屋から遠ざけ続けた。でも、わたしには、二人があさましい人間だというのがわかっていた。そのことについては、お婆ちゃまにも訴えたのよ。でも、お婆ちゃまは心配しなくていいと言った。こんな類《たぐい》のことなら自力で何とかできるからって。お婆ちゃまがわたしにブレスレットをくれたの。みんなにも特別なプレゼントをあげるんだって言っていたわ。なぜなら、その日はお婆ちゃまの七十回目の誕生日だからって。あのブレスレットのことはわたしも知っていた。ほかのみんなも知っていたわ。わたしはあまり好きじゃなかったけれど、お婆ちゃまは好きだったのね。だって、お爺ちゃまからの最後のプレゼントだったんだもの。それだけの話よ」

「おいおい、それだけじゃないだろう」僕は口を挟んだ。「どうして黙っていたんだ？　強盗が入ったあとなのに」

「怖かったのよ。デニーさんが警察にした話を覚えているでしょう？　あの人がお婆ちゃまのところにそれを持って行ったときの話。ブレスレットが見つかったら、途端にその持ち主がお婆ちゃまを殺した犯人にされそうだったもの。そうよ、そのときにそれを持っていたのはわたしだった。自分のハンドバッグの中に。だから、怖かったの」

「ジムソン夫人を殺したのがきみだなんて、誰も思わなかっただろうに」

「そうよね」アン・ベスは答えた。「ただ怖かっただけ。どうすればいいのかわからなかったから、何もしなかった。お母さんとリーバのせいですっかり動転してしまって、自分がどこにいるのかもわからなかったのよ」アン・ベスの気持ちは理解できる。夜の路上で、自分に向かって来る車のヘッドライトにすくみ上ってしまったウサギみたいなものだ。

「わかるよ」

「そして昨日の午後、わたしが二階に上がってしまったときのことよ。みんながポーチで恐ろしい場面を繰り広げていたとき。ハッティが上がって来て、リキュールとアスピリンを呑ませようとしたの。でも、アスピリンが見つからなくて。すっかり忘れていたわたしは、薬ならハンドバッグの中にあるからと言ってしまったの。彼女がブレスレットを引っ張り出したときには、頭がどうにかなってしまうんじゃないかと思ったわ」

「そうだろうね。僕も、彼女がブレスレットのことを知っているとわかったとき、頭がおかしくなりそうだったから。ねえ、アン・ベス、今はあれこれ訊かないでほしいんだ。でも、しばらくは、このブレスレットについて誰も知らないことがとても重要になる。黙っていられるかい？　きみが大丈夫なのはわかっている。でも、何とかハッティに黙らせておくことはできるだろうか？」

「彼女なら大丈夫よ」アン・ベスは答えた。「頼めば黙っていてくれると思う。ハッティを知らなかった時期のことなんか思い出せないくらいなのよ。お父さんが亡くなる前からここで過ごしていたことが多いから、わたしにとってはハッティがいつもお母さんのようだったの。彼女なら、わたしをトラブルから守るためなら何でもしてくれるわ。ヘンリーにも話していないと思う」

「そうであってほしいね。ヘンリーときたら、昨夜、ずいぶん僕をきみに会わせたがっていたものだから」

アン・ベスはくすくすと笑った。「ブレスレットのせいじゃないわ。ガスとダイクのせいね。わたし、ずいぶん人気者なのよ。ダイクったら、わたしが十六歳になったときから結婚しようとしているんだから」

「それって、いつの話？」やっと言葉にできたのは、それだけだった。

「去年。でも、もうすぐ十八歳になるけど」

「それで、ダイクとはいつ結婚するわけ？」

「冗談言わないでよ」アン・ベスはそう言ってから、つけ加えた。「ガスもわたしと結婚したがっているわ」

「あん畜生が！」思わず口に出てしまった。「失礼、アン・ベス。奴はどのくらい、きみにつきまとっているんだ？」

「ちょうど昨日から」彼女はそう答えたが、もう笑ってはいなかった。二人を追跡していたあいだに何が起こっていたのか、やっと理解できた。

「まったく、何てことだ。たった一日しか経っていないのに――」

「そうなのよ」アン・ベスが頷く。「それでひどく腹が立って、泣いてしまった。今のわたしには面倒を見る人間が必要だと、あの人は言うの。すぐに家に連れ帰らせた。正面玄関を抜けるときに、わたしの肩を叩こうとするものだから、振り向きざまに思い切り向こうずねを蹴飛ばしてやったわ」

「うん、アン・ベス。そういうプロポーズに関しては、きみが何かを得たからだということを少なくとも理解しておかないとね」

「そうよ、わたしには得たものがある」アン・ベスは言った。「お金よ」そして、唇をきつく噛むと顔を背けてしまった。

「そんなに深刻に受け止めることはないさ。金持ちになるには代償が必要なんだ」

こちらは冗談のつもりだったのだが、彼女は「望むところよ」と答えた。

腕時計を見て言葉を続ける。「もう戻らないと。アン・ベス、今はまだ話せないけど、たくさんのことがそのブレスレットにかかっているんだ。ハッティには余計なことを言わせないように」

「あなたったら、いつもあとであとでって言うのね。いったいいつになったら、全部聞かせてくれるの?」

「すぐにだよ。でも、今はまだ言えないんだ」

「お婆ちゃまを殺したかった人間がいる。でも、それは強盗ではない、って言いたいんでしょ? そして、ブレスレットの存在は、それが強盗の仕業ではないことを警察に示してしまう。なぜ、警察に知らせたくなかったの?」

「あとで説明するよ。いずれにしても、目的はあのブレスレットではないんだ。何か別のもの」エレベーターのドアのことを考えながら言う。「今はあまり心配しないで」

アン・ベスは大きく息を吸い込み、低い声で尋ねた。「誰がやったのかわかっているの?」

「たぶん」

涙をこらえながら彼女はさらに尋ねた。「お母さんなの?」

「今はまだ言えない。忘れるんだ、アン・ベス」

「忘れることなんてできないのはわかっているでしょう?」

「そうだよね。忘れることなんてできない。でも、これだけは教えてほしい」僕たちはもうポーチまで戻って来ていた。「僕はもう行かなきゃならないんだ。昨日の夜、どうしてあれほど何でもないことのように、ブレスレットを僕に預けたりしたんだい?」

「ハッティがあなたに預けろって言ったのよ」それが彼女の答えだった。「お母さんやリーバが――それに、ほかの誰であっても――嗅ぎ回るかもしれないようなところに置いといちゃいけないって。それに、こうも言っていた。ヘンリーから、あなたのお父様は判事で、ワシントンで代議士をしているお兄さんだか伯父さんだか、そんな親戚がいるって聞いたって。それで、あなたに預けることにしたのよ」

その説明は笑いのツボに命中し、僕は大笑いをした。アン・ベスも笑い声をあげて言った。「何がそんなにおかしいの？」

「それについても、あとで説明する」でも、会話の最後に彼女がそんな話をしてくれたのは嬉しかった。そのおかげで、彼女は泣くのではなく笑ってくれたのだから。

「じゃあ、またあとで、アン・ベス」そう言って僕はコテージへの道を上り始めた。

上に着くとバーバラも微笑んでいた。車の中で僕を待っている。

「いいお天気ね。楽しく過ごせればいいんだけど」バーバラが言う。

「僕もそう願っているよ。殺人事件について話さなければならないんだけれど」

第十九章　告発

最初の数マイルは二人ともまったくしゃべらなかった。クロフトの裏出口から古いハイウェイに乗る。新しい道よりは狭くてでこぼこしているが、気持ちがよく静かな道だ。新しいハイウェイに合流するまで、僕たちはのんびりとその道を進んだ。ついにバーバラが口を開いた。「それで、ビル？やっと、あの事件から一息つける状態になったんだけど。今になって何を言うつもりなの？」

「たくさんのことを」そう答える。

ずっと話し続けながら、どのくらいの距離を走ったのか見当もつかない。サンフランシスコまで行き、当てもなく車を走らせた。リージョン・オブ・オーナー美術館がある丘を上り、公園を抜け、誰もがドライブで行くような場所を巡った。普通の家々が建ち並ぶ普通の道を何マイルも走り、街を抜けて田舎へ、そこから郊外へ。そしてまた街に戻って来る。時々コーラ休憩やガソリン補給のために車を停め、そしてまた、どこに向かうとも決めずに出発する。二人のうちのどちらが運転していたとしても、ただ車を走らせ、時々道を曲がるだけ。その間、ずっと話し続けていた。煙草を吸い、コーラのために車を停め、そしてまた走り続ける。オークランドからフェリーに乗り、降りた先で車を走らせ、また同じフェリーで戻って来た。その間ずっと話し続けていた。バーバラは次から次へと煙草に火をつける。僕たちはただひたすら、走って、走って、走り続けた。

最初にエレベーターのドアについて話した。そして、それが家の中の誰かの仕業であることを示している点に、いかにして気づいたかについて。

バーバラは尋ねた。「どうして警察に話さなかったの？　今、あなたが延々と話しているような面白い推理なら、警察に任せればよかったじゃない？」

僕は答えた。「わからないけど、できなかったんだ。警察に引き渡せるような人間はクロフトにはいないし、もし、あのドアのことを話しても、遅かれ早かれ結論は同じだろうしね。どういうわけか、できなかったんだよ。たとえそれがガスだったとしても」

「リーバはどう？」

「リーバなら引き渡せたかもしれない。リーバなら中国マフィアの拷問担当に引き渡したっていい。でも、彼女じゃないよ」

「どうしてリーバじゃないって言い切れるの？」バーバラは尋ねた。

「一つには、彼女にそんな頭はないから。それに、リーバにはアリバイもあるし。アデルの証言がアリバイと呼べるならの話だけど。僕としては信用していないけどね。二人が共謀していたこともあり得るんだから。実際、共謀していたわけだし。さあ、僕に質問を続けて。漏れていることがないか確認したいんだ」

「じゃあ、リーバについて続けましょう。共謀のうえ、彼女とアデルが犯行に及んだ。ジムソン夫人がゆすりとか脅迫に対して訴えを起こすと脅したっていうのはどう？　自分はそんなにバカじゃないと思ったリーバが、この方法を選び取ったとか。か弱い老人を窒息死させる頭もないほどリーバがバカだなんて、どうして思うの？」

「そんなに単純な犯罪じゃないからだよ。とても複雑な事件なんだ」

「どんなふうに?」

「それは、またあとで。質問を続けてくれ」

「そう。じゃあ、二人の脅迫に対する起訴っていう考えはどう?」

「問題外。理由は二つ。一つには、ジムソン夫人は小切手を破棄することに同意していた。それはつまり、彼女は一部の遺産相続人に対する暴露を望んでいなかったということだ。もし、アデルとリーバを脅迫で訴えたりしたら、法廷で内輪の恥をさらさなければならなくなる。自分自身に関する暴露なら、彼女は気にも留めなかっただろう。でも、かわいそうな小悪魔たちについて弁護士が掘り返した事実のことは、公にするのを許さなかった。たとえ、それが誰の情報であっても」

「誰のことなのかは、わからないの?」バーバラは尋ねた。

「うん、わからない。きみは?」

「わからないわ。それで、二つ目の理由というのは?」

「うん。説得力は小さいんだけど、ずっと信用できると理由だと思う。つまり、たとえそれだけのエネルギーがあったとしても、ジムソン夫人がリーバを脅迫で訴えるとは思えないということさ。他人にはとても寛大な人だったからね。彼女自身、〝tout comprendre c'est tout pardoner〟というのが、人に対する態度だと話していたことがある。リーバのことを話していたときでさえ、彼女はそう言ったんだ。二人ともリーバがかなり厄介な人間であることを認めた上でね。〝すべてを理解することはすべてを許すこと〟という意味だよ」

「Tais-toi」バーバラは答えた。「〝黙りなさいよ!〟Folle je suis, ignorante non pas. これって、〝わ

たしは頭が変だけど無知ではない〟っていう意味でしょ？　確か、そうだったと思うわ。いずれにしても、〝tout comprendre〟っていう言葉なら、とっくの昔から知っているわ」

「どこで知ったの？」

「昔、自分の蔵書票に書き込んでいたのよ。まだ、蔵書票なんかを使う女の子だったころにね。わたし、オジーと知り合ったときにはウェレズリー大学の新入生だったの。わたしがそんな場所のことを知っているなんて誰が思うかしら？　ねえ、ビル、わたしはずっと昔に人生の道を見つけ出すはずだった。もし、〝tout comprendre c'est tout pardoner〟なんて繰り返していなければ、オジーを見捨てる方法だって見つけ出せたはずなのに。十数える代わりに、その言葉を唱えていたのよ」

しばらくそんな話を続けていたが、話題はやがて殺人事件に戻った。バーバラはなおも食い下がった。「リーバを除外するなんて絶対できない。彼女が単純な盗み目的で、っていうのはどう？　あの人なら充分に貪欲だし粗暴じゃない。それに、リーバなら、ブレスレットが母屋にあることも知っていたかもしれないし。デニーが話したってこともあるでしょう？」

「今の時点では、リーバが格子をよじ登る姿は思い浮かばないな。笑いたい気分じゃないから。でも、きみに話しておかなければならないことがある。秘密を破ることになるんだけど。ブレスレットは盗まれたわけじゃないんだよ。ジムソン夫人がアン・ベスにプレゼントしたんだ。今、それがどこにあるのかもわかっている。彼女は怖くなったのと混乱していたせいで警察には話さなかったんだ。でも、ブレスレットは盗まれた結果としてそこにあるわけじゃない」

「大した違いにはならないわね」それがバーバラの答えだった。「アン・ベスがブレスレットを持っていたことと、リーバがそれを知っていたことは別の話だもの。リーバの仕業だと思うわ。ただ、運悪く、時すでに遅しってことだったんじゃない？　それで、代わりに細々としたものを手当たり次第に持って行った」

「僕もそれは思った。でも、掻き回されていたのは夫人の部屋のほんの一部だけだったんだよ。リーバなら、予想していた場所で見つけられなければ、あらゆるところを引っ掻き回すんじゃないかな。その部屋にはないんだって確信できるまで。でも、あの部屋で乱されていたのはほんの一部分だけだった」

「そうね。続けて」

「盗みが目的ではなかったんだ。価値のあるものや、何が書いてあるのか周知の書類も持ち去られていない。宝石箱にあった安物が数点なくなり、引き出しが何ヶ所か掻き回されただけだ。きみはただ、自分がやったんじゃないことを説明すればいいだけなんだよ」

それまでバーバラが泣くのは見たことがなかった。オジーが彼女を殺そうとした話をしたときでさえ。それが今、彼女はハンカチを取り出して顔を覆い、その顔を背けてしまった。人目を避けるために脇道に入る。ハンカチを顔に押しつけるバーバラに気づくと好奇の目を向けてくる人々を避けるために。僕のほうも泣きたい気分だった。「ねえ、バーバラ、自分でも嫌な奴だと思うんだよ。でも、あらゆる可能性について考えてきたんだ。あとは、きみ自身に委ねようと思っている。きみと話がしたいと言ったのは、そういう意味だったんだ。その点について、きみと話がしたいんだよ」

バーバラは終始めそめそしている女性のような口調で話し始めた。「ビル、あなたからこんな仕打ちを受けるなんて耐えられないわ。これまでさんざんひどい目に遭ってきたのに。結婚してからもオジーにずいぶん殴られてきた。でも、あなたからこんな仕打ちを受けるなんて夢にも思っていなかったわ」あまりにも激しく泣き続けるせいで、バーバラは話すこともできなくなった。こちらも気分が悪くなってくる。でも、街を抜け出してしまうまでは、できるだけ人のいない道を探して車を走らせる以外、何もできなかった。バーバラは自分の身体を抱きしめずっと泣き続けていたが、やっと口を開いた。「ビル、ちょっとのあいだ、わたしに運転させてくれる？　そしたら、気分も良くなると思うの」

カーブに差しかかったところで車を停め、外に出る。反対側のドアに回って行くあいだにバーバラが運転席へとシートを移動した。喘ぐような呼吸をし、息を吸い込むときには喉を詰まらせたりもしていたが、彼女は微笑もうとしてくれた。顔は涙で濡れ、斑模様《まだら》になっている。「ひどい顔をしているんでしょうね」と彼女は言った。

「そんなことはないよ」ぶつぶつと答える。でも、そのあと、心から誠実に、今までずっと信じることができなかったのだと告げた。「バーバラ、きみの仕業だなんて信じていない。本当に信じていない。僕の推理では、すべてがきみの仕業だと示している。でも、どうしても信じられないんだ。何か抜け道があったんだろうね」

彼女の気分はだいぶ回復したようだ。内心ではどれほどひどい気分でいたとしても、スムーズに運転をしている。小さな車のなめらかで心地いい、安定した走りが彼女の気分を落ち着かせたらしい。

バーバラが口を開いた。「本当に信じていないなら、それこそ心配だわ。あなたのこれまでの推理を、最初から一つずつ説明してちょうだい」

ポケットを探り、殴り書きをした名刺を取り出した。それぞれに番号が振ってあり、一番上の№1選ぶ。そこには〝だとしたら、それはどこにあるのか？〟と書いてあるだけだ。ほかのカードの文面も愚かしく聞こえそうだが、僕には意味のあるものばかりだ。〝誰がジムソン夫人に話したのか？〟、〝ええ、ええ、ええ、もちろん完璧に〟、〝誰か一緒に行きたい人はいる？〟文面は、ほかにもいろいろあった。それらをちらりと眺めたが、今は使わないことにした。カードをポケットに戻し、話し始める。泳ぎ方を覚えるために川に飛び込むような気分で。

「そうだな。話し始めて、説明の足りない部分があったら質問してもらうようにしよう。そうしていけば、動機のある人間として確定できるのはきみだけになるから」

「お好きなように」

「二万ドルだよ。二万ドルあれば、きみとオジーはどうしようもない袋小路から脱出することができる。それにきみも、新しい店を立ち上げることが可能になる」

「そうでしょうね。オジーから聞いたの？」

「うん」

「上等なスタートとは言えないわね。確かに、そのお金があれば、この世界はまた生きていける場所になる。わたしも生まれ変わることができるわ。この数年間の惨めな貧乏生活から脱出できる。でも、それが動機だと言うなら、ほかの人たちとどう違うって言うの？　わたしはピクニック会場で小切手を見たの。ポーチでみんなに話したときに、あなたも聞いていたでしょう？　わたしの知る限り、小切手はもうこの手に入ったも同然だった。リーバとアデルのたくらみなんて知らなかったのよ」

「いいや、知っていたはずだよ。きみは彼女たちのたくらみを知っていた。知ることのできる唯一の人間だったんだから。リーバとアデルとデニーは間違いなくほかの人間を信用していない。そして、小切手が破棄されるのを知っていたのはジムソン夫人だけだ。そこで僕は立ち往生してしまったんだ。それで、ジムソン夫人と話ができる人間を考えてみた。きみ以外にはいなかったよ」

「続けて」バーバラは険しい顔を蒼白にして運転に集中している。

「リーバの話では、ジムソン夫人は小切手を無効にすると約束した。ヘンリーは、彼も、ほかの使用人も、パーティの贈り物を回収するようジムソン夫人から指示は受けていないと言っている。でも、彼女がそうすると言ったのなら、誰かに伝えているはずなんだ」そこでしばし間を置いた。

「聞いているわよ」バーバラが言う。

僕は続けた。「きみは電話でジムソン夫人と話をしていた。僕たちは全員その場にいた。僕が聞いたのは〝はい、はい、はい、もちろん完璧に〟とか、電話線の向こうで誰かが話しているときに人が答えるようなことだけだった。それからきみは幽霊のように真っ青な顔で受話器を置いて、ジムソン夫人が怒り狂っている、全員母屋から出て行くように言っていると僕たちに告げた」

「それで？」とバーバラ。彼女は小さな車のギアをセカンドに入れ、サンフランシスコの丘を上り始めた。頂から崖が落ち込んでいるように見える丘の一つだ。

「でも、それは、ジムソン夫人がきみに言ったことではなかった。彼女はあの日の午後、何か必要なものがあれば電話で知らせると言っていたんだ。確かに彼女は一度電話を鳴らして、きみがそれに応えた。でも、欲しいものがあったわけではないんじゃないかな？　彼女が言ったのは、パーティでの贈り物に関して気が変わったということ。それで、それを会場から回収してきてほしいときみに頼んだ。ほかのものに変えるからと。きみが真っ青になったのも当然だよね。二万ドルが霧のように消えてしまったんだから。その日の午前中、ずっとそのお金が手に入ると考えていたのに。きみと話していたとき、ジムソン夫人は怒り狂っていたわけではなかった。アデルとリーバに午前中あれこれ言われ続けて、ぐったりしているようには聞こえたかもしれないけど」

「まるでリハーサルでもしてきたみたいな口調ね」

「そうだよ。何度も何度も繰り返してきたんだ。手に入れたも同然のものを失ってしまいそうだと知っていたのは、きみだけだった。僕に解明できたのは、それだけだったよ。そして、きみにはその金が死ぬほど必要だった。アデルがどうこう言えなくなる、いつかそのうちではなく、すぐそのときにでも。僕たちが受け取れなくなってしまうものを知っていたのはきみだけだったよ。第一に、お金が手に入りそうだと知っていたのはきみだけだったから。第二に、ジムソン夫人が気を変えたあとに話をしたものきみだけだったから。ただ、その変更は彼女自身のためだったのかもしれないけどね。とにかく、僕たちはきみの言うことを聞いていた。でも、きみが伝えてくれたこと以外に、夫人が何を言ったのかは知らないんだ」

「そこまではっきりさせたのね。それで、わたしは彼女を殺すことにしたというわけ？　彼女が小切手を回収したりできないように。そして、それを実行するために、彼女が人払いを望んでいるとみんなに伝えたというのね」

「そうだよ」僕は答えた。

「わたしとしては、目まぐるしく頭を回転させなければならなかったでしょうね」

「うん、物凄く早く。素早い判断、的確な行動も必要だった。それがきみの犯行を否定する唯一の抜け道だった。一瞬のうちにすべての計画を立てなければならなかったのか、決めてから素早く段取りを考えなければならなかったのか」

「あれこれ考えてくれてありがとう」バーバラは気丈に持ちこたえていたが、そう言ったときの唇はかすかに震えていたはずだ。

「それから、きみはまたすばらしい演技を披露した。飛び上がって、ヘンリーのロックシュガーを忘れたから街に戻らなければならないと言ったんだ。本当に慌てているように見えたよ。車に戻り、荷物を引っ掻き回すようにしてロックシュガーを隠した。そして僕を呼びつけると、ロックシュガー以外の荷物を僕に渡した。きみは忘れたんじゃなくて、隠したんだ」

「でも、わたしは、誰か一緒に行きたい人はいないかと訊きもしたわよね。それって辻褄が合う?」

「もちろん。きみには、部屋でぶらぶらしていられるときに一緒に行こうとする人間などいないことがわかっていたんだ。僕以外には同行してもいいと思えるほど好きな人間もいない。だけど、その日は美術館の開館日で、僕が行けないこともわかっていた。まったくきみらしくない口先だけの誘いが、返って疑わしかったよ。それに、今ではあまりにも唐突だったこともわかっているはずだ」

　彼女は唇を噛んでいたが泣いてはいなかった。「まったく、意地悪な人ね、ビル。あなたが言ったこと以外につけ足すことなんてないわ」

「みんな言ってしまわなければならないんだ、バーバラ。この二日間、ほかの方向からも考えてみようとしたことは話したよね。でも、できなかった。すっかり解き明かさなければならないんだよ」

「あなたには成り行きにまかせるってことができないのね。普通の人たちのように、不透明なことをそのままにしておくことができない。そうなんでしょう?」

「うん、そうだね。ずっと気になっていることがあって、はっきりさせずにはいられないんだ。エレベーターのドアがあかなかったときからずっと」

「いいわ。それならそのドアのことを説明して」

「もうちょっとしたらね。まずは、荷物を僕に渡したあとのきみの行動についてだ。きみはアーデンの森の反対側まで車を移動させた。道路際にステーションワゴンを停め、森を横切って母屋まで行き、仕事を終えてまた車に戻って来た」

「それでやって来た人に、そこに停めてあるステーションワゴンを目撃させるわけ？　まあ、まさか。今度ばかりは違うわ」

「うん。これは単なる推測で、実際にきみが何をしていたかなんてわからないから。車を方向転換させて母屋に鼻先を向けさせていたのかもしれないし、街のほうに向けていたのかもしれない。でも、クインスの家に入って大きな釘を持ち出したはずだよ。道路からほんの数歩しか離れていないんだから。きみはその釘を道路にばら撒き、自分の車のタイヤをパンクさせた。たぶん、車は道を塞ぐように置いておいたんじゃないかな。ほかの車が来たときにはクラクションを鳴らさなければならないように。その音を合図にきみは戻ることができるし、もし、できなかったとしても、助けてくれる人を探していたんだと言い訳することもできる。みんなピクニック会場にいたんだから、助っ人を探すにはそれなりの時間がかかるだろうしね。ステーションワゴンに関しては少しばかりリスクがあったわけだ」

「あなたが推測したような賢い女にとっては、かなりのリスクのように聞こえるけど」

「それほどでもないよ。ものすごく賢いというのは事実だけど。美術館を訪れる人はまだいない。開館時間まで一時間近くあったから。使用人たちはみなピクニック会場にいて、必要なものもすべて持ち込まれていた。ダイクなら現われるかもしれなかったけど、普段ならもっと遅い時間だ。車が通る危険はほとんどなく、実際一台も現れなかった。それできみはステーションワゴンのタイヤをパンクさせ、森を横切って――」

「あの格子をよじ登った。さぞや面白い光景だったでしょうね」

「いいや。きみは正面玄関のドアから入って階段を上り、ジムソン夫人の部屋に行ったんだ。母屋は空っぽだったし、彼女の部屋に鍵なんてかかっていなかった。ただ、夫人は鍵をかけて自分の部屋に閉じ籠っていると、きみは言っていたけどね。たぶん、きみはノックをして彼女の部屋に入ったんだろう。ジムソン夫人は邪魔をするななんて言っていなかったし、きみを見て驚くこともなかったと思う。むしろ、きみがパーティ用の贈り物を持って戻って来るのを待っていたんじゃないかな。その中には、きみ宛ての二万ドルの小切手も含まれていたわけだけれど」

「続けて」ハンドルを握りしめ、まっすぐに前を見据えたままバーバラは言った。

「続けるよ」全身汗だくになっていた。「でも、簡単なことじゃないんだよ、バーバラ。きみがジムソン夫人を殺したなんて信じないって言っただろう？　どうしても、そんなふうには思えないんだ」

「そう。思えないけど、そういう結論に達したんでしょう？　そんなことはもう言わないで。説明を続けてちょうだい」

「続けるよ」シャツが冷たく身体に貼りついていた。それほど汗をかいていたのだ。「先を続ける。それから、きみは犯行に及んだ。それだけだよ。夫人はまず窒息死し、それらしく見えるように縛られたりさるぐつわを嚙まされたりした。そして、下降ボタンに寄りかかるようにしてエレベーターの中に入れられたんだ。ドアを閉めるとエレベーターが動き出す。きみは大急ぎで太陽灯のスイッチを入れた」

かろうじてバーバラの声が聞こえてきた。「本当に、わたしがそんなことをしている姿が見えるの？」

「いや。想像できるのはほかの部分だけで、その場面ではない」

「大したものね。どうしてわたしがそんなふうに彼女をエレベーターに入れたのか、正確な理由もわかっているんじゃない？」

「うん。死体が想定外に早く発見される深刻な危険は二つだけだった。きみには、自分以外の人間のアリバイに穴があくよう、実際の死亡時刻から発見までの時間を稼ぐ必要があったんだ。もしくは、見せかけの強盗が逃亡に要する時間を。ダイクがやって来て死体を発見する危険があった。もし、彼が、夫人の部屋のドアをノックしたけど返事がなく、心配をしたりすれば。ドアを施錠することも考えたかもしれないけど、彼は鍵を持っているしね。あるいは、ホビーのような人間が心配のあまりエレベーターを使おうとするかもしれない。でも、中に死体が入っていればエレベーターは動かない。ダイクの目に死体が触れることもないし、誰かが上って来てエレベーター内に死体を発見することもない。一石二鳥というやつだ」

「ふざけないでよ。どっちの場合にしろ、ダイクだったり、ほかの誰かだったりが不審に思って、死体はすぐに発見されることになったはずだわ」

「確かに。でも、本当の危険は、そんなに経たないうちに誰かがエレベーターのボタンを押すことではなかった。実際に、そういうことが起こっていたんだけどね。もし、誰かがそうしたとしても、ヒューズを飛ばしてしまったと思ってこそ逃げ出すだけさ。ジムソン夫人が二階で太陽灯を使っていたと思って。ダイクなら中に入って来て、あちこち探したかもしれないけど。いずれにしても、貴重な時間は確保できたわけだ。見せかけの強盗が逃亡するのに充分な発見の遅れと混乱を引き起こせたんだから」

「話にはまだついていっているわよ。続けて」

「それからきみは、あの小賢しい盗みの真似事を始めた。宝石箱からちょっとしたものを抜き取り、いくつかの引き出しを引っ掻き回した。そして、外から手を突っ込んで網戸に穴をあけた。窓はあけたままにしておいた。掛け金がおりるようにセットして部屋を出て、錠をおろした。もうちょっと強盗らしく見えるように、ほかの部屋に入り込む危険は冒さなかった。ひょっとしたら怖くなり始めたのかもしれないね。そのまま階段を下りて車に向かった。指輪やブローチなんかはアーデンの森のどこかに捨てたんじゃないかな」

「クインスの家のそばにある井戸に投げ込んだっていうのはどう?」

「うん、それも考えた」

バーバラはまた泣き出しそうになった。「まったくもう! これって、あなたがしゃべっていることなの、ビル? それとも、蓄音機か何かの再生?」

「蓄音機のお粗末な再生みたいに聞こえるかもしれないね。でも、すべてはっきりさせなければならないんだ。きみはステーションワゴンの中に座り、立て続けに煙草を吸っていたのかもしれない。それまでの行動にかかったのが二時間近く。あと一時間くらいは車の中にいたのかな。自分を立て直すには充分な時間だったはずだ。三時くらいまでは車の鼻先を街側に向けていたんだと思う。それから、パンクしたタイヤで方向転換をした。あたかも街から戻って来て、坂道を上って来たみたいに。そして、三時十五分ごろ、ロックシュガーを抱えてピクニック会場への道を上り始めた。美術館の窓からきみの姿を見ていたよ。足を引きずるようにして歩いていた。まるで、地獄を一回りしてきたような顔をして」

「地獄を一回りね。今のわたしもそんな顔をしているんじゃない? 本当にもう、ビルったら、あなたの言う通りだっていう気がしてきたわ。抜け道の一つも残してくれないの?」

「ジムソン夫人と電話で話しながら、恐ろしく早く考えを巡らせたということだけだよ。そして、すばらしくうまく行動した」

第二十章　事故

その酔っ払いの車がこちらに突進して来たのを、僕は見ていなかった。時速七十キロほどでオープン・ビュイックを逆走させていたそうだ。そのような場合、人はまず急ブレーキをかける。つまり、蛇行しながら向かって来る車がどちらに進むかわからないときには、すぐに車を止めようとするのが本能だということだ。あるいは、咄嗟にハンドルを右に切るか、左手の対向車線に突っ込むか。しかし、対向車が絶えず向かって来る車線に車を突入させるのは、普段の運転感覚からは完全に逸脱している。ビジネス街の通りで、バーバラの左側の視界は通行車両で遮られていた。それでも彼女は、一か八かでハンドルを左に切った。対向車線の真ん中にではなく、それを突っ切った向こう側に。もし、車を止めていたら、酔っ払いの車に正面衝突されていただろう。右手にハンドルを切れば歩道に乗り上げ、ウィンドウショッピングをする人々の群れに突っ込んでしまったかもしれない。通りの向こう側の歩道に、二台の車に挟まれたスペースがあるのに気づいたのだとバーバラは言った。僕たちの小さなコンバーティブルはその利を捕らえる必要があった。彼女は対向車の隙間を縫い、左手の歩道に見える唯一の空きスペースに突進した。ほかの車に遮られて見えない対向車線を突っ切り、歩道上の空きスペースを目指す。バーバラがブレーキを踏みこむ直前、酔っ払いの車が後部をかすめていった。ウィンドウショッピングをしている人々が異変に気づき始める。僕たちの車の両側で通行を阻まれてしまった歩行者たちも。コンバーティブルは何とか二台の車のあいだに滑り込んだ。それこそ、すれすれで。バーバラが急ブレーキを踏む。それでも車は商店に突っ込み、バンパーがショーウィンドウのガラスを粉々に打ち砕いた。ほんの三、四秒のことだ。ガラスの大半はショーウィンドウの内側に砕け散ったが、気がつくと僕のシャツの前面が赤く染まっていた。ガラスの破片で頬が切れ、血が滴り落ちていたのだ。警官が駆け寄ってきた。バーバラは冷静そのものだった。落ち着いた口調で説明を始めている。誰かが僕をドラッグストアに連れて行ってくれた。焼けるように痛む頬に薬を塗り、その上にガーゼか何かを貼ってくれる。深くはあっても単なる切り傷なのだが、そのせいでシャツの前面は凄まじいことになっていたし、血はジャケットにも飛び散っていた。現場に戻ったころにはバーバラと警官が目撃者を集めていた。件《くだん》のビュイックについてのバーバラの証言は的確で、警察は一時間もしないうちに酔っ払いの車を確保した。数人の若者たちがバンパーをまっすぐに直してくれ、タイヤもちゃんと回るようになる。警官が僕たちのために道をあけてくれた。バーバラが車をバックさせ、歩道から車道へと戻る。そこから、僕たちはまた走り始めた。

「すばらしい腕前だったね、バーバラ」僕は声をかけた。

「かなり狭かったけどね」そう言って、しばらくしてから彼女は再び口を開いた。「どこかで停まらないと、ビル。今頃になって震えがきたわ。警官の前で冷静を装うのに力を使い切っちゃったみたい」

「あの警官はきみに感心していたよ」

「わたしも自分に感心しているわ」

「僕もだけどね。あの駐車場に入って少し休もう」彼女は駐車場に車を入れた。「事務所の中で座りたい？　それとも、ここで大丈夫？」

「ここで少し座っているわ。あなたは新しいシャツを買ってきたら?」

隣のブロックに紳士服店を見つけ、新しいシャツとネクタイを買う。血のついたシャツはそこで引き取ってもらった。店員たちはジャケットについた血をスポンジで擦り落とすことまでしてくれた。頬のガーゼを別にすれば、二十分前と同じくらいすっきりした状態で店を出る。駐車場に戻ると、バーバラは助手席側のシートに移り、煙草をふかしながらコーラを飲んでいた。「あなたが運転して」彼女はそう言った。バーバラがコーラを飲み終えるのを待って車を出す。

「駐車料金は要りませんよ」管理人はそう言ってくれた。僕の血だらけのシャツに大いに興味を持ち、バーバラにコーラまで用意してくれたのだ。西部ではこういうことが時々ある。ニューヨークではまずあり得ないだろう。

「ランチはどうしようか?」バーバラに尋ねる。もう一時近くになっていた。

「あまり食べられそうにもないわ。お腹がすいているなら軽食堂にでも寄ってみたら。ハンバーガーとコーラくらいなら何とかなりそうだから」

結局、二人とも何も食べなかった。僕は、あまり言い出したくないことを考えていた。とうとうバーバラのほうが先に口を開く。「話しなさいよ。あなたって本当に隠し事ができない人なんだから、ビル。わたしがものすごく早く策を練って、あの警官を相手に見事な演技を披露したと思っているんでしょう?　ええ、確かに、判断は早かったし演技も上々だった」そう言う彼女の声は、とても弱々しく聞こえた。「それも、あなたが言うような殺人計画を練ったときよりも短い時間で、もっと手強い相手を前にして。哀れな女の見事な運転さばきが、殺人容疑の最後の抜け道を塞ぐことになってしまうなんて、前代未聞のことなんじゃないかしら」

何も言えなかった。確かにそれが、シャツを買いに行ったときに考えていたことだから。

僕たちはクロフトに戻り始めた。その間ずっと気分が悪かった。単に具合が悪いのと、こんなことにはもうすっかり疲れ切っていたのとで。商店のウィンドウにぶつかったときに、かなりの衝撃を受けていたのだと思う。頭が痛くなってきたし、頬の傷もまたヒリヒリし始めていた。ただただベッドに潜り込み、しばらくのあいだ何も考えないでいることができるかどうか試してみたかった。

クロフトへの帰り道、二人とも何も言わなかった。言葉を発するにも疲れ過ぎていたのだと思う。やっと地所に帰り着き、坂道を上っていく。バーバラを降ろすために車を停めた。周りには誰もいない。

車を降りたバーバラはドアを閉め、しばし私道に立っていた。「くだらないジョークで、わたしをからかおうとしているわけじゃないわよね、ビル?」そんなことを訊いてくる。

「いいや。僕にはまだ、ほかの見方ができないだけだよ、バーバラ」

「わたしを怒らせるつもりではないのよね?」

「きみを怒らせて何の得があるんだい?　いいや、きみを怒らせるつもりなんてないよ。どういう意味?」

彼女は最後に深々と煙草を吸い込むと、吸殻を私道の砂利の上に落とした。それを自分の靴で揉み消すあいだ、じっとつま先を見つめている。やがて、顔を上げることもなく彼女は言った。「アン・ベスのことよ。彼女のためにわたしを捨てるんじゃないかって。それでわたしを怒らせたいんじゃないかって思ったの」

「アン・ベスだって!　まったく、バーバラ、どうかしているよ。僕たちのあいだには何もない」頭がずきずきし、頬の傷も痛い。あまりにも疲れていて、コテージにたどり着けるかどうかも定かではなかった。

「もし気づいていない人間がいるなら、あなた一人だけよ」顔を背けたままバーバラは言った。「アン・ベスはもちろん気づいている。あなたは彼女の顔を見て、ひとこと言えばいいだけなのよ」

「どうかしている」同じ言葉を繰り返した。「彼女と顔を合わせたのだって五回程度なんだよ」

「そんなこと、あなたにとってはどうでもいいことだわ。初めてわたしに会ってからの三十六時間を覚えているでしょう?」

「それとは話が違う」失言だった。大いなる失言。僕が殴りでもしたかのように彼女は身を強張らせた。

「確かに違うんでしょうね!」今度はきっちりと僕を見据えている。また泣き出してしまいそうだ。「違うはずよね! アン・ベスはかわいらしくて清純な女の子だけど、わたしは――」

頭が割れるように痛い。いっそ割れてしまえばいいのに。何をどう言えばいいのかわからなかった。

「ああ、バーバラ――」何を言おうが今更遅い。「忘れてくれ」

「もう、ビルったら」彼女はそう言って泣き始めた。「あなたのせいで老いぼれた売春婦のような気分だわ!」バーバラはハンカチで口元を押え、家の中に駆け込んで行った。

コテージまで戻ったのも覚えていない。二階に上がり、空気が抜け切った古い風船のようになるまで熱い湯に浸かっていた。バーバラがジムソン夫人を殺したのかどうかもわからなくなった。突き詰めて考えるには疲れ過ぎていた。やろうと思ったことはすべてやった。自分に関する限り、しばらくは成り行きにまかせるしかなさそうだった。

第二十一章　さようなら、ガス——さようなら、バーバラ

続く二十時間はただただ眠っていた。その日の午後遅く、ベッドメイクにやって来たジョジョが寝ている僕を発見したのだ。彼が入って来たときに目が覚めて、僕はこう提案した。もし、夕食と次の日の朝食を運んでくれるなら、今夜、ガールフレンドを連れ出すのにコンバーティブルのガソリンを満タンにして使ってもいいと。それほど疲れ切っていて、ただ横になっていたかった。ジョジョはもちろんだと答えた。でも、バンパーとフェンダーの片方が曲がり、傷がついているのを知っているかと尋ねてくる。もちろん知っている、顔のガーゼもそのせいだと答えた。気をつけて運転し、楽しんでくるように言う。彼は満面の笑みを浮かべた。ズボンのポケットから、車のキーとガソリン代、僕の食事代を取り出してくれるように頼む。人に喜んでもらうのが好きだった。そのための確実な方法の一つが、自分の車を使ってもらうことだ。

出て行く直前にジョジョが訊いた。「エクレン様?」

「何だい、ジョジョ?」

「どうしてパジャマを着ないんですか?」その問題が二カ月も彼を悩ませていたようだ。

「粋な人間は裸で寝るんだよ」そう答えたものの、ジョジョはまだ不思議に思っているだろう。

しばらくしてジョジョが夕食を手に戻って来た。あとからお腹がすいたときのためにと、イチゴの

アイスクリームも冷蔵庫に入れてくれる。アイスクリーム代は自分持ちで、僕へのプレゼントだと言う。本当に気持ちのいい若者で、ジョジョのことは大好きだった。

翌朝、朝食を持って現れたジョジョは、僕の車で大いに楽しんだと言いながら鍵を返してくれた。午前十一時から母屋で葬儀があると言う。それで九時半ごろ服を着て、屋敷まで下りて行った。

そのときのことは説明しても意味はない。葬儀は葬儀でしかないからだ。僕はどういうわけか、それまで親しくしていた人の葬式に出たことはなかった。それは単に何とかやり過ごさなければならない儀式であり、ジムソン夫人の葬儀というのはあまり関係がなさそうだった。使用人たちの全員が参列していた。リーバとバーバラ以外のメンバーもみな。デニーの顔は見えなかった。リーバとデニーがいない理由は容易に理解できる。実際、リーバはすでにサンフランシスコに戻っていたわけだし。アデルもアン・ベスと一緒にいた。ほかの参列者は五、六人。

葬儀自体はすぐに終わってしまった。散会後、オジーにバーバラのことを尋ねる。気が高ぶってひどい夜を過ごし、葬儀には出られそうもないと言っていたそうだ。ちょっとした用を足すのにサンフランシスコまで行きたいと言い、ダイクがステーションワゴンの一台を使ってもいいと言ったので、朝食後すぐに出かけたらしい。

その日も美術館をあける日で、午後はずっとそこにいた。まだ少しふらついていた。後味の悪い別れ方をしたのでバーバラにも会いたかった。でも、いつも通り、しばらくすると気分も良くなってきた。コレクションの絵は以前と変わらずすばらしい。もうすぐクロフトを離れなければならないので、展示されていない絵も引っ張り出して、自分のための特別展示会をやってみた。美術館を閉めるころには、いい絵が感じさせてくれるいつもの感覚が戻っていた。頭が冴えて気持ちが奮い立つような感覚。ただ、わくわくするような感じはもう戻って来なかった。訪ねてきた客はわずかだったが、コレクションについていい会話ができた。現状を忘れさせてくれるいい午後になったと思う。アン・ベスが来てくれればいいのに思っていたが、姿を見せることはなかった。アデルと一緒に部屋で昼食を摂っていたので、葬儀のとき以外、見かけていなかったのだ。あまりにも多くのことが立て続けに起こり、シャワーカーテンのバーに隠した百五十万ドルのことはすっかり忘れていた。

美術館を閉めたあとは、ヘンリーにジュレップを作ってくれるか訊くために母屋に向かった。しかし、主な理由はバーバラが戻っているかどうかを確認するためだった。最初に目にした光景で嫌な思い出が蘇った。初めてクラフトに着いた日と同じように、ガス・バッバートソンが飲み物を片手に、柳細工の長椅子にだらしなく座っていたからだ。貧相な顔いっぱいに相変わらず嫌らしい表情を浮かべている。ただ、今回は奴のほうから話しかけてきた。

「やあ、ビル」と彼は言った。

「やあ、ガス」僕も答える。「いつ、ここを引き上げるんだい?」

奴は一瞬嫌な顔をしたが、答えを見つけられないようだ。

腰を下ろし、言わずにいられないことを訊いてやる。「最近、アン・ベスに会った?」

「バーバラとは会ったのかい?」ガスの言うことにはいつも意地の悪さが潜んでいたが、今回は持てる限りの悪意を注ぎ込んだようだ。余計なことを言うのを怖れて黙っていた。奴はしてやったりと思ったらしい。リーバと同じくらい執念深いうえに、僕に嫌われているのもわかっている。奴はさらに続けた。「あんたは恐ろしくバカなことをしようとしているんだよ、ビル。自分でコントロールできる以上のことに手を出そうとしている。どれだけの金を手にここから出て行けるか、わかっているのか？」

「ガス、あんたのことは好きになれない。あんたの話も聞きたくない。でも、何か言いたいことがあるなら、今、全部言ってしまって、終わりにしてくれ」

「言いたいことなんてないさ。ただ、あんたをトラブルから守ってやれると思っただけだよ。オジーから被害を受ける心配はない。気の毒なオジーの手には何も入らないからね。でも、バーバラは違う」

「さっさと全部吐き出してしまえよ。あんたを殴るつもりはないが、そうしたい気分になってきたから」

　ガスはポケットに手を入れて眼鏡ケースを取り出した。そこから出した眼鏡をかける。

「ああ、あんたはおれを殴ったりしない。でも、おれはあんたをどうしようもないバカだと言わせてもらうよ。ブレスレットを外したバーバラの手首を、あんたが見ていないはずはないんだから」

「その眼鏡の奥は第一級の汚水溜めなのか、ガス？　それ以上言うことがないなら、その口は閉じておけ。バーバラの手首なら見ているし、彼女がその傷を負った経緯も知っている」

「とんでもないでたらめに騙されているんじゃないのか？　バーバラは何年か前に自殺しようとしているんだ。今とまったく同じような状況のときに。彼女は浮気をしていて、オジーはその事実に気づいていた。今回と同じように、相手の男には恩人のような甘っちょろい顔をしていたんだよ。歴史は繰り返すんだ。機会があるたびに、精神的に異常な行為もまた」

「クラフト＝エビング（一八四〇～一九〇二。ドイツの医学者・精神科医）の学説ならもっと緩めに見てもいいんじゃないか。バーバラは僕を愛してなんかいないし、オジーもこの状況で、できるだけ見苦しくない態度を取っているだけだ。僕の質問に答えて、あとはその口を閉じておけ。誰からそんな話を聞いたんだ？　リーバからか？」

「いや、オジーからだよ。彼が言うには、バーバラにとっては同じことを繰り返す条件がすっかり揃っているそうだ。彼女はいつかきっと自分を殺してしまう。あんたはそんな状況に自分を追い込んでしまったんだよ、エクレン。このまま続けてもひどいことになるし、彼女と別れようとしてもひどいことになる。どっちに転ぶにしても、おれは見物を楽しませてもらうよ」

「なあ、ガス。あんたがその眼鏡をかけていられるのも、僕が話を終えるまでだからな」そう言って、奴がびくりとするほど近い椅子に移って腰を下ろした。「前にベルリン動物園に行ったときの話をしたいだけなんだ。熊の檻について、強烈な印象が残っているものだからね。熊というのはひどくきたない動物なんだよ、ガス。臭いもひどいし、普段の生活習慣も不潔そのものだ。熊の檻って言うのは、動物園のスタッフにとっては試練以外の何物でもない。ところで、ガス、ハイエナっていう動物を知っているかな？　とても汚くて見てくれの悪い動物だよ。息の臭いもひどい。ベルリン動物園ではそのハイエナをどうしたか？　熊と同じ檻に入れたのさ。それで、スタッフの手間も大幅に省けた。なあ、ガス、僕もこれ以上、こんな話は続けたくない。言いたいのは一言だけなんだ。あんたを見た瞬間から何か思い出しそうになっていたんだが、やっとそれが今わかった。ガス、あんたはハイエナそのものなんだよ。その眼鏡を外したくなったかい？」

「おれはバカじゃないぞ、エクレン。動物の話をしたいなら続けるといい。そんな話でおれは傷ついたりしない」

それが奴の姿を見た最後になった。ガス・バッバートソンとの切ない別れの瞬間だった。

ジュレップはなしで済ませることにした。オジーがいるかどうかを確かめるためにゲームハウスに向かう。バーバラがいつ戻ってくるのか知りたかったからだ。オジーはそこにいてラジオを聴いていた。しかし、バーバラの予定については何も知らなかった。朝、目を覚まして、〝ちょっと用事を片づけにサンフランシスコに行ってくる〟というメモを見つけただけなのだという。彼女がサンフランシスコのどこにいるのかも知らなかった。たぶん、ニューヨーク行きの準備のために大型店やおしゃれな店を歩き回っているのだろうと。

自分もサンフランシスコに行って食事をし、そのあとは映画でも見るつもりだとオジーに話した。バーバラに伝わるように、午前中に会って話がしたかったけれど、自分も夜遅くまで——たぶん、夜中の二時か三時くらいまで——は戻らないだろうとオジーに言う。映画を数本見るか、どこか別の場所でダンス・ショーでも眺めるつもりだと。バーバラにもう一度会えるまでは、何も考えたくなかった。もし、バーバラが戻らないなら、あのコテージで彼女の帰りを待ちながら座っているのも嫌だった。コンバーティブルで出かけようとして気が変わり、美術館に戻って鍵をあけ、そこから母屋に電話をかけた。アデルが電話に出た。つまり、ハッティより前にと頑張ったわけだ。アン・ベスは僕に会いたくないと言う。そんな言葉は信じていなかったが、〝わかりました。また、あとで〟と告げ、一人でサンフランシスコに向かった。

映画を何本か見た。くだらない映画だった。それから、ほかの映画館やダンス・ショーに行く代わりに、中華街の京劇劇場に入った。以前にも何度か入ったことがあるが、常に心を鎮めてくれる場所だ。ステージ上で延々と出し物が続く。役者たちがただそこに立ち、単調なリズムでしゃべり続けるだけの劇。楽団が時折、何の意味もなくキーキー、ガーガー騒がしい音を奏でる。客席からフットライトの中に這い上がる子供たち。よろよろとステージの上を行き来する小道具係の滑稽な様子。時折、劇中人物の一人がナイフで刺されたり、誰かと争ったりするのだが、ほかの人物たちはおろおろとおどけた仕草を見せるだけだ。楽団が何度か甲高い音を出し、劇はまた事もなく進んでいく。実際に観ることで学ぶ以外、京劇については何も知らない。それだけではとても充分とは言えないのだろうが、延々と続く面白い音が好きだった。それに、ぴかぴか光る金属片やガラスのビーズで飾られた衣装も。古くて素朴な中華街。平和で優しい場所が好きだった。

古いハイウェイを通ってコテージに戻った。多少でこぼこしていても、新しい道に比べるとずっと静かだから。緊張がほぐれ気持ちも穏やかになっていた。車の運転もゆっくりになる。裏道からクロフトの敷地内に入り、コテージの脇に車を停めた。そこでしばらく座ったまま、入江の景色を眺めていた。

車を降り、コテージに入ってドア口で明かりを点けた。バーバラが部屋の真ん中に横たわっていた。最初の夜、ここに戻って来たときに座っていたのと同じ場所に。半分横向きで、膝を少し引き上げている。ここで一緒にいるときにいつも使う、白いシルクのキモノのようなものを着ていた。彼女の顔は僕を見つめている。その姿は、部屋の家具と同じくらい静かだった。入江に落ち込む斜面の木々と同じくらい。まだ瞬いている夜間の黄色いライトと同じくらい。でも、それは、生あるものの静けさで、バーバラの静けさには及ばない。白いキモノの大半が赤く染まっていた。彼女自身も、ピンクの敷き物の上に広がった暗い色合いの真ん中に横たわっている。傍らには、幅の広い金色のブレスレットが二つ。ごつごつとした大きな石が散りばめられている。そして、彼女の手は、手首から千切れそうになっていた。

照明のスイッチから手を放すこともできなかった。すべてがあまりにも静かで、バーバラを発見したショックも急激には襲ってこない。立ち尽くしていたのが数秒なのか数分なのか。やがて僕は明かりを消し、家の外に出た。コンバーティブルに乗り、古いハイウェイを戻る。サンフランシスコまで行って実名でホテルに泊まった。おかしな話だが、京劇劇場から戻って来たときと同じくらい静かで平和な気持ちだった。一晩中うとうとしたり目覚めたりを繰り返し、闇の中で横になったまま煙草をふかしたりもした。それでも、気持ちは静かで平和だった。だけどクロフトにはもういられない。二度と戻ることもできないだろう。ジョジョにとっては酷な仕事だ。でも、翌朝、バーバラをそこで発見する役目を彼に押しつけずにはいられなかった。

クロフトで誰かに教えられて驚くような芝居はしたくない。それで、翌朝、十時になるのを待って母屋に電話を入れた。ヘンリーが応えた。

「おはよう、ヘンリー。ビルだよ。昨日は街に泊まったんだ。今日はクロフトに戻れないのを知らせようと思って」

「すぐにお戻りになったほうがよろしいですよ、ビル様」ヘンリーは言った。「大変なことが起こったんです。バーバラ様があなた様のコテージで亡くなっているのが見つかりました。ムーア様が――あの警察の方ですが――すぐにもあなた様に会いたいとお待ちになっています」彼が言ったのはそれだけだった。

「すぐに向かうよ、ヘンリー」僕はそう答えた。

ムーアはフロント・ポーチで待っていた。また尋問されるのか、逮捕されるのか、予想もつかないまま彼のもとに向かう。でも、ムーアは一人きりだった。ノートを持ったジャックの姿もない。

握手をしながら彼は言った。「悪いニュースだよ、きみ。きみの気持ちはお察しする。でも、気をしっかり持って、こんな仕事はさっさと終わらせよう」

「できることなら何でもしますよ、ムーアさん。でも、今回はお話しすることがないんです。ヘンリーから電話でメイソン夫人が亡くなったと知らされただけで、大急ぎで戻って来たんですから。彼女を殺したいと思っていた人間が誰かなんてわかりません、ムーアさん。その点では、お力になれそうにないんです」

もちろん、それは嘘だった。

ムーアは不思議そうな顔で、ゆっくりと尋ねた。「何だって、きみ？　いったい何を言っているんだ？　あの気の毒なご婦人は自殺をしたんだよ」

「でも、一人であんなことができるはずないじゃないですか！」考えもせずに叫んでしまった。「彼女の手は両方とも、手首から切断されそうになっていたんですよ！」

すぐに、自分が言ってしまったことに気がついた。目の前が真っ暗になり耳の奥がガンガンする。今にも気を失ってしまいそうだ。ムーアの顔は目の前でちらちらする光の粒のようになり、表情は読めない。それでも、疑いに満ちた声が霧の奥からしっかりと聞こえてきた。

「どうして、そんなことを知っているんだね？」

答えを捻り出そうと必死になる。何とか、最初に浮かんだ嘘を口にした。

「ヘンリーから電話で聞いたんです。執事のヘンリーですよ。彼が、〝両手がほとんど手首から切断されそうになった状態で横たわっていたと聞きました〟と説明してくれたんです」

光の斑点をじっと見つめる。輪郭が少しずつはっきりし、鼻や両目と思しき暗い部分が見分けられるようになってくる。

不明瞭な口調で訴えた。「ムーアさん、ちょっと横になりたいんです。彼女の様子を考えると――気分が悪くなって」

ムーアは長椅子に移動する僕に手を貸し、すぐ横に立った。仰向けに横たわっていると、また物が見えるようになってきた。

「だいぶ良くなりました」そう告げる。

「もう少し、おとなしく寝ていたほうがいい。ちょっと家の中に行ってくるから」ムーアはそう言ってその場を離れた。

彼が何をしに行ったのかは痛いほどわかっていた。ヘンリーだ。祈るでもなく、次につく嘘を考えるでもなく、ただそこに横たわっていた。しかし、ぼんやりするのもこれまでだ。僕は、バーバラ殺しの犯人として警察に目をつけられる理由をあれこれと考え始めた。

ドアがあき、ムーアがヘンリーを伴って出て来た。ヘンリーはボトルとグラスを載せたトレイを持っている。

「ウィスキーを少し持って来たよ」ムーアが言う。「これで頭もはっきりするだろう」

ヘンリーがストレートのウィスキーをグラスに注ぎ、僕に手渡してくれた。彼はムーアに背を向け僕の真ん前に立っている。トレイを手にして立つヘンリーの前でウィスキーを飲む。グラスを戻そうと手を伸ばして見上げると、彼は様々な表情を作って見せた。額には汗が浮かんでいる。何を伝えようとしているのか理解できず、僕はただグラスを戻して礼を言った。

　ヘンリーは背を向けてポーチを横切って行った。それで今度は、ムーアの後ろに位置することになる。僕はヘンリーの動きを目で追っていた。ドアにたどり着いた彼はそこで立ち止まった。歯を見せてにっこりと笑い、最初は自分を指さし次にドアの内側を指さす。〝そうか！〟と思った。〝いつもの立ち聞き場所！〟これまで感じたことがないほどの安堵が押し寄せてきた。「ありがとう、ヘンリー――本当に、ありがとう！」そう声をかける。あれほどの笑顔は見たことがない。ヘンリーは家の中へ入って行った。

「あの執事はしっかりと覚えていたよ」ムーアが言う。「電話でどんなふうにきみに伝えたか話してくれた。〝メイソン夫人は両手がほとんど手首から切断されそうになった状態で横たわっていた〟。きみが使ったのとまったく同じ言葉だ」

「どういう意味です？　僕のことを調べているんですか？」そう尋ねる。

「わたしがウィスキーを頼むためだけに中に入ったとは思っていないだろう？」ムーアは答えた。「そうだよ、きみについて確認した。個人的な意図はないが、ちょっと口を滑らせたみたいだったのでね」

「構いませんよ、ムーアさん。すべてを調べるのがあなたの仕事ですから」

「実際――」気が進まない様子で、ムーアはのろのろと話し始めた。「あの気の毒なご婦人の手首はかなり深く切れていた。ヒステリーに陥った人間というのは何でもできるものだからね。そのうち新聞で読んでみるといい。あの女性は帽子用の留めピンで自分の両目も抉り出していたんだ。聖書に〝もしあなたの目があなたをつまずかせているなら、それを抉り出して捨て去りなさい（マタイによる書、十八章九節）〟とあるからね」彼は小さく身震いをして続けた。「それにあの気の毒な女性は、きみのテーブルの上に珍妙な仕掛けをこしらえていた。ソファの横にあるテーブルだよ。母屋のキッチンから持ち出した大きな肉切り包丁で。彼女はそれをコテージに持ち込み、テーブルの上に刃を上向きにして据えたんだ。暖炉の上にあった奇妙な対の置物に挟んで。あれはいったい何なのかね、きみ？」

「イベリアの銅像ですよ」もっとウィスキーが欲しかったが、ムーアに先を続けさせた。

「包丁をそんなふうに固定しておけば、あとはただ、その上に自分の手首を叩きつければいいだけだ。何度も何度も」彼は頭を振った。「かわいそうに」

　僕はまた横になり目を閉じた。

「彼女の夫と三十分ほど話したよ」ムーアが続ける。「こんなことが起こるのをずっと怖れていたそうだ。前にも同じことがあったそうだね。今は二階にいる。医者が薬を呑ませたんだ。メイソン氏はきみと奥さんのことを全部話してくれた。ここできみのモラルについてどうこう言うつもりはないが、いい教訓になったんじゃないかな」

「では、殺人の可能性はまったくないんですね？」言えたのはそれだけだった。

　ムーアが苛立たしげに答える。「きみに何の関係がある？　起こることはみな、きみには殺人に見えるようだね。ところで――」彼は咳払いをして言った。「彼女は手紙を残していたんだ」少し間をあけて続ける。「きみの枕の上に」

　目をあけて彼を見た。ムーアはポケットから封筒を引っ張り出した。エンド・コテージの机の中に入っていた封筒だ。封がされていたようだが開封されている。表面《おもてめん》には〝ビルへ〟と書かれていた。

「申し訳なかったが、あけさせてもらったよ」ムーアは言った。「しばらくはこちらで保管しなければならない。でも、きみ宛ての手紙だ。見ておいたほうがいいだろう」

彼は封筒を手渡してくれた。便箋を取り出す。


〝さようなら、ビル〟


書かれていたのはそれだけだった。サインもない。ただ、筆跡はバーバラのものだった。

ムーアは考え込むように言った。「わたしの考えていることがわかるかね？　この女性はきみに会いに行ったんだと思うよ。彼女は座って待っていた。でも、きみは帰って来ない。どんなに待っても帰って来ない。それで、こんな結果になってしまった。彼女は、きみがほかの女性と出かけていると思ったんじゃないかな」彼はそこで間を置いたが、僕は何も答えなかった。

「ヒステリーに陥った人間はどんなことでもするからね」彼は暗い声でそう言った。


ムーアが立ち去ると、ヘンリーが何通かの手紙を手に現われた。

「ヘンリー、いつか自分の家を持つ日が来たら、きみを雇うからね。ドアのそばに立って、僕をトラブルから救ってもらうためだけに」

「何というご提案でしょう、ビル様！」ヘンリーは答えた。「お礼の言葉もございません」でも彼は、あのすばらしい笑顔を見せて言った。「将来の保証として、ありがたくお引き受けいたします」

ヘンリーが差し出したのは、僕宛ての午前の郵便だった。ダイレクトメールの中にサンフランシスコのホテル名が入った薄い封筒が混じっていた。住所はタイプ打ちだが、中の手紙はバーバラの手書きだった。日付は一昨日で、その日の午後に投函されている。バーバラはこう書いていた。

〝親愛なるビルへ

あなた宛てにたくさんのことを書いたわ。本当はこれを貸金庫に預けて、鍵をあなたに送りたかったんだけど、面倒なことがたくさんあり過ぎてやめたの。あなたの名前で金庫を借りるのに、サインをする当の本人がいないんだもの。自分の名前で借りたくもなかったし。それで、あなた宛ての手紙をサンフランシスコの局留めで出すことにしたのよ。それを引き取って、自分で貸金庫に保管してちょうだい。読む必要が出てくるまで、あなたがそれを読まないでいてくれることを信じているわ。この手紙は、あなたに会える前に、その手紙を読むときが来てしまった場合に備えて書いたの。

バーバラ〟

バーバラが局留めにした手紙もまだ残っている。取り出してきた手紙を、ここにも載せておこう。

〝親愛なるビルへ

この手紙を書くために街までやって来たのよ。クロフトではできなかったので。今はホテルにいる。すべてを書き出し、あなた宛ての局留めにするわ。

オジーがわたしを殺そうとしているの。わたしはそれを受け入れるつもり。自分でもできるけど、そうはしたくないから。ある意味、オジーにはそうすることが必要なのよ。

もう、すぐにでも起こりそうなのはわかっている。何故なら、すべてが以前とまったく同じ状況だから。オジーの行動は以前とまったく同じ。わたしにとっての状況は違うけれど、彼にとっては同じなのね。

あのとき、わたしには愛人がいた。オジーの親友。良くないことだし不健康でもあった。でも、オジーのしたことに比べれば、わたしの行いなんてさほどのものでもなかったはず。それは彼に、ある種の異常な満足を与えたんでしょうね。彼が自分自身に与える最後の屈辱でもあった。わたしに関して言えば、もし、あなたがすべてを理解したいなら、これだけは覚えておいて。わたしがオジーと結婚したのは彼を愛していたからよ。今でも愛している。結局のところ、それがすべての原因だったのかもしれない。

わたしの精神状態はあまり良くなかった。オジーがわたしを殺そうとしたことを話したとき、あなたは不思議に思わなかった？　相手の手首を切って殺そうとするなんて、どんなふうにするんだろうって？　刺し殺すわけでも撃ち殺すわけでもないのよ。不思議だと思わない？　わたしはただ、両手をテーブルの上に載せて差し出しただけ。そして彼はやった。贖罪について話していたわ。わたしは気がふれる寸前だった。オジーは完全に気が違っていたんだと思う。彼はやった。わたしが覚えているのは、彼が突然叫び出して、わたしの手首を押さえつけたことだけ。次に気づいたのは病院の中だった。

それがオジーに対する絶対的な優位をわたしに与えた。事実を暴露すると脅せたからじゃないわ。そんなことには何の意味もない。ただ、わたしが事実を知っていたから。それに、わたしのほうが彼よりも強かったからよ。やがて、わたしが二人分の生活費を稼げるようになると、わたしの立場はもっと強くなった。理解してもらえたら嬉しいんだけど、そんな中でもわたしはずっとオジーを愛していたの。大いに軽蔑していたけど、どこかで彼を愛していたのね。最初は物凄く愛していたんだと思う。結婚したとき、わたしはまだ十七歳だったんだもの。彼を愛し続けた理由？　たぶん、失敗と屈辱を忍び続けてきた彼を見てきたから。そして、それが今の彼の土台だとわかっているから。ここでもまた"Tout comprendre"っていうやつよ。

ここにきて彼はまた贖罪の話をし始めた。ジムソン夫人のことを知っているのかと思ったわ。あなたの考えが正しかったのと同じように。そう、あなたには自分の考えが正しいとわかっていた。わたしが実際にジムソン夫人にしたことが見えているのかと訊いたわよね？　あなたは見えていないと答えた。ビル、わたしもほとんど覚えていないの。事前にすべてがわかっていたし、その後どうなるかもわかっていたからやったのよ。あなたがほとんど説明してくれたから、細かな違いについては言いたくない。でも、これだけは、あなたも知りたいと思うかもしれないわね。こんなことが書けるのは、自分にとっても慰めになりそうだからよ。彼女には相手が誰なのかもわからなかったんじゃないかしら。何が起こっているのかも理解していなかったと思う。彼女は温室で横になっていた。わたしに背を向けて。もしかしたら、居眠りでもしていたのかもしれない。よく鎮静剤を呑んでいたから。わたしは足音を忍ばせて近づいて行った。枕を使ったのよ。あっと言う間だった。すぐに気を失ってしまったんだと思う。

贖罪について言い出したとき、オジーは知っているのかもしれないと思った。彼にとってどういうことになるか、あなたにも想像できるでしょう？　お金はわたしのものだった。二万ドルが丸ごと。彼に対するわたしの力もまだ残っている。でも、もし、わたしが死ねば、すべて彼のものになるでしょう?

　実は、警察の前で大ヘマをやらかしていたのよね。グラッチョリーニの話が最初に出たとき、思わず〝でも、それはどこに消えたの?〟って言ってしまった。それを取り消せるなら舌を噛み切ったっていいわ。強盗の話なんて出ていなかったし、それがなくなった話も出ていなかった。まして、その部屋にあったはずなのに、今はなくなっているなんてこともね。自分が知っていることを漏らしてしまったんだと思った。たとえ、〝でも、どうしてほかのものと一緒に宝石箱に入っていないの?〟と言ったのだとしても。普通の反応ではなかったにもかかわらず、あなたは気づかなかったんだと思った。でも、オジーはきっと気づいたんだろうと。

　わたしが同じことを繰り返しそうだと、オジーがガスに話しているのを聞いたわ。彼は、わたしがかつて自殺しようとしたとガスに話していたのよ。ある意味では事実だけどね。わたしには準備ができている。もし、オジーがテーブルの上にわたしの手首を望むなら、いつだって差し出してあげるわ。本当にある意味、わたしは自殺しようとしているのよね。でも、それは、ジムソン夫人に対する贖罪以上のものになる。オジーに対する贖罪にもなるのよ。あなたとわたしのことは関係ない。その問題がここに含まれる余地はないの。でも、彼がこれまで耐えてきたすべての屈辱に対する贖罪にはなるわ。わたしを打ち負かした彼は、再び自分の力を感じることができる。お金も入ってくるし。オジーにとって、お金はすべての埋め合わせになるのよ。

　わたしにとっても大きな埋め合わせだったわ、ビル。ピクニック会場で二万ドルの小切手を見たときには、天国にいるような気分だった。ずっと大変な状況だったの。あなたの想像以上に。あのお金は命綱だった。それも、自由な生活への。すべてを変えてくれるはずだった。それがジムソン夫人ときたら、ほかのものと取り替えるからパーティ用の贈り物を回収してきてなんて言うんだもの。そのときの悔しさと失望ときたら、生半可なものじゃなかった。ポーチでの反応もあながち芝居ではなかったのよ。地獄に押し戻されそうになっていたんだから。この数年間、ずっと地獄のようだったと言ったでしょう？　だから、殺した。だから、殺したのよ、ビル。でも、ああ、ビル、バカげて聞こえるかもしれないけど、それは自己防衛のようなものだったの。だって、自分の人生が押し潰されそうになっていたんだもの。あのお金はわたしの人生のすべてだった。だから、何としても守らなければならなかった。地獄への門を見せて、新しい生活への門を見せて、殺せば好きなほうを選べると言われたら、誰だって人くらい殺すわよ。

そして今、オジーはわたしを殺そうとしている。わたしを憎んでいるから。わたしを愛しているから。そして、あのお金が彼に新しい人生をもたらすから。怖いわ、ビル。どれほど痛いか、どんな惨状になるか。それに、血。ほかには何も怖くない。死ぬことだって。どうせ、すぐにそうなるんだから。もともと良心の呵責に苦しむタイプではないけど、そんなものは遠くに押しやってしまった。腐りきった人生、何たる無駄。わたしが悔やむのはそれだけよ。

あとどのくらい時間があるのかわからない。この手紙を局留めにしてクロフトに戻るわ。あなたに会いたい。もし、あなたがいなければ、戻って来るまでコテージで待っている。たとえ一晩中でも。カーテンをあけて入江の景色を眺めているわ。

バーバラ〃

第二十二章　さようなら、アン・ベス

もう二つ、記しておかなければならないことがある。一つは、アン・ベスとの会話。もう一つは、本人と話こそしていないがオジーについてだ。

クロフトで生活することはもうできないとダイクに話した。美術館を閉め、次にどうするかを考えるため数日間をサンフランシスコで過ごすことにした。アデルとアン・ベスもすでにクロフトを離れ、街のアパートメントに戻っている。そのアン・ベスと何とか電話で連絡がついた。アデルが外出しているので、すぐに来てくれと言う。アパートメントに着き、エレベーターで上階《うえ》に上がる。部屋を見つけてベルを鳴らした。ドアをあけたのは、何とヘンリーだった。

「これは驚いたな」思わず僕は言った。「ここで何をしているんだい、ヘンリー？」

「生活をもとに戻そうとしているんですよ。ハッティもキッチンにいます」しかし彼女は、そこでおとなしくしているような人ではなかった。居間を走り抜けて、挨拶に出て来てくれる。二人に会えて嬉しかった。それに、彼らとアン・ベスがいれば、アデルをコントロールするのも可能だろう。

「あなた様のためにアン・ベス様をきれいにして差し上げたんですよ、ビル様」とハッティは言った。

「それは楽しみだね、ハッティ。ここでも同じ仕事をしているのかい？」

「さようでございますよ」ヘンリーがハッティの分も含めて答えた。

二人が出て行くとすぐにアン・ベスが現れた。ソファに座り、ひとしきりどうでもいい話をしたあとで切り出した。「もうすぐサンフランシスコを離れるんだ。その前に、僕に訊きたいことがあるんじゃないかと思ってね」

「そうさせていただけたら、ありがたいわ」

「百五十万ドルもするブレスレットがどこにあるのか、知りたいんじゃないかと思って」

アン・ベスは視線を落として言った。「ああ、そのこと。いいわ、じゃあ、それはどこにあるの？」

「エンド・コテージだよ。浴室のシャワーカーテンのバーの中。簡単に取り外せる。僕がきみに話さなきゃならないことって、何だと思っていたの？」

「そうね。あなたがずっと、あとで話すと言っていたこと。お婆ちゃまを殺した犯人について――」

「それについては言わない。今も今後も」

「いいわ。殺人事件としては扱われなかったという意味ね？」

「うん」

アン・ベスはしばらく黙っていたが、やがてブレスレットについてまた話し始めた。「あれをどうしたらいいかしら？」そう尋ねてくる。「もし、わたしの手元にあるとわかったら、警察はまたあの事件を蒸し返すわね」

「きみの問題だよ」

「あなたが預かってはくれないの？」

「いいや、それはしない」はっきりとそう答えた。

「それなら、今ある場所にそのままにしておくわ」

「それはやめたほうがいいな。もし、何かのときに見つかったりしたら、すぐにも殺人の疑いが僕に降りかかってしまう」ちょっと考えてから、こうつけ加えた。「もし、どこか安全な場所に隠しておきたいなら、クインスの家の近くにある古い井戸に投げ込んでしまうのはどうだろう。そこにあるのは、それだけじゃないから。ほかの宝石類もあるはずだよ。空井戸だし」

「まあ。お婆ちゃまの小さなブローチなら、ひとつくらい持っていたいわ」

「だめだよ。グラッチョリーニのブレスレットと一緒に盗まれたことになっているんだから。いいかい？　それはそのままにしておくんだ」

「宝石を隠しておくには奇妙な場所ね。たぶん、いつか全部取り出せると思うわ」

「いつかね。きみはまだ若いんだから」

「もうすぐ十八歳になるのよ。あなたはいつプロポーズしてくれるの？」

「それもしない。きみは当然のように思っているかもしれないけど」

「わたしのことが嫌いなの？」

「いいや、好きだよ。大好きさ。でも、きみは金持ち過ぎる。七千万ドルも持っている女の子と結婚したら、僕はもう二度と絵を描かなくなってしまう」

「ずっと稼ぎ続けるつもりなのね。でも、どんなに頑張っても、七千万ドル分の絵を描くことはできないと思うわ」

「そういう問題ではないんだ」

「わかっているわ」アン・ベスは答えた。「じゃあ、わたしが一文無しだったら？　財産を全部放棄してしまったとしたら？」

「ははっ。たとえきみがそうしたとしても、答えはノーだ。残念だけど。ねえ、アン・ベス、きみはかわいらしい女の子だし、僕もきみのことは大好きだよ。きみが僕を気に入ってくれているのも知っている。でも、僕を愛してはいない。そうでなければ、とっくに泣き出しているはずだからね」

「充分に泣きたい気分だわ」

「それほどでもないはずだよ。しがみついているだけさ。結婚するためだけに、ろくでもない男を選んだりしないことだね。僕がきみだったら、不細工な小男を選ぶだろうな。財産目当てのプロの結婚詐欺師に騙されないための保証として」

「ずいぶん意地悪なのね」アン・ベスは言った。

「きみの言うことこそ十二歳の子供みたいだよ。もう行かなきゃならないんだ、アン・ベス。またいつか会おう。きみは僕が出会った中で一番素敵な女の子。きみにとっての僕も同じ。こんな別れ方でいいよね？　知っている女の子の中で一番素敵な娘《こ》だと思わせてほしい」

「こんな別れ方なんてしたくないわ。わたしがどう思っているかわかる？　こんなさよならなんて糞くらえだって思っているのよ」

「アン・ベス、すごく品のない言い方だよ。きみがそんな言葉を使うなんて初めて聞いた。聞くに堪えない、お仕置きものだ。そんな言葉は二度と使っちゃいけない。わかったかい？」

「わかったわ」彼女は答えた。「わたしたちの関係はどうにもならない。もう行かなきゃならないのね。どこに行くの？」

「映画を見に」

「わたしも一緒に行けない？」

「だめだよ。一人で行きたいんだ」

「そう。じゃあ、これでさよならね。ヘンリーが出してくれるわ」そう言って彼女は部屋を出て行った。泣き出す寸前だったかどうかは、わからない。ヘンリーがやって来てドアをあけながら言った。

「ビル様、大変な過ちをなさっているところですよ」

「心配してくれてありがとう、ヘンリー」決して嫌みではなく、本心からそう答えた。「でも、うまくいくとは思えないんだ」

「キッチンにいるハッティが大泣きしそうです」

「ハッティにすまないって伝えてくれるかい。もし、彼女のためだけにアン・ベスと結婚したとしても、やっぱりうまくいかないと思うんだ」うまくいかないのは、よくわかっていた。あの夏には、忘れてしまいたいことや毎日向き合いたくないことが、あまりにも多くあり過ぎる。

「お気持ちは変わりませんか?」ヘンリーはなおも食い下がった。「アン・ベス様とご一緒なら経済的な心配はありませんよ」

「きみのことは忘れないってアン・ベスさんに伝えておくれ」そう言って部屋を出た。アン・ベスほど素敵な女の子には二度と会えないだろう。でも、結婚となると話は違う。それでも、エレベーターを待ちながら彼女のことを考えているうちに、だんだんと恋しさが募ってきた。エレベーターが一階に着くころには気持ちが変わっていた。アパートの呼び出し電話で部屋の番号を押す。ヘンリーが出た。

「やあ、ヘンリー。きみの希望に応えるわけではないんだけど、アン・ベスさんと話せるかな?」

アン・ベスが電話口に出る。僕は言った。「帽子を被って。とにかく、映画には一緒に行こう。ロビーで待っているから」

彼女はすぐに下りて来た。本当にかわいらしい姿だった。映画を見て楽しく過ごしたが、再び彼女と会うことはなかった。今頃は誰かと結婚しているだろう。

考えれば考えるほど、彼女がこれまで出会った女の子の中で一番素敵な娘に思えてくる。

第二十三章　さようなら

そして、オジーについて。彼の消息を追う努力は少しもしていなかった。むしろ、その逆で、完全に忘れていたと言ってもいいくらいだ。それが数年後、ニューヨークであるパーティに出席したときのことだ——僕の友人たちが、海外旅行から戻って来た知り合い夫婦のために催したパーティで、ただぶらぶらしながらおしゃべりを楽しむような集まりだった。最初の部分は聞き逃してしまったのだが、ある女性の話に不意に聞き耳を立てることになったのだ。

「それでそこに、頭の完全にいかれた男がいたのよ」と彼女は言った。「真っ白な髪にピンク色の顔をした男でね。ジャン・コクトー（一八八九〜一九六三。フランスの詩人、作家）が来るっていうから行ったんだけど、そうでなければ行かなかったような集まりよ。結局、コクトーはいなくて、そのおかしな男が自分の詩を朗読するのを聞かなきゃならなかったわけ」

「すみません」僕は口を挟んだ。「最初の部分を聞き逃してしまったんです。どこでの話ですか?」

「パリよ」その女性は言った。「それで、わたしたち、そこに座っていたんだけど、クレイジーだったらなかったわ。その人、まずはある衣装を着て現われ、自分の詩を読み上げるの。それから控室に引っ込んで別の衣装に着替える。そして、また出て来て違う詩を読み上げるわけ。まったく、もう！どうして、あんな衣装を見なければならなかったのかしら！　もう！」

「どんな詩だったか覚えていますか？」そう尋ねる。

「そうねえ。そのクレイジーな詩なら本当に怖い内容だったわ。よく覚えていないのよ。だって、ナンセンスそのものだったんですもの。子羊の血がどうとか、売春婦の血がどうとか。子羊の血は人間の罪に対する許しだけど、売春婦の血は――ああ、だめ、覚えていないわ。血の海から浮かび上がる金色の塊がどうこうとも言っていたわね。本当にクレイジーだったわ」

　彼女の夫が言葉を継いだ。「でも、一番狂気じみているのはそこじゃないんですよ。行間にリフレインのようなものが入るんです。不意に黙り込んだかと思うと、いきなり叫び声を入れる。〝ビリー・ボーイ〟って。そしてまた次の行に移るんです」

「何てことだ」思わず呻いた。「その詩のときにはどんな衣装を着ていたんです？」

「衣装のほうは比較的おとなしかったわね」女性のほうが答えた。「白いシルクのローブのようなものよ。下には何も着ていなかったんじゃないかしら。全面に大きな血の染みのようなものが散らばっているの。それに、そう、確か両腕に大きなブレスレットをしていたわ。とても正気の沙汰には思えなかった」

「そうでしょうね」それ以上、飲みかけの酒を口にする気にはなれなかった。グラスを置き、ほどなく抜け出すチャンスを見つけて家に帰った。翌日、招待主に電話を入れて非礼を詫びる。彼女は何があったのかを知りたがった。

「具合が悪くなったものですから」そう答えておく。

「今は良くなっているといいんだけど」

「ええ、大丈夫です。家に戻ってからは、だいぶ楽になりました。ルノアールを壁から下ろして、長いあいだ眺めていたんです」
「どういう関係があるのか、よくわからないわ」
「長い話なんですよ」

さあ、これでやっとこの話も終わりだ。

訳者あとがき

愛か、憎悪か、狂気か？

本書はマシュー・ヘッド（一九〇七～一九八五）のデビュー長編“The Smell of Money”の全訳です。翻訳底本には、DELL PUBLISHINGのペーパーバック（A DELL MYSTERY。一九四八年刊？）を用い、巻頭の図版も同書より転載しました。

The Smell of Money（A Dell Book）

作者はアメリカ、カンザス州生まれ。大学で美術史を教えながら、本名ジョン・キャナディの名前で雑誌に美術評論を寄せていましたが、一九四三年に初めてのミステリー小説“The Smell of Money”を発表しました。シリーズものとしては、メアリー・フィニー博士が登場する四作品があり、その第一作目“The Devil in the Bush”（一九四五）が論創社から『藪に棲む悪魔』として二〇〇五年に刊行されています。ノン・シリーズの長編作品としては、本書のほかに“The Accomplice”（一九四七）、“Another Man's Life”（一九五三）の二冊のみで、決して作品数の多い作家とは言えないようです。希少な作品を皆さまにご紹介できる機会を与えていただき、嬉しく思っています。

以下、本作のネタバレを含みます。ご注意下さい。

さて、本書ですが、舞台はアメリカ西部サンフランシスコの近郊。時代は恐らく大恐慌（一九二九年に始まり一九三〇年代後半まで続く）の直後あたりかと思われます。ハーバードで美術を学んだ二十五歳のビル・エクレン青年が、大富豪の老女ジムソン夫人の地所ハッピー・クロフトで夏のあいだ、住み込み画家兼美術館の管理人としての仕事を引き受けたことから物語は始まります。〝The Smell of Money（金の匂い）〟というタイトル自体強烈ですが、物語の出だしから金、金、金のオンパレードです。老女の周りには、タイトル通り〝金の匂い〟に引き寄せられ、少しでもおこぼれにあずかろうとする人々が群がっていました。その中で起きた殺人事件について、主人公のビル青年が自分のための記録という形で物語っているのが本書です。

このビルという青年、それなりにお金の苦労はしているのですが、型にはめられるのが嫌いな自由人のようです。蟻とキリギリスの例えで言えば、お気楽なキリギリスタイプ。画家という職業柄か、若い男性にもかかわらず（こういう言い方自体、偏見なのかもしれませんが）女性が着ているドレスのデザイナーを見分けられるほど服飾デザインに詳しかったりします。今の言葉で言えば、少しチャラい感じ？　メンタルが弱いのか（良く言えば繊細なのか）たびたび胃の不調を訴え、ひ弱な印象を与える部分もあります。一方、お金に関しては筋が一本通っているようで、その点、嫌な印象は与えません。将来のために、こつこつ地道に蓄えるようなことはしないけれど、正当な理由がないお金をかすめ取るような真似もしない。お金に目がくらんで不本意な選択をすることもありません。本人が作品の中でも言っているように、中産階級に属する者の、お金に対する尊敬の念というものなのでしょうか。小さな額では額縁代の請求書の件から、大きな額ではアン・ベスによる逆プロポーズの件まで、その点でぶれることはないようです。絵を描くという自分にとっての天職を、七千万ドルの金でも売らない姿勢に潔さを感じます。

ただ、それはやはり、アン・ベスと一緒にいることで、事件のあった夏をどうしても思い出してしまうという理由もあるのかもしれません。

殺人事件が起こり、主人公がその謎解きに取り組む。そういう意味では、確かに本書はミステリー小説です。でも、作者にとっての重点は、その謎解きにあったのではないような気がします。第十六章の終盤で「この犯罪にはギリシア悲劇のような荘厳さはなく」と、作者は主人公に言わせています。確かに、それほどの荘厳さはありません。殺人のからくり自体も、さほど複雑ではなく、犯人も比較的すんなりと判明してしまいます。作者が描きたかったのは、物語に登場する人物たちの関係性、愛憎劇ではなかったのでしょうか？　物語も終盤近く、事態はこのまま収束するものと安心していたところ、突然繰り広げられる第二の死亡事件。その現場のなんと凄惨だったことでしょう。他殺であれ自殺であれ、恐ろし過ぎる状況は、とても想像に耐え得るものではありません。

そして最終章。恐らく事件からしばらく経ってからのことなのでしょう、ビルはあるパーティで、クロフトで一緒だった人物の消息を耳にします。それがまたひどく衝撃的です。とても、正気の沙汰とは思えません。その人物には二人分の遺産が入ったはずです。生活のために個人のパーティでパフォーマンスをする必要もなかったと思われます。それでも、自分の天職を追い続ける表現者の宿命なのか、自分が手にかけた者への贖罪なのか、はたまた、その相手に対する思いの発露なのか……。

「訳者あとがき」の冒頭に、〝愛か、憎悪か、狂気か？〟という文言を掲げたのは、そのためです。ししかも主人公は、その人物がパフォーマンスの合間に、「ビリー・ボーイ」と自分の名前を繰り返し叫んでいたことも聞いているのです。あまりの悲惨さにきりきりと胸が痛みます。何度読み返しても、この部分にはどんよりと気持ちが沈んだものです。それでも主人公自身は、「さあ、これでやっとこの話も終わりだ」と、あっさり終わらせてしまっているのですが……。

この小説が書かれた時代にはまだ、人種差別に対してあまりうるさく言われていなかったのかもしれません。散見する差別的表現の訳出には気をつけたつもりですが、登場人物の台詞部分などは致し方なく、ご不快な思いをされた方には申し訳なく思います。

人と人との関係は複雑なものです。夫婦であれ親子であれ、その関係性については当の本人たちでなければわからない、という話はよく耳にします。ミステリーの謎解きはもちろんですが、そんな人間関係の醍醐味も、合わせてお楽しみいただけたらと思います。

板垣　節子

美術評論家のもう一つの顔

北見　弦（海外クラシックミステリ研究家）

一九六三年の年末、『ニューヨーク・タイムズ』紙に一通の投書が掲載された。投書は同紙に掲載されていた美術評論家ジョン・キャナデイによる記事中での絵画に関する説明の誤りを指摘するもので、「些細な点かもしれないが、私が探偵小説を書くときはもっと慎重に書くようにしている」という一文と「マシュー・ヘッド」の署名で締めくくられていた。これを読んだ一人の探偵小説ファンが、キャナデイはマシュー・ヘッドというペンネームで過去に七冊の探偵小説を発表していると指摘し、両者が同一人物である事実が知れ渡ることになった。マンフレッド・リーとフレデリック・ダネイがそれぞれエラリー・クイーンとバーナビー・ロスとして対談したことを思わせる、いかにもミステリ作家らしい遊び心に満ちたエピソードである。

マシュー・ヘッド＝ジョン・キャナデイ（以下、「ヘッド」で統一する）は一九〇七年にアメリカのカンザス州で生まれた。幼少期に家族でテキサスに移り住み、二九年にテキサス大学を卒業。その後イェール大学の大学院に進学して美術史を専攻し、三三年に卒業したのちにカンザスやルイジアナなど各地の大学で教鞭を執った。ヴァージニア大学で勤務していたときに探偵小説を書き始め、四三年に作家デビュー。第二次世界大戦中には戦略物資を調達する任務を受けベルギー領コンゴに派遣されたことや南太平洋で従軍したこともあったが、戦後には大学や美術館で働きつつ美術評論家としての活動を本格化させ、五九年からは『ニューヨーク・タイムズ』の美術部門の主任も務めた。八五年没。

投書の一件が話題になったことでヘッドは雑誌の取材を受け、探偵小説を書き始めた経緯を自ら語っている。きっかけは、当初の夢であった画家の道を諦めたことで代わりに創作欲を発散させる対象が欲しかったことだった。作家を志すまで探偵小説を読んだことはなかったが、書き始めるにあたって妻とともに多数の探偵小説を読む中で、被害者は人柄が分かる前に殺されてしまい、殺人者は終盤まで正体が隠され「読者は彼の本当の姿を知らなかった」という演出がなされるために被害者と殺人者が十分に描き込まれていない点に不満を感じたという。この不満を解消すべく執筆された本作『贖いの血』では、全体の三分の一まで殺人事件が起こらず、発生までの間には事件関係者一人一人が詳しく描き込まれる構成になっている。一九四三年という時代を考慮してもこの主張には同意しかねる読者も多そうではあるが、既存の探偵小説の殻を破ろうという姿勢には好感が持てる。執筆期間はわずか三週間で、出版社に持ち込むとそのまま出版されることになったようだ。

以後、一九四三年に刊行された本作を含めて七作の長編を発表し、複数の作品がアメリカ国外でも出版されるなど好評を博したが、本業で多忙になったために探偵小説の発表は一九五五年刊行の『Murder at the Flea Club』を最後に途絶えることとなった。

本作や〈論創海外ミステリ〉既刊の『藪に棲む悪魔』を読めば分かるとおり、事件の骨格部分だけを取り出すとヘッドの作品の構造はシンプルで、凝ったトリックのようなものは使われずオーソドックスな犯人当てが繰り広げられる。本作の後半のように細かな手がかりから論理的に犯人を突き止める過程は精巧で本格ミステリとしても一定の水準に達しているが、その部分だけではいささか地味で没個性的であることは否めない。ヘッドの作品の大きな特徴は事件が起こって解決される過程そのものではなく、その背景や肉付けの部分にある。

背景の特徴としては、作者自身に馴染みのあるユニークな土地や業界を舞台としていて自伝的な要素が色濃い点が挙げられる。『藪に棲む悪魔』に始まる医療宣教師メアリー・フィニーが探偵役を務めるシリーズはベルギー領コンゴが舞台となっていることで知られているが、先に記したようにヘッドは一九四〇年代にコンゴに滞在しており、このときの経験がこれらの作品の土台になっている。同シリーズで語り手を務める大学教員のトリヴァーは軍需品の調達のためにコンゴを訪れていることが語られており、作者自身が主人公のモデルとなっていることは明らかである。ヘッドの作品に対する批判の一つに、フィニー博士ものでのアフリカや本作でのハッピー・クロフトのような特徴的な舞台と事件そのものや謎解き部分との関わりが乏しく、舞台設定を活かし切れていないという指摘があるが、それもヘッドが事件現場にすべく生み出された創作上の場所を舞台とせず、実際に過ごしてきた場所をそのまま作品の舞台に転用したためであろう。

自伝的小説という特徴は本作でも顕著に表れており、第一章で語られる、テキサスで育ち大学で美術史を学んだのちにカンザスで教員として働く主人公ビル・エクレンの半生は、細かい違いこそあれどさながら作者ヘッドの生き写しである。本作の事件が起こった時期は「大恐慌の頃」で当時のビルは二十五歳だが、これも一九〇七年生まれのヘッドの年齢と合致する。実際に先述の取材では、イェール大学在学中に裕福な老婦人の元に住み込んで絵画の技術を教えていた時期があり、殺人事件が起こったこと以外はほとんど実話だとヘッド自身が語っている。自伝的小説にしては作中で描かれるビルの行動には決して褒められたものでない場合も多いが、それも実際に起こった出来事をありのままに描いたためかもしれない。明確に知り合いをモデルにした人物を殺人事件の被害者にしてしまう神経の太さも作中のビルを彷彿させる。

もう一つの特徴である事件の肉付けの最たる例が、強烈な印象を残す演出である。本作の第一の事件でエレベーターに乗った死体が登場人物の目前に出現する展開は他に類を見ず、第二の事件の現場のグロテスクで鮮烈な光景も衝撃的だ。これらの過剰であるようにすら思える派手な描写は絵画から小説へと創作対象を変化させた結果であり、美術畑を歩んできたヘッドだからこそ書けたと言えるだろう。

訳者の板垣節子氏のあとがきにも書かれているように、本作の登場人物は個性豊かで、原題にもなっている「金の匂い（Smell of Money）」に引き寄せられて集まってくるハッピー・クロフトの関係者のみならず、脇役の警察官に至るまで一人一人が丁寧に造形されている。ヘッドが意識的に書いていたのかは定かでないが、特に各登場人物が初めて登場するときに挿入されるファッションを中心にした色彩豊かで写実的な外見の描写では美術の世界で培われた観察眼が発揮されている。最終章で語られる常軌を逸した数年後の出来事も、印象的な服装の描写を積み重ねてこそのものだ。

先に記したように本作は被害者と殺人者を丁寧に描き込むことを目指して執筆されているが、この点に関しても一定の成功を収めているように思える。殺人者については人柄や内面も丁寧に描かれ、犯行の背景も明らかになることで動機も説得力があるものになっている。第一の事件の被害者であるジムソン夫人についても、残念ながら事件発生までの長さの割には目立った出番が少ないものの、周囲の人物の発言からその人物像は十分に伝わる。直接内面が語られることは少ないが、むしろエピソードを積み重ねる形式をとったことで、モデルとなった女性に対する作者自身の印象とジムソン夫人に対する読者の印象が重なるようになったのではないだろうか。

『藪に棲む悪魔』の邦訳が刊行されてから十八年あまりが経ったが、ヘッドは〈論創海外ミステリ〉の初期に紹介された作家の中でもマイナーな印象が否めない。アフリカを舞台としている点ばかりに目が行きがちなフィニー教授ものと異なり、（ハッピー・クロフト自体は浮世離れしてこそいるものの）ごくありふれた舞台であるアメリカ西海岸に物語を展開した本作を読むことで、作風の特徴がより鮮明になるかと思う。本作の邦訳を機に再びヘッドの作品群に光が当たることを期待したい。

〔著者〕

マシュー・ヘッド

本名ジョン・キャナディ。1907年、アメリカ、カンザス州フォート・スコット生まれ。本業は美術評論家で、大学で美術史の教鞭を執りつつ、雑誌へ美術評論も発表した。1943年に「贖いの血」で作家デビューし、55年まで七冊の長編ミステリを上梓している。1985年死去。

〔訳者〕

板垣節子（いたがき・せつこ）

北海道札幌市生まれ。インターカレッジ札幌にて翻訳を学ぶ。主な訳書に『ローリング邸の殺人』、『白魔』、『ウィルソン警視の休日』、『ラスキン・テラスの亡霊』、『赤いランプ』（いずれも論創社）など。

贖《あがな》いの血《ち》

——論創海外ミステリ　309

2023年12月10日　初版第1刷印刷
2023年12月25日　初版第1刷発行

著　者　マシュー・ヘッド
訳　者　板垣節子
装　丁　奥定泰之
発行人　森下紀夫
発行所　論　創　社

〒101−0051 東京都千代田区神田神保町2−23 北井ビル
TEL:03−3264−5254　FAX:03−3264−5232　振替口座 00160−1−155266
WEB:https://www.ronso.co.jp

組版　加藤靖司
印刷・製本　中央精版印刷

ISBN978−4−8460−2344−7